诡案罪⑥

GUI AN ZUI

岳 勇◎著

群言出版社
QUNYAN PRESS
·北京·

目　录

青阳一中杀人案
刑事侦查卷宗
案件名称：青阳一中杀人案
犯罪嫌疑人姓名：XXX
立案时间：2013.10.12
结案时间：2013.12.9
立卷单位：青阳市公安局
A50306290920131012
（正卷）
青阳市公安局

校园疑凶

1

星期一上午第四节课的时候，青阳一中的门卫兼保安胡伯正坐在门卫室听收音机，一个男生走了进来，请胡伯拿钥匙开一下仓库大门，他要进去拿篮球。

胡伯认得这孩子叫石磊，是高三（3）班的一名复读生。他是班上的体育委员，每逢星期一体育课，总要到学校仓库拿体育器材。

门卫室的墙壁上挂着一排钥匙，每把钥匙下面都贴着一张小纸条，分别写着“活动室”、“停车场”、“劳技室”、“仓库”等字样，表明钥匙的用途。

以前这些钥匙都是用一根铁丝串在一起挂在门卫室，谁要用谁就拿去。后来学校接连发生了几起盗窃案，校方就加强了钥匙管理，让胡伯将每把钥匙拆开分别挂在墙壁上，用钥匙的人，每次只能拿走一把。学校老师取用钥匙，必须在胡伯这里登记。至于学生，则不能独自取用钥匙，如有需要，可以告诉保安，请保安拿钥匙开门。

胡伯从墙上取下仓库的钥匙，关上门卫室的门，与石磊一起往仓库那边走去。

仓库在学校西北角的厕所后面，是由一幢老旧平房改建成的，除了进去拿东西，平时极少有人经过那里。

两人避开头顶的烈日，沿着墙根向前走，当经过仓库窗口时，石磊忽然抽抽鼻子，说："奇怪，怎么有股臭味？"循着味道从打开了半扇玻璃的窗子里望进去，不由得"啊"地发出一声惊呼。

胡伯顺着他的目光瞧进去，也吓了一跳，仓库中间的地板上躺着一个人，成群的苍蝇飞来飞去，臭气正是从那里传来的。

石磊说："好像死人了，快打开门看看。"

胡伯吓得脸色煞白，急忙跑到大门前，那是两扇老式的大木门，门上有钌铞，小铁环上挂着一把新挂锁。

胡伯拿出钥匙，手忙脚乱地插进锁孔，因为手抖得厉害，扭了几下，竟没将锁打开。

石磊看得着急，说："还是让我来吧。"

胡伯把钥匙递给他，石磊接过钥匙，插进锁孔，用力一扭，锁便开了。

两人打开大门冲进仓库，一股臭味扑鼻而来，仓库中间果然躺着一个人，是个男的，胸口插着一把水果刀，地上流下的一片血迹早已变黑凝固，也不知道死了多长时间，尸体已经变成绿色，还冒着气泡。

"好像是咱们学校的周一全老师。"胡伯退到门口，声音有些发抖，"不要破坏现场，我留在这里，你快去叫人。"

石磊"哦"了一声，这才如梦方醒，跌跌撞撞朝学校办公楼跑去……

2

警车呼啸，十分钟后，市公安局刑侦大队大队长范泽天带人赶到了青阳一中案发现场。

经初步调查和现场勘察证实，死者系青阳一中男教师周一全，因被人用水果刀刺穿心脏引发体腔内脏大出血而致死。

据法医初步推测，死亡时间已超过 60 个小时。

据了解，上周五最后一节课，周一全还给学生上过课，下午 5 点 30 分下课后，周一全才离开教室。

由此可以推测出，死亡时间大致在上周五下午 5 点 30 分之后至深夜 12 点之前。现场有搏斗过的痕迹，仓库应该是第一案发现场。

水果刀刀柄检测不到指纹，应该是被凶手擦拭干净了。因为平时有人进出仓库拿东西，地上脚印凌乱，警方采集不到有价值的脚印。

据青阳一中的吴校长介绍，死者周一全，系该校高二（2）班语文教师兼班主任，现年 32 岁，三年前离婚，至今独居。

周老师是师大毕业生，教学水平较高，平时为人低调谦和，很少得罪人。他进取心很强，最近通过公务员考试考上了公务员，不久就要调到市里一个实权部门上班，工资加福利，至少比在这里当教书匠高出一倍。想不到他的调职手续还没办完，竟然就遭此横祸。

今天上午，高二（2）班有一节班会和两节语文课，都是周老师的课，却没有看见他进教室。吴校长打他的手机又没有人听，心里正奇怪呢，想不到就听到了周一全被杀的噩耗。

发生血案的这间仓库，有前后两张门和左右两扇窗户。窗户上安装了防盗网。

后门是一张样式老旧的单扇实木门，有上中下三道插销从里面闩着，关得很严实。

这种铁制的插销，只能从里面插上和打开，从外面是无法打开或关上的，所以凶手从后门进入或离开的可能性不大。

最后警方把注意力都集中到了前门。

前门用的是挂锁。

据发现尸体的保安胡伯和学生石磊反映，他们进入仓库时，门是锁上的，挂锁上面并无被撬的痕迹。

胡伯说这门上的旧锁生锈了，这把锁是他上周一新换的。

据警方痕检人员初步检查，挂锁完好无损，并无人为撬开过的痕迹。

这种防盗挂锁的内部结构，比一般挂锁复杂得多，用一般的万能钥匙很难不留痕迹地打开。

从目前情况来看，凶手和死者，用仓库钥匙打开挂锁进入仓库的可能性最大。凶手杀死周一全后，又用钥匙将大门锁上，然后离去。

案发时，应该是上周五放学后至深夜 12 点之间，这时学校师生都回家过周末去了，校园里几乎没什么人。

此时杀人并弃尸仓库，至少要等到下一个星期有人进入仓库才有可能被发现。

这时凶案已发生两天多时间，尸体早已在炎热的天气里发臭，许多作案痕迹都已自然消失，对警方侦办案件就很不利了。

也许这一切，都是凶手早已算计好的。

“咦，这后门内插销，怎么自己会动？”一名负责现场勘察的刑警忽然叫起来。

范泽天跑过去一瞧，只见后门底部的插销，似乎被一种无形的力量控制着，竟真的自己跳动了两下，似乎是要从插销“鼻”里挣脱出来似的。

紧接着后门中间和顶部的插销也微微抖动了几下。

范泽天忽然明白过来：“门外有人。”立即打开后门冲出去，却发现后门口站着一个穿校服的长发女生，手里正拿着一块大磁铁。

范泽天不由得吃了一惊，叫道：“小雪，是你？”

这女孩儿，正是他女儿范雪。

范雪在这所学校念高三，平时喜爱看推理小说，也爱缠着老爸听他讲亲身经历的探案故事。她的理想是长大了做一名探案如神的女警察。

范泽天低头看见女儿手里拿着一块磁铁，贴着后门晃来晃去，就故意板着脸问：“你在干什么？不用上课啊？”

范雪说：“我们这节是体育课，可以自由活动。你们刚才不是说凶手不可能从后门进出吗？我现在就要证明给你们看，凶手通过在门外用磁铁控制门里边的铁插销，是可以隔着后门将插销打开或者插上的。”

范泽天问："那你证明得怎么样了？"

范雪嘟着嘴说："如果不是你开门，我早就成功了。"

范泽天把脸一沉，道："胡闹！我们在门里都看见了，你用磁铁只能让里面的插销稍微抖动一下，这门关得很紧，用你这种方法根本不可能隔着木门遥控里面的插销。你说的这些，只是推理小说中用来破解密室的诡计，在现实生活中根本实现不了。"

正说着，负责在现场附近搜索的刑警小李朝他招了招手。

范泽天立即跑过去。

仓库紧挨着学校北面围墙，围墙外是一条小河沟。小李刚才在小河边的杂草丛中找到了一把大铁剪。

范泽天戴起手套，拿过铁剪仔细看了一下。铁剪约有一尺多长，是一把电工用的强力大铁剪。

范泽天从学校后门走出去，看到河沟边建有一个高压电箱，大铁剪掉落的位置正好在电箱下面的杂草中。

小李说："也许是电工在电箱上面干活儿时，不小心掉落下来的。"

范泽天点点头说："有可能。"

一直忙到下午三点多，现场勘察工作才算结束，但并未发现什么有用的线索。

3

周一全的尸体运去尸检，现场封锁解除之后，范泽天把保安胡伯留了下来，向他详细了解仓库大门钥匙的保管和使用情况。

胡伯说这把锁是上周一刚换上去的，换上新锁之后，几乎每天都有学生进仓库拿东西，不是要拿体育器材，就是要拿实验用具，或者是演出道具之类的，但每一次都是他亲自开的门，钥匙没有经过学生之手。

范泽天问："那有没有老师借用过钥匙？"

胡伯翻看过登记簿后说："换新锁之后，来借用过钥匙的老师，只有柳老师。她是学校的艺术老师，上个星期有一场演出，她要到仓库拿服装和道具，时间是上周二下午 4 点半。学校有规定，老师是可以自己取用钥匙的，所以我并没有跟着柳老师到仓库。不过柳老师拿到服装道具后，很快就将钥匙还回来了，前后不过几分钟时间，应该没有时间去配制一把同样的钥匙吧。"

"那也不一定，复制钥匙，并不一定要把钥匙拿走啊。"忽然从后面传来一个女孩的声音。

范泽天不用回头，就知道是自己的女儿范雪。现在是下课时间，自己穿着一身警服，往操场边上一站，自然会引起学生们的注意。这时仓库门前早已围了不少学生，范雪在这里也不奇怪。

范雪见父亲并没有责怪自己的意思，就接着说："只要拿到钥匙，随便用石膏、橡皮泥、面粉团，甚至是吃剩的馒头，按下一个钥匙印，就可以找高明的锁匠配制出一把一模一样的钥匙来。"

范泽天露出赞许的目光，看着她点点头说："不错，有这个可能。这位柳老师，你认识吗？"

范雪笑道："她被评为咱们学校'最美女老师'，谁不认识她呀？"

据范雪介绍，这位柳老师名叫柳雅梅，今年 28 岁，是学校的艺术老师，不但长得端庄漂亮，而且性情温柔，多才多艺，据说曾被学校男生评为全校"最美女老师"。死去的周一全，三年前曾追求过柳老师，但被柳老师当面拒绝。

范雪最后补充说："听说从上学期末开始，周老师又开始对柳老师发起了爱情攻势，但结果如何，就不得而知了。"

难道就是这位柳老师，为了摆脱周一全这个痴心汉对自己的纠缠，而杀死了他？

范泽天不由得皱起了眉头，吩咐身边的小李去找学校吴校长要一张柳老师的照片，到周边钥匙摊去问一问，看看最近柳老师有没有去配过钥匙。

然后他又问女儿："柳老师的办公室在哪里？带我去见见她。"他决定正面接触一下这位校园"最美女老师"。

在范雪的带领下，范泽天来到了学校办公大楼二楼的一间办公室。

见到柳雅梅时，范泽天的第一感觉就是，这位柳老师，无论长相和气质，都很像年轻时期的香港明星赵雅芝，清丽秀雅，淡然脱俗，难怪会被全体师生评为"最美女老师"。

范泽天跟柳老师打声招呼，开门见山地说："我是市公安局刑侦大队的，有点事，想找柳老师谈谈，不知是否方便？"

柳雅梅好像早有心理准备，请他坐下后说："是为了周老师的事吧？"

范泽天点头说："是的，我们听说周老师以前曾追求过您，有这回事吗？"

柳雅梅说："确实有这么回事。"

她告诉范泽天，大概三年多前，周一全离婚后不久，曾公开追求过她，但她当面拒绝了他。主是原因是她觉得他的经济基础不太好。周一全每月工资不到三千元，还要按月给跟着前妻的孩子几百块生活费。

另外，他有一对生父母和养父母，都住在乡下农村，每月还要各付几百元赡养费。每月余下的，也就一千多元了。他在城里无房无车，一直租房住，如果跟他结婚，连住的地方都成问题。

柳雅梅虽然不是一个拜金的女人，但还是觉得跟一个连养家都困难的男人在一起生活，是很难得到幸福的。所以就直接拒绝了他。

范泽天边听边点头，说："听说他最近又重新追求过你，是吗？"

柳雅梅微微一笑，说："你们警察的工作做得可真够细致的，连这个情况都被你们掌握了。"

大约是今年上半年的6月间，周一全忽然请柳雅梅吃饭。席间，他告诉柳老师说自己在新城区买了套房子，已经付了首期。然后直接问她："现在，我是不是有资格追求你了？"

柳雅梅听了，很是吃惊。新城区的房子最少也得一万块一平米，首付三成的话，至少也得三四十万元。周一全平时少有积蓄，怎么能一下子拿出那么多钱呢？

柳老师就开玩笑地问他是不是中彩票了。

周一全笑而不答，只说买房的银行贷款，估计三五年时间，他就可以还清。

当时正是6月底，高考刚刚结束，毕业班已经放假，但柳雅梅和周一全都不是教毕业班的，仍然要上课，她是跟别的老师调了一节课的晚自习，才有时间出去吃饭的，所以对这件事记得很清楚。

最后柳雅梅告诉周一全说：“很遗憾，我已经有男朋友了，他现在在美国留学，我们已经约定等明年他回国后就结婚。”

范泽天问：“那后来呢？他有没有再纠缠过你？”

柳雅梅说：“他并不死心，后来又约我出去吃饭，甚至放学后到办公室来纠缠我，都被我严词拒绝。”

范泽天瞧着她道：“能问一下，上周五下午放学后至深夜这段时间你在干什么吗？”

柳雅梅笑笑说：“是问我不在场的证明吗？上周五下午放学后，我到学校对面的‘真功夫’吃过晚饭后，就约了一位朋友去逛街，一直逛到深夜才回家。我可以把这位朋友的电话写给你，我说的这些，你都可以去调查。”

范泽天起身说：“好的，我们会的。”

4

第二天中午，分头调查的各路人马回到刑侦大队集中。从反馈回来的情况看，柳雅梅所说的话，基本属实。上个星期五下午放学后，她确实曾到学校对面的“真功夫”吃晚饭。

当时到店里吃饭的人并不多，加上她又是那里的常客，所以服务生记得很清楚。她吃过饭还在店里坐了一会儿，等到一位女性朋友来了之后，才起身离开。

据那位朋友反映，他们那天在步行街逛到很晚，分手回家时，已经是深夜10点半了。

但周一全死亡的时间，是在上周五下午5点半至深夜12点之间。

从理论上讲，柳雅梅与朋友分手后，立即偷偷潜回学校，杀死她事先约到仓库见面的周一全，仍然是有可能的。问题在于，她手里有能打开仓库门的钥匙吗？如果能证实这一点，就好办多了。

午饭后，拿着柳雅梅的照片去钥匙摊打听消息的小李回来了。他问遍了市区配钥匙修锁的摊子，都说没见过柳雅梅去配钥匙。

那些锁匠看了照片后说，这么漂亮的女人，长得跟赵雅芝似的，如果光顾过自己的档口，一定记得的。

范泽天不由得皱起了眉头。

这时电话响了，从法医那边传来消息，说经过对周一全的尸体进行解剖检验，最后确定其死亡时间约在上周五下午5点半至夜里10点之间。这比原来法医在案发现场初步推测的死亡时间范围缩短了两个小时。

这样一来，深夜10点半才与朋友逛街后分手回家的柳雅梅，就没有了作案时间。她杀人的嫌疑，也就基本可以排除了。

下午，范泽天申请搜查周一全住所的搜查令批下来了，他立即带着小李等人赶到周一全的住所。

周一全新买的房子，在新城区名庭豪苑内，三房两厅，大约一百个平方，售价至少一百万。柳雅梅说得没错，买这样一套房子，按揭首付至少也要三四十万。一向经济并不宽裕的周一全，怎么突然有钱买这么高档的房子呢？他还说只需三五年就可以全部还清房贷，难道他找到了什么生财之道？他的死，与此有关吗？

带着无数疑问，范泽天在周一全的房子里仔细搜查，并未发现什么可疑之处。让他印象深刻的是，屋子里的书非常多，沙发、凳子、床头、桌面，到处都摆着书，多是些小说散文之类的文学书籍和期刊，这也许跟周一全是语文老师有关吧。

打开书房，里面摆着两个书架，一个书架上摆满了跟周一全所教授的高中语文有关的各种教学书籍，另一个书架上，则摆着许多物理学和电子学方面的教材。书桌底下有个纸箱，箱子里放着许多细小的电子零件。

小李看罢后说："莫非这位周老师业余时间在从事电器维修工作？"

范泽天却道："他就是去修飞机，也没办法在这么短的时间里赚到这套房子的首付啊！"

柳雅梅的作案嫌疑被排除，搜查周一全的住所又一无所获，各路调查都没有新进展，这桩凶杀案查到这里，线索就断了。

范泽天下班回到家，连吃饭都有些心不在焉。

晚上 10 点多，范雪上完晚自习回家，看见老爸呆坐在电视机前，电视机开着，眼睛却一动不动地望着别处，就拍了一下老爸的肩膀问："老爸，是不是周老师的案子，遇到困难了？"

范泽天收回思绪说："可不是，几条线索都断了。"就把今天的侦查情况，简单说了。

范雪听说搜查周一全的住处时，发现他书房里有很多物理学和电子学方面的书籍，也觉得十分奇怪："周老师在学校是教语文的，平时爱好文学，还发表过小说，但没听说他有其他方面的爱好啊。对了，你们在他书桌下面纸箱里发现的那些电器元件，是什么样子的？"

范泽天说："都是些很小的电子元件，具体是做什么用的，我也搞不懂。不过我顺手用手机拍了几张照片。"

范雪说："快把照片给我看看。"范泽天就拿出手机给她看。手机像素很高，照片拍得很清晰。

范雪像个称职的侦探一样，认真看了照片，想了一下说："老爸，周老师被杀的那间仓库，我们可以把它看作一个密室，没有钥匙是绝对无法不留痕迹地进入这个密室的。你们把调查重点放在钥匙上，这一点是对的。但我觉得，你们在调查过程中，似乎忽略了一个人，一个接触过钥匙的人……"

“一个接触过钥匙的人？”范泽天忽然醒悟过来，一拍大腿打断她的话道，“对，你说得没错，我们确实从一开始，就忽略了一个最有机会作案的人，那就是你们学校的门卫兼保安胡伯。”

范雪还想说什么，范泽天却已兴奋地站起身，用手机拨打电话:“小李吗?明天你给我查查青阳一中的门卫胡伯的底细，尤其要搞清楚他跟被杀的周一全之间有无过节。”

5

第二天早上，范泽天刚回到单位上班，就见小李兴冲冲跑进来，兴奋地叫道:“范队，你可真神了。我调查过那个胡伯，你别说，他跟死去的周一全，还真有些过节。”

原来他昨晚接到队长的命令后，连夜找到熟悉胡伯的人展开了详细调查。

胡伯，本名叫胡南宗，现年50岁，乡下人，老婆孩子家人都住在老家，他独自一人在城里打工，在青阳一中已经做了十多年门卫。

他除了做保安，暗地里还有一份兼差，是这一带地下六合彩黑庄下面的一个小庄家，平时负责向周围彩民收钱及发放码报，偶尔也向彩民透露一点特码什么的。

据说在他的怂恿下，周一全曾在他手里买过六合彩，有一次周一全根据他透露的特码，买了二百元，结果中了四千块。

后来胡伯又给了他一个特码，说是包中，一心想发财的周一全竟然从存折上取了两万块，全都押在了这个特码上，结果血本无归。

周一全觉得是胡伯联合大庄家骗了自己，就叫胡伯归还自己的两万元。胡伯自然不会还他的钱，两人为这事吵过好几次。后来周一全还威胁说如果不还钱，就去向公安局举报。

这都是去年的事了，最后胡伯还钱没有，谁也不知道。

范泽天听完汇报后，盯着小李问：“你的意思是说，胡伯既不想还周一全的钱，又怕他举报自己，最后只好将他骗到仓库杀了灭口，是不是？”

小李说：“我觉得这个可能性很大。”

范泽天说：“好，既然如此，咱们立即传讯胡伯，先看看他有什么反应。”

胡伯被带到公安局后，范泽天立即对他展开质询。

胡伯对自己是地下六合彩小庄家的事，倒是供认不讳，但对于杀人灭口之事，却矢口否认。他说自己确实因为买卖六合彩的事跟周一全产生过纠纷，但那已是去年的事了。他的上线，也就是地下六合彩的大庄家，早已出面摆平这件事。他绝不会因为这件事对周一全下毒手。

范泽天问：“上周五下午 5 点半至夜里 10 点，你在什么地方？”

胡伯说那段时间，他一直在学校门卫室里。当时学生放学后，他叫学校门口的小餐馆炒了两个小菜送过来，然后跟学校一位退休的甄老师坐在门卫室门口喝酒。

两人都是棋迷，喝完酒后，又杀起象棋来，一直杀到深夜 11 点，才收场。

范泽天叫小李立即去青阳一中找这位退休的甄老师核实情况。

结果甄老师说上周五他跟老胡喝酒下棋是没错，不过大概夜里 9 点左右就散场了，并不是胡伯说的一直下到深夜 11 点才结束。

也就是说，老胡与甄老师下完象棋后，至少还有一个小时的时间可以去杀人。

虽然胡伯已经年近五十，但身材魁梧，身体健康，加上每年都要到市公安局下辖的保安公司接受培训，相信要对付身材瘦削的文弱书生周一全，应该不成问题。他身上的嫌疑，陡然加重了。

“老胡，你胆子真不小啊，到了公安局，还不肯说真话。”范泽天故意把一副手铐“啪”的一声拍在桌子上，“如果你不说真话，咱们就真的只能把你当杀人犯对待了。”

胡伯吓得浑身发抖，哭丧着脸说：“范队长，我、我绝对没骗你们，我说的都是真话。”

范泽天沉着脸说：“我们的人刚才调查过了，上个星期五晚上，那个甄老师跟你下完象棋离开的时候，是夜里 9 点左右，根本不是你说的夜里 11 点多。你不会告诉我是你喝醉了酒犯糊涂记错了吧？”

胡伯顿时口吃起来：“我、我……这个时间问题，我的确撒了谎，不过这事跟周一全的案子没关系，真的，一点关系也没有。”

“有没有关系，由我们说了算。你要做的，就是实话实说。”范泽天一拍桌子，“快说，甄老师离开之后，你又干了些什么？将周一全引诱到仓库杀害的人，是不是你？”

“不，不，不是我，我没杀人。”胡伯急忙摆手辩解道，“那晚甄老师走的时候，确实是 9 点多。他走后，翠花婶就来到了门卫室，我们关起门，就在里面……”

范泽天一愣：“翠花婶是谁？”

胡伯的脸涨得比猪肝还红：“她是我们学校煮饭的阿姨。她没了老公，已经偷偷跟我好了两三年了，经常在夜里摸到门卫室跟我幽会。我怕连累她，所以刚才没敢把我和她的事说出来。范队长，她跟周老师的案子可是一点关系也没有，你们千万不能把这事传出去，要不然她就不能在学校煮饭了。“

范泽天说：“我要找人调查一下，如果你说的是实话，我会替你保密的。但有一条，地下六合彩害人不浅，你如果再敢替那些黑庄家做事，绝不轻饶。”

不久后，小李从青阳一中打来电话，通过询问学校的煮饭阿姨翠花婶，证实了老胡说的是真话。

范泽天只好放胡伯回去。

6

星期四早上，范雪走进高三（3）班教室时，教室里已经有十几个同学在晨读。她走到自己的座位上坐下，一抬头，就看见坐在前面不远的石磊手里捧着一本语文书，正在发呆。自从他和胡伯一起发现了周老师的命案之后，他就心有余悸，似乎还没从那令人惊恐不安的命案现场走出来，常常心不在焉地一个人出神发呆。

石磊是上届高三毕业班转下来的复读生，刚到班上不久，范雪对他还不太了解。但听跟他同届同班的另一名复读女生说，石磊在上一届高三的时候，成绩不算太好，也就是中等的样子，属于那种加把劲就有希望考上大学，但如果不发愤不努力，就肯定没戏的学生。

但是令人奇怪的是，在上届高三临近高考的一段日子，同学们都在拼命努力复习功课，石磊却忽然放松下来，学习反而不如以前用功。

范雪曾问："那个时候是不是他知道自己考不上大学，所以彻底放弃了？"

那女生摇头说："倒也不像，与其说是放弃，不如说他是表现出一副信心满满的样子，完全是一副自己根本不用努力，也可以考上大学的轻敌心态。结果呢，他高考发挥失常，连个"三本"都没考上，只好又回来复读一年。"

根本不用努力也可以高枕无忧地考进大学，如此信心满满把握十足，最后却名落孙山。范雪坐在课桌上，看着石磊的背影，心里暗想，这到底是怎么回事呢？高考前夕，成绩并不算好的他，为什么对自己考上大学那么有把握？既然把握十足，又怎么会发挥失常，连个"三本"的专科院校也没考上呢？他难道是在拿自己的前途开玩笑吗？

范雪决定对这个满身疑点充满神秘感的男生展开调查。

石磊出生在一个单亲家庭，母亲没有固定工作，靠在水果市场摆摊卖水果维持生计，家里的经济状况并不好。

范雪从了解石磊的男生那里打听到了他母亲摆摊的地址，中午在学校食堂吃过午饭，就直接去了水果市场。

在高三年级开学之初的家长会上，她见过石磊的母亲，所以很容易地就找到了她的水果摊位。

范雪在她的摊位上买了两斤苹果和三斤梨子。

石磊的母亲见她盯着自己看，也不由得多看了她两眼，觉得这个女孩儿似乎有点眼熟，想了一下问："小妹，你是在青阳一中读书吧？是不是跟咱们家石磊是同学？”

范雪就笑了，说：“阿姨，您真是好记性。我在家长会上见过您呢。”

石母一听她真是儿子的同学，忙要把刚才的水果钱退给她，范雪不肯要，她忙又在她塑料袋里多塞了两个苹果。

范雪连声说谢谢，又假装不经意地问：“阿姨，我看石磊的学习成绩还算可以啊，只要用点功，肯定能考上大学。上次高考，怎么没考上呢？”

石母叹口气说：“唉，我们家石磊这孩子，成绩一直都是马马虎虎。上次高考之前，他忽然找我要三千块钱，说只要这三千块钱花出去，他就百分之百能考上大学，说不定还能上名牌大学呢。我们家虽然穷，但为了孩子，三千块还是拿得出的。我就从存折上取了三千块钱给他。谁知高考的时候，还是没考上。我本想让他回来帮我干活儿，或者出去打工挣钱，他却一定要复读一年，还说上次考试是失误了，复读一年绝对能考上。”

范雪问：“那您知不知道他拿这三千块钱干吗去了？”

石母摇头说：“不知道。他是个懂事的孩子，知道我挣钱不容易，从不乱花一分钱，我想可能是拿去买什么重要复习资料去了吧。”

范雪在心里暗暗否定了她的说法，哪有这么贵的复习资料呢？

范雪回到学校，看看手表，离下午上课还有半个小时。

她来到周一全教过的高二（2）班，这个班是周一全从高一一路带上来的，班上的学生都对周一全比较了解。

她找到一位熟识的女生，先请她吃了个冰激凌，然后问她认不认识高三（3）班的石磊。

那个女生说：“认识啊，就是你们班上那个爱打篮球的体育委员嘛。哎，听说这回周老师的尸体，就是他发现的，是不是？”

范雪说：“是的。”又问，“你最近有没有看到石磊来找过周老师？”

女生想了一下说：“他来找周老师啊，我倒是看见过几回。有一回我去上厕所，就看见他们在走廊拐角处讲话。”

范雪忙问：“那你有没有听见他们讲话的内容？”

女生说："具体说什么没听清楚，我从他们身边走过的时候，好像听见石磊说了"还钱"这两个字。当时我还在想，难道是周老师找石磊借钱了？"

范雪拍拍她的肩膀，似有所悟地离开了。

她边走边掏出手机给老爸打电话："老爸，周老师的案子，你们查得怎么样了？"

范泽天在电话那头说："按照你的提醒，我们调查了另一个接触过钥匙的人，就是你们学校的保安胡伯，结果白忙活一场，他根本就没有作案时间。"

范雪叹口气说："老爸，你会错意了，我说的另一个接触过钥匙的人，并不是指胡伯。"

范泽天一愣："不是他？那是谁？有机会接触钥匙的人，就只有他和柳雅梅两个人呀。"

范雪说："好了，快上课了，我不跟你多说了，总之我告诉你，这个案子我已经帮你破了。今天傍晚放学后，你把跟这个案子有关的有所人，都召集到我们学校的仓库门口，到时我会告诉你谁是杀死周老师的真凶，你就准备抓人吧。"

范泽天吓了一跳："闺女，你不是开玩笑吧？老爸都破不了的案子，你能轻而易举地就破了？"

范雪不由得嘟起了嘴巴："老爸，你别门缝里看人，把人给看扁了。我真的把这案子给破了，你就准备手铐来抓人吧。"

范泽天还是不相信，说："闺女，人命关天，这可不是闹着玩的。如果老爸把人都召集齐了，阵势摆在那儿，你要是说不出个一二三四来，你老爸可就糗大了。弄不好这事传出去，我还要挨处分呢。"

范雪胸有成竹地说："老爸，你就放心吧，绝对错不了。日本还出了个少年侦探金田一呢，就不兴咱们中国出一个少女侦探范雪啊。到时你就等着看你女儿的好戏吧。"

7

上完下午最后一节课，范雪来到学校仓库门口，果然看见老爸带着一队警察，还有所有跟这个案子有关的人，包括发现周一全尸体的胡伯和石磊，以及被怀疑过的柳雅梅，还有学校的一些领导和老师，都聚集在了那里。

范泽天左瞧右看，见到女儿终于驾到，不由得抹抹额头上的汗珠说："闺女，你到底有没有把握啊？"

范雪朝他悄悄做了一个"OK"的手势，走到仓库大门前，清清嗓子开门见山地说："首先，我来解开密室之谜。案发的这间仓库，后门有三道内插销，无法从外面打开或关上，凶手及死者，只能从前门进入仓库。但是前门挂锁完好无损，唯一有机会拿钥匙开门的两个人，胡伯和柳老师的嫌疑又被排除了，那凶手是怎样进入仓库而不留下半点痕迹的呢？其实很简单，请大家不要忘记警方在学校围墙外水沟边捡到的那把强力大铁剪，当时警方以为是外面高压电箱的修理人员不小心掉下的。我说不是，那是凶手使用后丢弃的。案发当晚，凶手根本没有把心思放在怎样打开仓库挂锁上，而是直接拿大铁剪喀嚓一下，把挂锁上面的锁环剪断了。打开仓库大门之后，他把周一全约到仓库见面，经过短暂搏斗之后，凶手杀死了周老师。然后凶手将一把与原锁相同牌子相同型号相同式样的新锁，锁在了大门上。至于那把大铁剪，因为太大太沉，不方便带出学校，凶手就将它丢过围墙，扔在了外面的河沟里。仓库远离学校中心区域，放学之后极少有人到这边来，所以凶手作案时并不担心会被人听到仓库里的动静或看到自己。"

范泽天不由得大失所望，说："你的这个推理不能成立啊，就算凶手换上一把外表看起来与原锁一模一样的新锁，可开锁的钥匙绝不会一模一样啊。老胡手里的钥匙，却能打开你说的这把被调包的新锁，这又是怎么回事呢？"

范雪说："不，换锁之后，胡伯手里的钥匙，是没办法打开新锁的，要不然当他从窗户里看见周老师的尸体后，怎么会把钥匙插进锁孔两次，也打不开挂锁呢？后来他把这件事说出来，大家都以为当时他太过紧张，心跳手抖，所以一时间没办法顺利开门。其实不是，锁已经被凶手换了，他拿着原来的钥匙，肯定打不开的。"

胡伯忍不住问："可是后来石磊从我手里拿过钥匙，却把门打开了，这又是怎么回事呢？"

范雪说："那是因为他从你手里接过钥匙后，用身体挡住你的视线，迅速换了一把钥匙，所以顺利地打开了仓库门。然后他把钥匙还给你——其实他还给你的，并不是原来你给他的那把钥匙，而是新锁的钥匙。两把同型号的锁的钥匙，只是齿纹稍有差别，从外表看，几乎是一模一样，在那样的情况下，胡伯没有发现钥匙被掉包，也就不奇怪了。"

众人听到这里，不由得一齐望向石磊。

石磊早已变了脸色，跳起来道："范雪，你的意思是说，我就是杀死周老师的凶手吗？你别胡说八道，周老师从来没有教过我的课，我跟他无冤无仇，为什么要杀他？"

范雪看了他一眼，说："这就涉及你的杀人动机了。"她不慌不忙地说出了自己的推理。

从表面上看，周一全从来没有教过石磊的课，他们之间并无关系，石磊为什么会要杀害周一全呢？促使范雪解开这个谜的，是范泽天在周一全书房里拍摄的那张纸箱里装满电子元件的照片。后来范雪从网上查到，那种电子元件最主要的作用之一，就是可以用来组装高考作弊器。

网上有关于这种伪装成眼镜的高考作弊器的介绍。据说这种作弊眼镜伪装得很巧妙，一般的监考设备很难发现。考生戴着这种眼镜进入考场，考场外操作自动答题器的人也戴上一副特殊的眼镜。

这种作弊眼镜既具有双方对视功能，又有针孔摄像头，可以把高考试题照下来后传给考场外的接收器，有效距离是 80 公里。

考场外操作电脑自动答题器的人，只要把试题复制到自动答题程序里，答案就会在数秒内出现在屏幕上。最后考生用眼镜和考场外的人进行对视，就可以看到答案了。

周一全为了摆脱拮据的经济困境，在买六合彩并没有赚到钱之后，遂铤而走险，自学了物理学和电子学方面的教材，用自己从网上购买的电子元件，组装出了这种高考作弊器，并于今年上半年高考前夕，用一种极其隐蔽的方法向学生兜售，一套作弊器的价钱，大约在三千元左右。

从周一全一次高考就赚回一套房子的首付来推算，他至少已在青阳一中及周边学校卖出这种作弊眼镜一百多副，而石磊就是他的众多买家之一。

这也是石磊为什么高考临近，别的同学都在拼命复习功课，而他反而松懈下来的原因，因为他自以为买了周老师的作弊器，高考就万无一失了。

结果不知因为什么原因，多半是作弊器出了问题，他几场考试都没有接收到周一全从考场外发出的答案，结果高考落榜了。

复读后的石磊自然不肯吃这个哑巴亏，找到周一全，叫他赔偿自己的损失。

周一全吞进去的钱自然不会吐出来，就跟他说这次考试只是个意外，其他用了作弊器的学生都考上了大学，唯独他戴的作弊眼镜出现了技术故障。并且向他保证，下次高考可以免费送一副作弊眼镜给他，保证他一定能考上大学。

本来这件事就这样平息了，谁知不久前周一全参加公务员考试考上了公务员，马上就要调到市里一个实权部门工作。那里的工资待遇远远超过做教书匠，而且比在学校做老师有前途得多，所以他再也犯不着为了赚钱而冒险去卖作弊器了。于是，他就跟石磊说自己要调走了，买卖作弊器的事，自己洗手不干了。

石磊复读一年，把全部的希望都寄托在了周一全的作弊器上，现在听说他要洗手不干，顿觉自己再次受骗，一怒之下，就对周一全动了杀机……

石磊听范雪说到这里，反而平静下来，眼眶里闪着泪光，说："你的推理，基本上是对的。但有一条，却是错了。最先起杀机的人，不是我，而是周老师。他要调到好单位做公务员去了，前途不可限量，而我却纠缠着他不放，即便他将那三千块钱退给我也不行，我一定要他在下次高考时继续操作作弊器，让我顺利考上大学。否则，我就去举报他，把他卖高考作弊器的事抖出来，让他非但当不成公务员，而且连老师都没得做。他果然害怕了，上周五中午，他约我放学后六点钟到仓库见面，协商解决这个问题。我如约而去的时候，他已经打开仓库大门等着我。在仓库里，他忽然凶相毕露，一手扼住我的脖子，一手拿出一把水果刀抵住我的咽喉，要杀我灭口。我当时很害怕，说杀了我你自己也脱不了干系。他则得意地笑着说他早已计划好了，刚才进来的时候，没人看到他，他用大铁剪剪掉了门上的挂锁，出去的时候再换上一把一模一样的新锁。双休日这两天，绝不会有人到仓库来。等到了下个星期一，他再找个借口叫门卫胡伯跟自己一同到仓库拿东西，然后假装从窗户里看见仓库里有人被杀，催促胡伯快拿钥匙开门。胡伯的钥匙自然打不开门，他便接过钥匙帮他开门，然后趁机换掉钥匙。他原本以为我必死无疑，所有毫无顾忌地将他的杀人计划告诉了我这个'将死之人'。但他却没有想到，我是班上的体育委员，平时练过武术，想要对付身材瘦小的他，并不是难事。结果我使出一招擒拿绝技，轻而易举地就夺下了他手里的水果刀。他又抄起仓库里的一根木棍朝我扑来，我不及多想，一个侧身上步，就把匕首插进了他的胸口。"

范泽天道："你杀人之后，决定仍然按照周一全事先设计好的计划进行，只不过星期一早上发现尸体的人是你，而那个躺在仓库里的被杀者，换成了周一全，是不是？"

石磊的头缓缓垂下去，说："是的。"

范泽天朝女儿眨眨眼睛，悄悄竖起了大拇指。然后一挥手，两个警察立即上前，押着石磊朝警车走去……

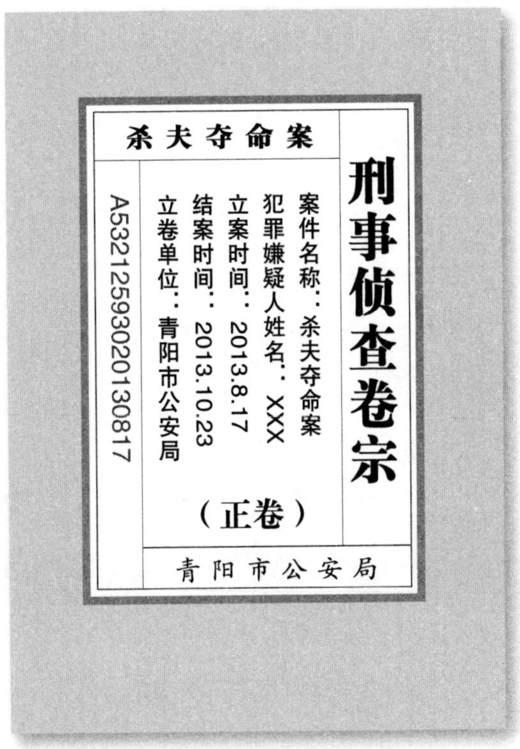
刑事侦查卷宗

杀夫夺命案

案件名称：杀夫夺命案
犯罪嫌疑人姓名：XXX
立案时间：2013.8.17
结案时间：2013.10.23
立卷单位：青阳市公安局

（正卷）

A53212593020130817

青阳市公安局

惊魂错杀

1

下午，马从军拎着一个黑色手提行李包出了门。

他走下台阶，抬头看看天气，感觉起风了，似乎有了些初秋的凉意，于是又折回屋里，在身上加了一件外套，才走出家门。

庞玉娟看见丈夫手里拎着行李包，就问："要出差吗？"

马从军"嗯"了一声，头也不回地说："单位公干，出差到海南，估计要三四天才能回来。"

这是一栋独门独院的两层别墅，两米多高的围墙上爬满青藤，将安静的小院与外面喧闹的世界分隔开来。

院子里停着一辆白色本田小车。

马从军把行李包放进后备厢，然后钻进车里，开着小车缓缓驶出院门。

庞玉娟倚在大门边，看着丈夫的小车绝尘而去，表情落寞，脸上流露出冰冷的恨意，咬牙道："单位公干，出差海南？鬼才信你！谁不知道你又跟刘美琪那个狐狸精逍遥快活去了。"

今年 42 岁的马从军，是青阳市新时代传媒集团的老总。"新时代传媒"是由青阳市电台、电视台等几家媒体转企改制整合而成的一家文化传媒公司，有很深的官方背景，马从军身上还兼着一个市委宣传部副部长的头衔，出差公干，自然是家常便饭。

庞玉娟原本是青阳制药厂的一名会计，制药厂倒闭后，她下岗在家，成了一名家庭主妇。

五年前，他们年仅十岁的儿子在学校组织的一次郊游活动中，遭遇车祸身亡，庞玉娟已经做了绝育手术，不能再生育。

花了三年时间，夫妻俩才渐渐从中年丧子的悲痛中走出来。

大约从两年前开始，庞玉娟发现一向跟自己感情和睦的丈夫身上，渐渐有了一些微妙的变化，先是对她的态度突然变得冷淡起来，然后下班再也不会像以前一样准时回家，总是借口说工作应酬逗留在外，甚至彻夜不归。

再后来，马从军说自己工作太忙，有时晚上回家仍需加班，怕夜里吵到庞玉娟，所以提出夫妻分房睡觉。

庞玉娟这才隐隐感觉到，丈夫在外面已经有别的女人了。

刚开始的时候，庞玉娟的心态还是比较乐观的，总觉得自己跟丈夫二十来年的夫妻感情，绝不是外面那些逢场作戏的一夜情可以代替的。

男人嘛，整天对着家里的黄脸婆，难免会感到乏味，偶尔在外面偷偷腥，寻找新鲜和刺激，也是可以原谅的。等他在外面玩累了，自然就会回心转意，重新回归家庭。

但是随着时间的推移，庞玉娟发现丈夫的心，已经离自己，离这个家越来越远，她这才感觉到情况不妙。

为了挽回丈夫的心，庞玉娟也曾在丈夫面前哭过闹过吵过，但是马从军根本不吃这一套，瞪着她，用异常冷静，甚至是冷漠的口吻说："你是更年期到了，还是神经病发作？你说我在外面有别的女人，那个女人是谁？你有什么证据？我看这些都是你自己瞎想的吧？"

这话说得庞玉娟一愣，自己之所以认定丈夫有外遇，完全是凭自己的第六感，但说到确凿的证据，自己还真没有。

庞玉娟痛定思痛，下定决心，一定要找到丈夫出轨的证据，揪出那个充当第三者破坏他们家庭的狐狸精。假如她把证据摆在马从军面前，他仍然不思悔改，她就闹到他们单位去。

政府部门的机关单位，一向重视领导干部的作风问题，如果这事捅出去，马从军的官也就当到头了。

马从军是一个事业心很强的人，遇上这样的情况，一定会向她妥协。如果他真的死不悔改，那就只能一拍两散，谁也别想再过好日子。她在心里恨恨地想着。

有了这个想法之后，庞玉娟就拿着一部数码相机，整天蹲守在丈夫单位门口，只要看见他单独开车出去，她就坐的士在后面跟踪他，希望能偷拍到他跟那个女人鬼混的镜头。

但是马从军年轻时当过侦察兵，行事一向小心谨慎，他很快就发现了端倪，只在车流中转几个弯，就轻易地把她给甩掉了。有时候她还没有到家，他却故意先回家，坐在沙发上面带揶揄地等着她。

庞玉娟尾随丈夫当了半年的狗仔队，却没有一点收获，明知丈夫在外面有了别的女人，却抓不到半点把柄，气得大病了一场。

两个多月前的一天半夜，马从军从外面回来，刚一进门，庞玉娟就从他身上闻到了那种熟悉的女性香水味道。

她刚想发作，马从军却先开口道："这么晚，还在看电视啊？正好我有件事要跟你商量。"

他从提包里拿出两张 A4 纸，从玻璃茶几上推到她面前。

庞玉娟一看，居然是两张已经打印好的离婚协议书，再看最后面，马从军已经在上面签了字。

马从军说："你仔细看看，如果没有意见，就在后面签上你的名字。"他的语气轻描淡写，好像是在跟客户谈一份互利双赢的生意合同。

庞玉娟被他脸上那种冷漠的表情彻底激怒了，如果旁边有水果刀的话，她真恨不得冲上去一刀刺死这个薄情寡义的男人。

她喘着粗气，胸脯剧烈起伏着，过了好久，才渐渐平缓下来。她盯着马从军恨恨地道："你就死了这条心吧，我死也不会同意签字离婚的。我不好过，也绝不会让你跟那个狐狸精去过好日子。”

“你这又何必呢？”马从军看着她，眼睛里透出怜悯的目光，“我们之间已经没有感情了。”

庞玉娟叹息一声，说：“告诉我，那个女人是谁？”

马从军犹豫一下，说：“她叫刘美琪，就住在咱们青阳市，是一个英语老师。”

庞玉娟看着绝情的丈夫，几乎流下泪来：“你说，她除了比我年轻，还有哪一点比我好？”

马从军说：“她已经怀了我的孩子。”

庞玉娟仿佛被人一拳击中要害，弯着腰缓缓坐在沙发上，忽然捂着脸，放声大哭起来。

接下来，夫妻俩就进入了不断升级的家庭冷战。马从军彻底冷落了妻子，回到家就黑着一张脸，一天到晚也不跟庞玉娟说一句话，后来干脆连生活费也不再给她。

庞玉娟是个家庭主妇，没有工资收入，家里的生活费及各项开支，平时都是由马从军按时给予。现在马从军突然甩手不管，家里的经济就显得捉襟见肘了。

庞玉娟只好把自己平时的积蓄拿出来用，虽然生活过得清苦，但她仍然咬紧牙关忍受着，一点也不向丈夫妥协。

一天晚上，庞玉娟上床睡觉，忽然感觉到双脚似乎触到了一根冰凉的绳子，掀开被子一看，才发现床上竟然盘着一条红褐相间的红斑蛇。她吓得“啊”的一声惊叫，连滚带爬地从床上跑下来。把蛇赶跑后，过了好半天，她的心还在怦怦直跳，实在想不通怎么会有蛇进到家里来。猛一回头，从门缝里看到马从军正坐在外面客厅里，脸上带着一丝阴冷的笑意。

她这才明白过来，原来是这个离婚心切的男人在搞鬼。

儿子去世后，庞玉娟就养了一条西施犬跟自己做伴。狗名叫拉拉，长得小巧可爱，十分招人喜欢。

这一天晚饭后，庞玉娟正在厨房里刷碗，忽然听到屋里传出拉拉尖锐的惨叫声，急忙跑出来一看，却见马从军双目杀机毕现，正掐着拉拉的脖子，把它的头往墙上撞。

“你想干什么？”庞玉娟冲过去将拉拉从他手里夺下，心疼地抱在怀里。

马从军恶狠狠地说：“这小畜生竟敢咬我的裤管，我迟早要弄死它。”

这天晚上，庞玉娟总感觉有个黑影在自己卧室的窗户外晃来晃去，第二天早上起来，才发现自己养了好几年的金鱼，全都死在了鱼缸里。

庞玉娟气得浑身发抖，一脚踢开丈夫卧室的房门，马从军正在穿衣起床。

庞玉娟怒道：“马从军，我知道你心里在想什么。告诉你，除非你杀了我，否则休想让我在离婚协议书上签字。”

马从军冷笑道：“杀人偿命，杀了你我自己也过不上好日子了，这样的蠢事我不会做。但我敢向你保证，你现在不同意签字离婚，以后一定会后悔的。”

庞玉娟双手叉腰，像个泼妇似的骂道：“你这个没良心的，我现在就后悔了，后悔当初自己瞎了眼，竟然嫁给你这样一个薄情寡义没有廉耻之心的男人。”

马从军不愿跟她作口舌之争，穿好衣服连脸都没有洗，就提着自己的公文包上班去了。

又过了几天，庞玉娟出门买菜，忽然发现小区里好多人都在背后对她指指点点地议论。她找了个熟人一问，才知道最近小区里贴了许多她跟一个年轻男人偷情的照片。

庞玉娟大吃一惊，在小区里找一下，还真发现各处路口都贴着一张内容相同的彩色照片，照片上，她跟一个年轻英俊的男人赤身裸体躺在床上……

她不由得血冲脑门，脑子里轰然作响，身子晃了晃，差点摔倒在地上。她赶紧搜遍小区的每个角落，把所有照片都撕下来。照片上的男人她根本就不认识，照片上的事，当然也从来没有发生过，这照片一看就知道是用电脑合成的。始作俑者是谁，她心里自然清楚。只是她做梦也没有想到马从军为了逼她同意离婚，竟然会使出如此卑鄙的手段。

等马从军晚上回家，庞玉娟本想质问他照片的事，但后来一想，他一定不会承认这事是他干的，这时候问他，只会自取其辱，肯定会被他反咬一口，说自己在外面偷汉子给他戴绿帽子，反而给了他更加充足的离婚理由。

她想一想，还是隐忍不发，但心中对丈夫的恨意，又更加深了一层。

自从马从军跟妻子正式摊牌之后，他在家里跟那个叫刘美琪的女人打电话时，就再也不藏着掖着了。他经常当着庞玉娟的面，在电话里用温柔的声音向那个女人嘘寒问暖，甚至在妻子面前跟那个女人在电话里打情骂俏。

一天半夜，庞玉娟在睡梦中听到客厅那边传来说话声，起床一看，只见马从军穿着睡衣坐在客厅，正在跟那个狐狸精煲电话粥。夜深人静，那个女人在电话里的声音满屋子都能听见。

狐狸精嗲着声音说："宝宝在肚子里踢我了，我睡不着，你再陪我聊一会儿嘛。"

马从军说："不行，我明天还得上班呢。不过如果你答应我一个条件的话，我陪你聊到天亮都可以。"

那个女人问："什么条件？"

马从军不怀好意地笑道："现在拍张床照给我，要不穿衣服的那种哦……"

"讨厌……"女人在电话里轻声说了一句什么，惹得马从军大笑起来。

庞玉娟站在卧室门口，马从军侧对着她，显然知道她已经被惊醒起床，却假装没有看见，仍然毫无顾忌地在电话里跟情人调情。

庞玉娟的心，像被割了一刀似的，一阵一阵的痛。她目光一转，看见旁边的茶几上放着一把水果刀，悄悄走过去，把刀握在手中，从马从军背后，一步一步朝他靠近。

她在心里冷笑起来：哼，你们在我面前秀恩爱是吧？老娘没好日子过，也绝不会让你们这对狗男女过上好日子！

她悄无声息地走到马从军背后，马从军却浑然不觉，仍然在跟情人兴致勃勃地讲着电话。庞玉娟咽了一口口水，举起水果刀，几乎就要从丈夫背后刺进去。但最后关头，她还是把手放了下来。

她知道如果现在杀了这个负心汉，警察很快就会找上自己，自己也得为他抵命。为了这样一个无情无义的男人把自己的命搭进去，太不划算了。

在马从军的电话声中，她悄悄退回了自己的卧室，那把被她握得发热的水果刀，叮当一声，掉到了地上。

这一次，她虽然没有把尖刀刺进丈夫的身体，但她对马从军的杀意，却像一根钉子一样，钉在了她心里。

第二天早上，当马从军上班去之后，庞玉娟把小狗拉拉抱在怀里，一边给它梳理着身上的毛发，一边对它说："我一定要杀了这个薄情寡义的男人！我绝不能让这对狗男女有好日子过！"

自从儿子出事之后，在这个家里，这条名叫拉拉的小狗，就成了庞玉娟唯一的知心朋友。她有什么心事，都会跟拉拉说。

拉拉也颇通人性，高兴的时候，会冲着女主人汪汪叫唤，遇上庞玉娟伤心流泪的时候，它会伸出温暖的小舌头，轻轻地把她脸上的泪珠舔干。

"马从军实在是欺人太甚，我一定要杀了他！"庞玉娟说这句话的时候，咬牙切齿，眼睛里杀机毕现，手上的力气也不知不觉地加重了，梳子硌得拉拉"嗷"地叫了一声。

庞玉娟这才回过神来，忙轻抚着拉拉的头说："对不起，拉拉，弄疼你了。不过你放心，我虽然恨不得马上让这个男人去死，但我绝不会蛮干，我不会让警察怀疑到我身上，叫我去为这样的男人抵命，那太不值得了。再说如果我被警察抓走了，以后谁来照顾你呢？所以我一定要寻找一个既能杀死这个负心汉，又能保全自己的机会。"

拉拉抬起头，看着自己的女主人，汪汪地叫了两声。

庞玉娟拍拍它的头说："你是在问我到底有什么方法既可以杀死马从军，又不会让警察怀疑到我吗？"

她惨然一笑，对拉拉道："其实办法我早就想好了。他不是经常出差吗？少则三五天，多则十天半月，有时候是真出差，有时候却是借出差之名，撇开工作偷偷去陪那个狐狸精过二人世界。我要等的，就是他以出差之名，再去陪那个贱人的机会。到时我想办法将他骗回家，一刀杀了他。对了，人的心脏在身体的左边吧？"说到这里，她用左手摸了一下自己心脏所在的部位，

“对，就是这里，只有把刀刺进他的心脏，才能一刀毙命。杀了他之后，我用一个袋子将他的尸体装上，趁夜在后院花坛下挖一个坑把他埋了。单位里的人以为他出差去了外地，到期不归，都会以为他在外地失踪了，绝不会想到他的尸体就埋在自家院子里。”

拉拉仿佛听懂了她的话，也明白女主人现在的心情，一边把头朝她怀里轻轻拱动着，一边发出呜呜的声音，像是在陪着女主人一起哭泣。

经过一段时间不动声色地等待，庞玉娟终于等来了一个绝好的机会。

昨天晚上，她偷听到马从军与那个狐狸精通电话。

刘美琪在电话里说，自己妊娠反应很厉害，希望他能过去陪她几天。

马从军自然满口答应，说：“好，我明天就去你那边。”

果不其然，今天上午他回单位安排了一下，下午就拎着一个行李包急匆匆地“出差”去了。

2

吃完晚饭，天就黑了下来。

庞玉娟收拾完饭桌，正坐在沙发上看电视，拉拉忽然跳上沙发，钻进她怀里。

庞玉娟抱起它，忽然发现它眼睛里透出从来没有过的紧张神情，身体也在轻轻颤抖。

她想了一下，忽然明白过来，对拉拉说：“拉拉，你知道我今天要对那个负心汉动手，所以感到紧张，是吧？”

拉拉把头凑到她跟前，汪汪地叫了两声，像是在回应她的话。

庞玉娟不由得笑了，说：“我都不紧张，你紧张什么呀？告诉你，我早就把一切都准备好了。凶器嘛，就是咱们家的这把水果刀，黑色的裹尸袋我早就上网买好了，埋尸的地点我也早已选好，就在咱们家后院里的那丛天竺葵下面，那里土质疏松，挖掘起来不怎么费力气……怎么样，小家伙，我的计划已经很周详了吧？”

这一次拉拉没有再发出声音，而是伸出舌头，在她鼻尖上舔了一下，好像是在表扬她心思缜密计划周详一样。庞玉娟不由得被它逗笑了。

晚上 8 点，庞玉娟开始用家里的电话拨打丈夫的手机。手机响了几声，很快就接通了。

马从军看到来电显示，肯定知道是她打来的电话，就在电话里很不耐烦地“喂”了一声，通话的背景声音里，隐隐夹杂着一个年轻女人的调笑声。

庞玉娟说：“你赶紧回家，我有重要的事情要跟你商量。”

马从军拿腔捏调地说：“我正在海南出差，有什么事，等我回来再说。”

庞玉娟突然提高声调说：“马从军，你在哄鬼吗？谁不知道你现在就在青阳市，就在那个骚狐狸家里。我告诉你，离婚协议书我已经签好了，如果你想离婚的话，现在就赶紧回来拿，等到了明天，说不定我又改变主意了。”

马从军显得有些意外，问：“你、你怎么想通了？”

庞玉娟冷声道：“我要是再不签字，只怕就要被你逼疯了。”

马从军自然求之不得，连声说：“行，你想通了就好，你把离婚协议书放好，我马上就回来拿。”

挂断电话后，庞玉娟倚在墙上，双肩耸动，眼泪就止不住流了下来。男人一旦绝情变心，就真的比魔鬼还可怕啊！

二十年的夫妻，说到离婚，这个男人居然没有半点留恋之情，全然忘了当年追求她时的山盟海誓。

“既然你如此断情绝义，那就别怪我心狠手辣了！”庞玉娟擦干眼泪，把旁边茶几上一把尖利的水果刀，紧紧握在了手中。

夜里 9 点多的时候，庞玉娟听见院门外传来汽车发动机的响声。她知道是丈夫回来了，急忙关掉屋里的大灯，只留下一盏昏暗的走廊灯还亮着。

她握着水果刀，屏住呼吸站在大门后边。虽然她觉得自己的计划非常周详，而且这个场景已经在她的脑海里反复演练过，但此时真的实施起来，却还是紧张得喉咙发干，浑身颤抖。

但是对那个负心男人的怨与恨，使她渐渐战胜了自己内心的恐惧。她咬紧牙关，躲在大门后边，强迫自己镇静下来。

她听到了丈夫把小车开进院子的声音，然后停车熄火，开门下车，紧接着，一阵大头皮鞋在地板砖上踏出的脚步声，渐渐朝大门靠近过来。很快，虚掩的大门被推开，一个穿着长外套的男人走了进来。

庞玉娟从门缝里看了一眼，没错，进来的就是她丈夫马从军。偌大的屋子里，只亮着一盏走廊灯，光线昏暗。马从军不知在嘴里嘟囔了一句什么，伸手去按门边的大灯开关。

就在他的手指触及电灯开关的那一刹，庞玉娟突然从黑暗的大门后边蹿出，双手握着水果刀，使尽全身之力，刺向马从军左边胸口。

马从军猝不及防，胸口中刀，踉跄着后退一步，绊着一把椅子，"扑通"一声倒在地上，嘴里发出几声模糊的低吼，两腿在地板上蹬了几下，很快就不再动弹。

庞玉娟心口怦怦直跳，瑟缩着上前，把手伸到他鼻子前摸一下，已经完全断气了。她像是全身虚脱一般，瘫软在地，看着身旁已经变成了一具尸体的丈夫，禁不住有些发呆。

她曾将这个杀人的过程，在自己脑海里至少演练过一百次，甚至就连如果一刀刺不死对方紧接着要如何补上第二刀，如果遇上对方反抗自己又该如何应对，都设计了不下十种对策与方案。

但她却从来没有想过，杀一个人竟是如此容易的事，只是那么一刀，这个负心男人就像一团稀泥一样，毫无反抗地倒在自己面前。

也不知道在昏暗的灯光里呆坐了多久，忽然一阵夜风吹来，庞玉娟激灵灵打个冷战，这才惊觉到，不知不觉间，冷汗已经打湿全身。

"不行，我不能就这么干坐着，事情还只做了一半呢！"她强撑着站起身，拿出早已准备好的黑色皮革裹尸袋，先把丈夫的头套进去，再把下半身搬进袋子里，最后拉上拉链。

装好尸体后，她顾不得喘一口气，又拿着铁锹，来到后面院子里。院子约有六十多平方米，里面种着一些花花草草，四周围墙很高，与邻居家的楼距也很远。她在这院子里做什么，不用担心会被邻居瞧见。

庞玉娟来到两堵院墙的夹角处，那里种着一大丛天竺葵。

她先用铁锹把天竺葵整个挖起来，再在花坛下面挖了一个大坑，回到屋里，把装着丈夫尸体的裹尸袋拖到后院，放进坑里，再填上泥土，最后将天竺葵移栽上去，将土夯实。忙完这一切，已经是深夜 12 点。

她又不放心地在后院里检查一遍，直到完全收拾停当，已经看不出任何异常，才算是松口气。她回到屋里，痛痛快快地洗了个热水澡，把身上所有可能留下的痕迹，都仔细清洗干净了。

已经是后半夜，天地间一片宁静，忙碌了一个晚上，庞玉娟只觉倦意上涌，打了一个呵欠，披着睡衣，正准备上床睡觉，拉拉忽然跑进卧室，冲着她汪汪汪地叫起来。

庞玉娟吓了一跳，问:“怎么了，拉拉，你是不是想跟我一起睡觉啊？”说着，伸手去抱拉拉。

拉拉往后一闪，躲了开去。

“你不想跟我睡觉啊？那我可先睡了哦。”庞玉娟一边逗着拉拉，一边坐到床上。

拉拉又凑近过来，朝她汪汪大叫。

庞玉娟不由皱起眉头，说：“拉拉，你今天是怎么了？”

拉拉叫了两声，忽然攀上床沿，用嘴咬住她睡衣下摆，把她往卧室外拖去。

庞玉娟暗自奇怪，站起身，一边随着它往外走，一边问：“拉拉，你到底要干什么？”

拉拉摇摇尾巴，咬着她的衣角，把她拖到卧室外面的大厅里，一直把她拉到大门边，才松开口。

庞玉娟不明所以，打开灯一看，发现大门边淌着一摊鲜血，正是刚才马从军被刺时流出来的。她杀人后只顾着处理马从军的尸体，竟然把这个第一现场给忘了。如果不是拉拉提醒她，明早有人撞进门看到这个场景，那后果就不堪设想了。

她拍拍拉拉的头，赶紧拿来水桶和拖把，把大厅的地板全部冲洗一遍，直到看不到一点血迹，这才放心。虽然刚刚才杀过人，但她心里却没有一丝害怕与恐惧，反而觉得得到了解脱，感到无比安心。

这天晚上，她抱着拉拉，在床上睡了一个好觉。

第二天早上，庞玉娟像什么事情也没有发生过一样，照常出门吃早餐，像往常一样提着篮子去买菜。从菜市场回来的时候，她碰到一位女邻居。

邻居看着她篮子里的菜说："哟，怎么买这么少的菜啊？"

庞玉娟笑笑说："我老公出差了，家里就我一个人吃饭，所以不用买多少菜。"

邻居说："你老公真是个大忙人啊，整天出差，哪像我们家男人，一天到晚只知道窝在家里，一点出息也没有。"

庞玉娟笑着应酬几句，提着菜篮匆匆回家。

接下来的几天日子，过得出奇的平静，就连庞玉娟拿着水壶，给后院墙角处那丛天竺葵浇水时，心里也没有什么特别的感觉，仿佛那后院里，从来没有发生过什么特别的事情。

3

"8 月 22 日"，墙上的电子时钟显示器上，跳出了这几个字。

庞玉娟一边吃着早餐，一边看着这个日期，在心里暗暗盘算着，马从军是 8 月 17 日开始"出差"的，已经过了四天时间，今天已经是第五天了。按照马从军向单位交代的出差时间表，今天应该是他出差归来，返回单位上班的日子。

如果她猜想得不错，过不了多久，单位里的人一定会打电话到家里来问：

马总在家吗？他出差回来没有？为什么没有来上班？单位里一大堆人都在等着他开会呢。

而她则会用略带诧异和紧张的语气回答说：他没有回家啊，我还以为他先回单位了呢。是不是有什么事情耽搁了？也不见他打个电话回家。对了，他有打电话回单位吗？

对方肯定会说：没有。

当然，像马从军这样级别的领导，一两天不回单位上班，也不是什么大事情，所以单位里的人也不会深究。但是三五天后，仍然不见马从军现身，而且打电话也不接，完全处于失联甚至是失踪状态，估计单位里就要炸锅了。然后就是各种谣传满天飞，当然人们议论得最多的，还是贪官改名换姓携巨额赃款潜逃外国之类的话题，再然后，就是纪委甚至是公安部门对马从军行踪的各种调查……最后就像网上经常传出的贪官出逃的新闻一样，在人们的遗忘中不了了之。

庞玉娟想到这里，忍不住朝饭厅的窗户外望了一眼，窗外就是后院花园，从她所坐的角度，虽然看不见墙角里的那一丛天竺葵，但她还是止不住为自己周详的杀人计划自鸣得意。

只怕就连神仙也不会想到，就在人们满世界寻找潜逃国外的贪官马从军时，真正的马从军却默默地躺在自家花园的泥土下。

她从窗户玻璃淡淡的倒影中，看到了自己脸上那一丝胜利的微笑。

正在她为自己完美无缺的杀人计划暗自得意的时候，忽然听到大门外传来一阵钥匙插入锁孔的声音。她还没有反应过来，大门便被推开，一个男人，身上穿着长外套，手里提着一个行李包，风尘仆仆，大步闯了进来。

“有早餐啊？”男人一眼看见餐桌上的早点，扔下行李包就坐了过来，“正好，我从机场赶回来，还没来得及吃早餐呢。”他拿起桌上的一根油条，旁若无人地往嘴里塞。

庞玉娟“啊”的一声，身子一晃，忽然从椅子上跌倒下来。这个男人，居然就是马从军，就是她五天前亲手杀死并且埋葬在后院里的马从军！

“你怎么了？”马从军看她一眼，淡淡地道，“是不是生病了？生病了就去看医生，别死在家里。”

没错，是他！只有这个男人，才能用这样冷漠的语气，说出这么刻薄的话。

庞玉娟脸色苍白，浑身发抖，好像在大白天看见了鬼魂一样，好半天才扶着椅子站起来，却退了几步，离餐桌远远的，生怕这个“鬼”会扑过来一口咬住她的脖子。

“你……你……”她声音颤抖，语不成调，“你……怎么回来了？”

“我出完差，自然就回来了，难不成在海南住一辈子啊？”

马从军白了她一眼，“我坐的是今天早上的早班飞机，还好，能赶上上班时间。”

他吃了两根油条，又呼哧呼哧地喝了一碗豆浆，回到自己房里换了一件衣服，然后一边看着手表，一边拎着公文包，匆匆出门，上班去了。

饭厅里，只留下了呆若木鸡的庞玉娟。

直到马从军从大门口走出去，庞玉娟仍然没有回过神来，好像身处梦境一般，自己明明已经将马从军的尸体装进了裹尸袋，并且亲手将其埋葬，他又怎么会活生生地出现在自己面前呢？难道是他死而重生？还是那天晚上，自己杀死的人，根本就不是马从军？如果不是他，那又是谁？

她的脑袋突然像是炸裂般痛起来。

一阵脚步声由远及近，马从军拎着公文包去而复返。“对了，离婚协议书呢？”他盯着妻子问。

庞玉娟有些木讷地问：“什么离婚协议书？”

“你签了字的离婚协议书啊。我出差的那天晚上，你不是打电话给我，说你已经在上面签字，叫我回来拿吗？”

庞玉娟这才想起，自己为了将马从军从那个狐狸精身边骗回来，确实给他打过一个这样的电话，虽然她的头脑渐渐清醒过来，但还是没有弄明白到底发生了什么事。她抬头看着马从军，只是轻轻地“嗯”了一声。

马从军说：“你给我打电话的时候，我身在海南，没有办法赶回家，所以就叫了一个同事过来帮我拿。他叫潘翔，是我们公司刚招聘进来的新员工，就住在机场附近。我出差去机场的时候，正好把车停在他家里，所以叫他开我的车过来拿离婚协议书。谁知到了第二天，我给他打电话，却一直没有人接。”

庞玉娟不由得一呆：“潘翔？”

“对，我刚才出去，看见车停在院子里，才想起这事。他那天晚上来过咱们家吧？”

“哦，那个人，是、是来过咱们家……”庞玉娟的脑子飞快地转动着，如果马从军说的是真的，他的车就停在院子里，自己如果说没有见过那个叫潘翔的人，肯定会引起他的怀疑。于是她说，“我已经把签好的离婚协议书交给他了，他把车停在了这里，自己打车回去了。”

“这倒是怪事了，这家伙到底跑到哪儿去了呢？”马从军一边掏出手机给潘翔打电话，一边走出去。院子里，很快就传来了汽车启动的声音。

庞玉娟双腿一软，一屁股瘫坐在沙发上。难道那天晚上，自己真的杀错人了？那个被她装进裹尸袋的，并不是马从军，而是另一个叫潘翔的人？她的头又开始痛起来，那天晚上的杀人经过，就像电影镜头一样，一帧一帧地从脑海里闪过。

……听到汽车开进院子的声音，她急忙起身躲到大门后边，对方进屋后，她从门缝里看见了对方的脸，确认他就是自己的丈夫马从军……等一等，当时屋里只亮着一盏走廊灯，在如此昏暗的灯光里，仅仅是透过门缝的一瞥，就能认准一个人吗？现在，她自己也开始怀疑起自己来。

然后从举刀杀人，再到把对方的尸体装进裹尸袋，这个过程中，自己一直没有打开大灯，也没有近距离凑到死者的面前看他的脸。现在想来，若说她杀错了人，好像也不是完全没有可能。

她咬咬牙，忽然从沙发上跳起，操起铁锹，就往后面院子里跑去。要确定自己是不是杀错了人，其实很简单，刨开那丛天竺葵就知道了。

她飞快地掘开天竺葵下的泥土，那个她亲手埋进去的黑色裹尸袋很快就露了出来。她扔下铁锹，用颤抖的手拉开拉链，一具已经开始腐烂的尸体，就暴露在眼前。

虽然尸体身上穿着跟马从军的款式和颜色差不多的外套，但往脸上看，这个人脸形较瘦，嘴角边还有一颗吓人的黑痣。很明显，这个人绝不是马从军。一股尸臭味扑鼻而来，她忍不住弯下腰，蹲在地上使劲呕吐起来。

她再也不敢多看那尸体一眼，连裹尸袋的拉链都没有拉上，就手忙脚乱地往上面填土，用一堆湿润的泥土将其彻底掩埋，好像生怕那尸体会突然从泥坑里跳出来一样。

回到屋里，她全身冷汗涔涔而下，宛如大病了一场，身子一歪，躺倒在沙发上，再也站不起来。她就那样浑浑噩噩地瘫坐着，也不知道坐了多久，直到听见院子里传来丈夫停车的声音，才知道已经到了下午下班时间。

马从军走进屋，看见妻子坐在沙发上，就从皮包里掏出两张 A4 纸，说："潘翔那小子彻底失联了，我找了他一天也没有找到，不过没关系，我把离婚协议书重新打印出来了，一式两份，你再签一次字就行了。"

庞玉娟看着 A4 纸上"离婚协议书"那几个粗大的黑体字，想到自己之所以会错杀别人，完全是因为这一纸离婚协议书引起的，不由得怒从心头起。

她一把夺过两份离婚协议书，一边撕着，一边歇斯底里地大叫："我不签，我不签，我不签，你就死了这条心，我就是死，也不会在上面签字！"她狂躁地把那两张 A4 纸撕得粉碎，再一挥手，把一团碎纸屑重重地砸在马从军脸上。

马从军却并不恼怒，只是冷冷地盯着她，用他那一贯冷漠的口吻说："我早就说过，你如果不同意签字，一定会后悔的。"

庞玉娟叫道："我不后悔，我不后悔，我永远都不会后悔。"

马从军忽然冷笑起来，拿出自己的智能手机，点开一个视频，把手机屏幕对准庞玉娟。庞玉娟低头一看，如遭雷击，顿时呆住。那视频里拍摄的，正是她早上去挖掘后院那具尸体的过程：

她操起一把铁锹，冲进后院，在那丛天竺葵下面发疯般挖着，那个黑色的裹尸袋很快显现出来，她打开拉链，露出了里面已经开始腐烂的尸体……

她蓦然明白过来，原来早上的时候，马从军上班途中又杀了一个回马枪，悄悄潜回家里，并且用手机将她在后院挖掘尸体的全过程，都跟踪拍摄了下来。

马从军说："我一直奇怪，怎么从那天晚上开始，就联系不上小潘了，原来他到咱们家来替我拿离婚协议书的时候，竟然遭了你的毒手，而且你还把他的尸体掩埋在自家后院里。他跟你有什么仇啊，你竟然对他下这样的杀手？"

"不，不，我当时以为是你回来了……"庞玉娟脱口而出，但很快意识到自己说漏了嘴，可是已经迟了。

马从军盯着她恍然大悟道："原来你想杀的人是我？看来是小潘替我挡了一灾，你这个女人，真他妈狠毒啊！"

庞玉娟脑中一片混乱，已经彻底乱了阵脚，颤声道："你、你想怎么样？"

马从军收起手机说："你在离婚协议书上签字，我就假装什么事也没有发生过，如果你不同意离婚，那我就只好打电话把这件事告诉警察了……"

"不，不要……"庞玉娟哭了起来，"扑通"一声跪在丈夫面前，"求求你不要报警，我不想坐牢，我不想被警察抓去枪毙……只要你不报警，我、我什么都答应你……"

马从军嘴角边浮现出一丝得意的冷笑，又从皮包里拿出两份离婚协议书："你签字，我保密，咱们各取所需。"

"好、好……"庞玉娟拿起那两张打印纸，看也没看，就用颤抖的手在上面签上了自己的名字。丢下钢笔，她就像一个垂死的病人，瘫软在地上，痛苦地抽搐起来。

4

两天后，庞玉娟和丈夫正式离婚。她被扫地出门，离开家的时候，她只带走了小狗拉拉和几件换洗的旧衣服。好在她还有点积蓄，就在太平坊大道青龙嘴菜市场附近租了一间便宜的旧房子，算是暂时安置了下来。

她知道眼下的当务之急，就是赶紧找一份能养活自己的工作，要不然这日子就没法往下过了。做了这么多年的家庭主妇，整天为着丈夫和家庭团团转，无论是她的思维还是工作能力，都早已跟外面的社会职场脱节了，加上学历又不高，四十来岁的年纪，想找一份工作，已是十分困难。问了几个地方，都没有人愿意聘用她。

正在她感到沮丧的时候，在街上遇见了一个以前在制药厂上班的女同事。这个女同事在衣铺街开了一家服装店，她知道庞玉娟的遭遇后，决定请她到自己店里当一名售货员。她的工作问题，这才得以解决。

每天清晨，她坐公交车到衣铺街上班，晚上9点下班后，再坐公交车回家，日子过得辛苦而忙碌。她上下班乘坐的公交车，正好经过她以前居住的小区。有时候，她会看见马从军牵着一个女人的手，在小区门口散步。那个女人大约二十六七岁年纪，身材高挑，烫着卷发，显得既洋气又漂亮。看她的肚子，已经有些向外隆起，确实是怀上了孩子。她知道这个女人一定就是刘美琪了。看来她刚离开这个家，马从军就把刘美琪接过来了，看两人出双入对的亲密态度，应该已经领了结婚证了吧。每每看到这一幕，庞玉娟都会靠着公交车车窗，默默地流泪。

诚如马从军所言，她现在已经开始后悔了。

早知道是这个结果，当初还不如早一点痛痛快快地在离婚协议书上签字，那样的话，自己至少还不会沦为一个杀人凶手，而且还是一个被马从军抓住了把柄、杀错了人的杀人凶手。

这天中午，庞玉娟正在服装店里看店，一位中年女顾客走了进来。她一抬头，认出这位女顾客是马从军单位里的一位同事，而且好像还是一个中层干部，她听见别人都叫她萍姐。萍姐也认出了她，两人点头打着招呼。

庞玉娟热情地向萍姐介绍了几款今年流行的新衣服，萍姐试穿了两件，最后选定了一件羊羔毛外套。

结账的时候，庞玉娟犹豫着说：“萍姐，我想向您打听个事，成不？”

萍姐问：“什么事？”

庞玉娟说："你们单位有姓潘的员工吗？"

"姓潘的？"萍姐想了一下，说，"好像没有啊！"

"你再仔细想想，他好像叫潘翔，是新近才招聘进来的。"

萍姐果断摇头，说："没有，我们单位没有人叫潘翔，而且我们单位今年也没有招聘新员工。对了，你为什么会问这个？"

"啊，这个……没什么，我只是随便问问。"送走萍姐，庞玉娟的心就再也静不下来了。

她清楚地记得，马从军告诉她，被她杀死的那个人叫潘翔，是他们单位新来的员工。但是现在，她却打听到他们公司里并没有一个叫潘翔的新员工。这到底是怎么回事？马从军为什么要骗她？如果被她杀死的那个人不是潘翔，那又是谁？这个人跟马从军有关系吗？还有最重要的一点，这几天她一直在回忆杀人当晚的情景。

当时虽然灯光昏暗，她只是在门缝里瞄了一眼，但她几乎可以十分确定，自己当时没有看错，那个走进家门的男人，就是她丈夫马从军。而且事后，她还凑近尸体，查探过死者的鼻息，如果是丈夫之外的另一个人，除非跟丈夫长得十分相像，否则没有理由不被她发现。可是现在，她杀的明明就是另一个人，而马从军却活得好好的。这到底是怎么回事？她杀错人的事，到底跟马从军有没有关系？

庞玉娟越想越觉得事有蹊跷，暗暗下定决心，一定要把这件事查个水落石出。可是自己一介女流，手无缚鸡之力，更没有电视里那些名侦探一样精明过人的头脑，要怎样才能拨云见日，找到真相呢？去找警察？可是现在自己还是一个杀人嫌疑犯，去找警察帮忙那不是自投罗网吗？正在彷徨无措之际，她忽然看见柜台上放着一份报纸。

那是服装店里订的一份《青阳晚报》，老板娘看过后，随手丢在了柜台上。有时候她在店里闲得无聊，也会捡起来读一下。她记得报纸最后一版，有一篇侦探小说连载，作者就是青阳市一位颇有名气的私家侦探。对，何不去找私家侦探帮忙呢？

她急忙拿起报纸，翻到最后一版，果然看见有半个版面刊登着一篇连载的侦探小说，作者名叫金一田，小说后面还附有作者简介：

金一田，本名金一帆，因仰慕日本推理小说作家横沟正史笔下的神探金田一，所以取笔名叫金一田，是我市著名推理小说作家兼私家侦探，在我市白云路经营一家名叫“金一田信息调查公司”的私家侦探社。

她又用手机上网，输入金一田和这家侦探社的名字搜索了一下，觉得口碑还不错，于是就决定去找这个叫金一田的家伙帮忙。

她向老板娘请了半天假，坐出租车来到白云路，找到了这家“金一田信息调查公司”。公司的两扇玻璃大门开着，门口挂着一块小塑料牌，上面写着“正在营业中”。她犹豫一下，走了进去。

屋里的大班台后面，坐着一个年轻小伙子，戴着眼镜，脸形消瘦，但一双眼睛却炯炯有神。看见有顾客进门，他从大班椅上站起身，问：“请问您有什么事？”

庞玉娟扭头四处瞧瞧，见屋子里只有他一个人，就说：“我是来找金一田的。”

年轻人笑了，露出两排雪白整齐的牙齿，说：“我就是。”

“你就是报纸上说的那个神探啊？”庞玉娟上下打量他一眼，显得有些失望，摇头说，“不，不像……”

“不像什么？”

“电视里的私家侦探，都是戴着鸭舌帽、叼着烟斗的小老头儿啊！”

“你说的那是福尔摩斯。侦探不一定戴鸭舌帽，戴鸭舌帽的也不一定就是私家侦探。侦探也不一定都是小老头儿，其实也有像我这样长得比较帅的年轻人。”

金一田呵呵笑着，请她在沙发上坐下，给她倒了一杯热茶，然后问，“您找我有什么事？”

“我遇上了一件很古怪的事，想请你帮我调查一下。”庞玉娟看着这个年轻小伙，总觉得有点不放心，犹豫着不知道该不该当着他的面把自己的遭遇说出来，毕竟自己涉嫌杀人，如果对方告诉警察，自己马上就会被抓起来。

金一田看出了她的疑虑，说：“您放心，为委托人保守秘密，这是一个合格的私家侦探最起码的职业道德。”

庞玉娟这才放心，喝了一口水，就把自己跟丈夫离婚的前后经过及杀人疑云，都说了出来。

金一田听完后问她：“你已经问过了，你丈夫的单位里并没有潘翔这个人，也就是说，你杀的是另一个人，现在你怀疑这件事很可能跟你丈夫有关，对吧？”

庞玉娟摇头说：“不，我没有杀另一个人，我现在可以确定，当天晚上，我杀死的就是我丈夫，绝不是其他什么人。”

金一田皱眉道：“那为什么你丈夫现在还活着，而被你亲手埋在后院的丈夫却变成了另一个人？”

“这正是我想委托你帮我去调查清楚的。”庞玉娟的脸红了一下，说，“虽然我现在在帮人家打工，但我还有一些首饰，如果拿到金铺兑换成钱，支付你的委托费应该还是足够的。”

“对于我来说，委托费不是最重要的，最重要的是这个案子能不能引起我的兴趣。”金一田笑笑说，“因为案子如果足够精彩，我可以把它写成小说，赚取稿费。”

庞玉娟试探着问：“那你对我这个案子感兴趣吗？”

“你十分确定你杀死的是你丈夫，并且亲手将其埋葬，而且埋葬之后地面的泥土并没有被别人挖动过的痕迹，但是当你再次挖出尸体查看的时候，丈夫的尸体却变成了另一个人，而你的丈夫却像还魂了一样好好活着。用我们的专业术语来说，这叫不可能犯罪。”金一田点了一下头，说，“我承认，我对这个案子很感兴趣，所以你的委托，我接受了。”

庞玉娟这才松口气，金一田又问：“你有你丈夫的照片吗？”

庞玉娟说："有的。"她把储存在手机里的几张马从军的照片，发送给了金一田，又写下马从军的地址，并留下了自己的手机号码。

金一田点头说："行，如果有什么消息，我会第一时间联系你。"

5

第二天傍晚，庞玉娟刚吃过晚饭，手机响了，一接听，是金一田打过来的。

金一田问："今天晚上你有空吗？"

庞玉娟怔了一下，往店内看了看，店里没什么顾客，显得有点冷清。她说："现在客人不多，我可以请一会儿假提前下班。有什么事吗？"

金一田说："你不是说，你把水果刀刺进你丈夫身体的时候，他流了很多血吗？"

庞玉娟左右看看，小声地说："对呀，当时他在地板上流了一大摊血，不过都被我清洗干净了。"

金一田说："一般情况下，血迹是很难被彻底清洗干净的，而且现在离案发之日也不过十来天，如果使用专业的工具，应该还能在地板上找到残留的血迹。只要咱们能从地板上提取到血迹残留，拿去化验一下，再跟你丈夫的DNA一比对，就能确定你当时杀死的那个人，究竟是不是你丈夫了。不过这个计划还需要你配合我来完成。"

庞玉娟问："你想要我怎么配合？"

金一田说："我已经打听到，马从军的单位今晚有一个酒会，中层以上领导干部要带家属参加，所以他家里今天晚上不会有人。我想和你一起潜入他家，在案发第一现场找找看，看能不能找到一点血迹残留。"

庞玉娟吓了一跳，说："这也太冒险了吧，万一被发现了怎么办？"

金一田笑笑说："我不是警察，不可能拿到搜查证，所以不可能光明正大地闯进他家里进行搜查，只能用这种不太光明正大的方法搜集证据。你放心，马从军和刘美琪两个人都出去参加酒会了，只要咱们小心行事，就不会被发现。”

庞玉娟只好点头说：“那好吧，我向老板娘请假，然后去你的侦探社跟你会合。”

晚上 8 点多的时候，她来到金一田的信息调查公司。公司门口停着一辆银灰色的东风标致小轿车，金一田正坐在驾驶座上等着她。庞玉娟上了车，金一田将小车开上了街道。

庞玉娟以前的家，住在市中心的吉祥苑小区。金一田驱车来到吉祥苑，小区保安认得庞玉娟，并没有多问，就放他们进去了。

金一田把车停在隐蔽处，庞玉娟带着他来到自己以前住过的那栋别墅门口。门口亮着一盏路灯，四周并不见其他行人。

庞玉娟上前看了一下，说:“所有的锁都被马从军更换过了，我进不去了。”

金一田笑了，说:“你放心，这个难不倒我。”他靠近院门，看看左右无人，从口袋里掏出两根弯弯曲曲的铁丝，插进锁孔拨弄几下，院门“嚓”的一声，应声而开。

两人闪进院内，金一田回身关好门。

庞玉娟惊奇地问：“你怎么有这里的钥匙？”

金一田说:“我这个叫万能钥匙，有它在手，天底下所有的锁都难不倒我。”

果不其然，别墅的防盗门锁，也很快被他打开了。金一田把头伸进屋里，仔细观察一番，确认屋里没有人，这才带着庞玉娟闪身进屋。

尽管进的是自己以前的家，但庞玉娟的一颗心，还是紧张得怦怦直跳。金一田倒是十分淡定，打开电灯，这儿瞧瞧，那儿看看，嘴里啧啧有声：“装修得这么豪华，有钱人住的房子就是不一样啊！”

庞玉娟环顾客厅，说：“这些高档家具，都是我离开后，他们才添置的。”

金一田问：“你丈夫当时倒在什么位置？”

庞玉娟用手指了指大门后边几块带花纹的地板砖说：“当时他就倒在这里，血迹流到了这两块地板砖上面。”

金一田点点头，取下背包，拿出一瓶奇怪的试剂，朝着地板喷了几下，然后趴在地上，仔细地检查。看了一会儿，忽然惊喜道："有了！"

庞玉娟被他吓了一跳，问："什么有了？"

金一田说："我找到血迹了。"

庞玉娟说："不可能啊，我当时明明已经用清水冲洗了好几遍，怎么还能……"

金一田说："我喷的这个叫鲁米诺试剂，也是警方常用来提取血迹的化学试剂，简单来说，它喷到血液上，能跟血液产生化学反应，并发出蓝色的光。这种检测方法极为灵敏，能检测到只有百万分之一含量的血，即使滴一小滴血到一大缸水中，也能被检测出来，所以只要这里曾经留下过血迹，哪怕你用水清洗过很多遍，或者是间隔了很长时间，只有使用这种化学试剂，也可以很容易地发现你平时用肉眼看不到的点点血迹。你看，那些发蓝光的地方，都是残留的血迹。"

庞玉娟凑近看了一下，果然在地板的缝隙里看见有几点蓝光在闪动，她心里暗觉惊奇。

金一田几乎把脸趴到了地板上，戴上白手套，用一个小镊子将地板缝隙里几点发出蓝光的可疑物质夹出来，用一个透明的塑料袋装好。忙完这个，他又问："马从军的剃须刀在哪里？"

庞玉娟说："放在洗手间里，他每天早上都在那里刮胡子。"

金一田又走进洗手间，在马从军的剃须刀上找到几根残留的胡茬，用证物袋装好。

庞玉娟有些奇怪，问："为什么要拿他的胡子？"

金一田说："用这个跟刚刚搜集到的血迹做 DNA 比对，才能知道当天晚上被你杀死的那个人，到底是不是你丈夫啊！"

两人在客厅里又转了一圈，确认没有留下任何痕迹之后，这才锁好门，快速溜出院子。

钻进金一田的车里，庞玉娟忽然发现前面有两束车灯射过来，正是马从军开着他的白色本田回来了。

好险，只差一分钟就险些跟他在院子里撞上了！庞玉娟惊出了一身冷汗。

金一田把车开出吉祥苑后，庞玉娟问："接下来该怎么办？"

金一田说："我有一个师姐，是我读大学时比我高两届的校友，她叫文丽，现在在青阳市公安局刑侦大队当刑警，跟我关系不错。我把这两个证物拿给她，请她帮忙拿到法医中心鉴定一下，几天后就会有结果。"

"你师姐是刑警啊？"庞玉娟一愣。

金一田看出了她的担忧，说："你放心，我只是请她帮忙鉴定证物，不会把你涉案的事说出来。"

庞玉娟"嗯"了一声，这才放下心来。

几天后，金一田打电话告诉庞玉娟，法医中心的鉴定结果出来了，经过比对，地板上的血迹与马从军胡须的 DNA 不相吻合，也就是说，那些血迹不是从马从军身体里流出来的。

庞玉娟追问了一句："也就是说，我那天晚上杀的人，的确不是马从军？"

金一田说："如果单从 DNA 比对的结果来看，恐怕是这样。"

庞玉娟不由得一呆，电话就从手里滑落下来。过了好半晌，她才回过神来，拾起电话，金一田还在电话那头等着她。

"这、这不可能，那天晚上回家的人，明明就是马从军，我杀的那个人，也明明是他，现在怎么变成了另一个人，连流在地上的血，都变成了另一个人的？你是不是搞错了？"

她显得有点语无伦次，见金一田在电话那头半天不出声，她又不由得心急地问了一句，"你是不是不相信我说的话？"

"不，正是因为我相信你说的是真话，所以才觉得这个案子有查下去的必要。你想想，如果我觉得你说的是假话，那你杀的是另一个人，地上流淌着另一个人的血，后院埋着的是另一个人的尸体，一切就顺理成章了，我也就没有再调查的必要了。"金一田顿了一下，说，"其实这几天我也对马从军做了一些调查，还真的发现了一些疑点。"

庞玉娟忙问："什么疑点？"

"这个……说来话长，"金一田犹豫一下说，"你晚上几点下班？"

"晚上 9 点。"

"你们服装店在衣铺街对吧？那条街上有一家老树咖啡屋，应该距离你那里不太远，我在那里等你下班，咱们见面再说。"

"好的。"

6

晚上 9 点，庞玉娟下了班，匆匆赶到老树咖啡屋，果然看见金一田在那里一边喝着咖啡，一边等她。

她坐下后，迫不及待地问："你有什么发现？"

金一田说："我相信你没有说谎，更相信案发当晚，你没有看错人，你用水果刀刺死的，确实是马从军，一个女人，绝不可能连跟自己一起生活了二十年的丈夫都认错。当然，我们也得承认另外两个事实，地板上流着另一个人的血，被你埋葬在后院的也是另一个人。"

"可是……"

"咱们现在要做的，不是争论这几个已经被确定的事实。"金一田摆手打断她的话说，"现在咱们要做的，是怎样用最合理的解释，把这三个事实，即你杀的人是马从军、地上淌着另一个人的血、被你埋葬的尸体不是马从军，串联起来。"

8 月 17 日晚上，庞玉娟用水果刀刺杀的，确实是自己的丈夫马从军，只不过马从军并未真正中刀，更没有死去。他使用了某种障眼法，让妻子确信自己已经被杀身亡，而当时从他身体里流出的鲜血，也是他早已准备好的别人的血。

庞玉娟将丈夫的尸体装进裹尸袋后，就拿着铁锹去后面院子里挖坑，因此裹尸袋在客厅里放置了较长时间。

马从军就在这个时间段里，偷偷打开裹尸袋的拉链，从里面钻出，然后再把早就准备好的另一具尸体装进了裹尸袋。他料定庞玉娟回来后，肯定不会再打开裹尸袋检查。

果不其然，庞玉娟在后院挖好坑后，直接把裹尸袋拖到坑里，用泥土掩埋掉了。

经过马从军将计就计，如此这般一番暗中谋划，于是那个被庞玉娟亲手埋葬的人，就变成了别人，而她以为已经被自己杀死的丈夫，却在最关键的时刻，突然从天而降，出现在她面前。

金一田说出自己的推理之后，接着说："你丈夫经常到他单位附近的那家刘记洗车行洗车，对吧？"看到庞玉娟点头之后，他又说，"我已经去刘记洗车行调查过，8 月 22 日，也就是你丈夫声称自己从海南出差回来上班的当天上午 11 点多，他把自己的车开到这里洗车，并且特意叮嘱洗车工，要用高压水枪冲洗后备厢，后来他嫌工人洗得不干净，又自己动手把后备厢清洗了一遍。我问过洗车工，这是以前从来没有过的事，你丈夫从来没有自己动手洗车的习惯。"

庞玉娟渐渐明白过来："所以你才怀疑他曾经用车装过什么不该装的东西？"

金一田点头说："是的，要不然他绝不会如此仔细地一遍又一遍地清洗，甚至不惜自己亲自动手。"

"好吧，就算你说的是真的，那他为什么要这么做呢？为什么要让我把另一具尸体埋在后院里呢？"

"他的目的很简单啊，就是要抓住你杀人的把柄，逼你离婚，并且逼得你净身出户，一分钱家产也得不到。"

庞玉娟说："这个解释听上去合情合理，但是现在有一个最大的问题。"

金一田说："我知道，那就是，马从军是怎么知道你的杀人计划的？他是怎么知道你会在那天晚上，用那种方法谋杀他？如果他不是事先知道你详细的杀人计划，就不可能针对你的计划，设计和实施他杀人嫁祸逼你离婚的计划，对吧？”

庞玉娟说：“是的。”

金一田盯着她道：“所以下面的问题，你一定要认真地回答我。”平常时候，他脸上总带着一种淡定的笑意，这时忽然露出一脸严肃的表情。

庞玉娟不由一怔，用手握了一下面前的咖啡杯，点点头说：“当然。”

“你是从什么时候开始，对马从军起杀心的？”

“大概在 8 月上旬吧。以前他用种种卑劣的流氓手段，逼我跟他离婚，我都忍了，但我受不了他当着我的面跟那个狐狸精在电话里打情骂俏，简直当我不存在一样。那时我就想，我一定要杀了这个负心汉，他们让我没有好日子过，我也绝不能让他们过上好日子。”

“那你的杀人计划，是什么时候形成的呢？”

“我对他心生杀机，大概两三天后，就想出了这个杀人计划，然后又立即从网上购买了裹尸袋等工具，为这事做准备。”

“你做这些的时候，你丈夫知道吗？”

“当然不能让他知道。”庞玉娟说，“这些都是我趁他不在家的时候做的，他绝不可能知道。”

金一田问：“那你把自己的杀人计划，对别人说过吗？”

庞玉娟摇头说：“没有。这样的事，能对别人说吗？就是再好的朋友，也不能说啊！”

金一田点点头，表示赞同。又问：“你有没有写日记的习惯？会不会是你无意中把自己的杀人计划写在了某个地方，恰巧被你丈夫看见，所以他将计就计……”

庞玉娟说：“没有，我没有写过这样的东西。”

金一田不由得皱起了眉头，说：“这倒是怪事了。既然你从来没有向任何人透露过你的杀人计划，那马从军又是怎么知道你要在那天晚上，用那种方法刺杀他的呢？难道他会读心术？”

“你这么一说，我也觉得奇怪呢，我的计划，真的从来没有向任何人透露过，”庞玉娟犹豫着说，“除了……”

“除了什么？”

“除了拉拉。”

“拉拉是谁？”

“是我养的狗狗。在家里，它是我唯一的知心朋友，我有什么心事都会向它倾诉，狗通人性，它完全能听懂我的话，有时还会来安慰我呢。”

“你的意思是说，你曾经把自己的杀夫计划，原原本本地向拉拉说起过？”

“对呀。”庞玉娟见他皱起了眉头，说，“你该不会怀疑是拉拉向我丈夫透露了我的计划吧？”

金一田的脸色变得凝重起来，不答反问：“拉拉平时跟马从军的关系亲近吗？”

庞玉娟说：“不亲近，马从军不喜欢我养狗。在他逼我离婚的时候，有一次还差点把拉拉掐死了，幸亏被我发现了。”

“拉拉现在在哪里？”

庞玉娟说：“离婚的时候，它是我从那个家里唯一带出来的东西，现在跟我一起生活在出租屋里。”

金一田起身说：“可以带我去见见你这条狗吗？”

庞玉娟说：“当然可以。”

离开咖啡屋后，她坐上金一田的小车，二十来分钟后，回到了位于青龙嘴菜市场附近的出租屋。一打开门，被关了一整天的小狗拉拉就欢快地扑进了女主人的怀抱。

庞玉娟高兴地说：“拉拉，今天有客人来看你了。”

拉拉仿佛听懂了她的话，朝金一田看了看，摇了摇尾巴。金一田拍拍手说：“拉拉好乖，让我抱抱你。”他抱起小狗，一边抚摸着它的头，一边在它身上仔细检查，最后在其一条后腿内侧发现了一枚黄豆大小的青紫色印记。他问：“这个是你弄的吗？”

庞玉娟摇头说:“不是,我一般只给它梳理身上的狗毛,这个位置很少注意,这个印记应该不是我弄上去的。”

金一田把拉拉抱到灯光下，仔细观察那枚印记，发现有印记的地方，似乎有一些黏黏的强力胶水。他放开拉拉，想了一下，说：“问题还真出在这只狗身上。”

庞玉娟问：“怎么了？”

金一田说：“你丈夫应该知道你有什么心里话，都会跟拉拉说，所以上一次，你丈夫并不是要掐死拉拉，而是在它身上的隐秘处粘上了一枚微型窃听器。你对着拉拉说出的每一句话，都被他窃听到了，你的杀人计划，自然也早就在他的掌握之中。等他的目的达到之后,又悄悄从拉拉身上取走了窃听器,所以这里只留下了一个黏黏的印记。”

庞玉娟一呆，说：“是我太大意了，竟然没有注意到他在拉拉身上偷偷安装了窃听器。”

金一田说：“这个不能怪你。他粘贴窃听器的位置十分隐蔽，而且可能选用的是一枚颜色跟狗毛相近的窃听器，所以很难被人发现。”

如此一来，真正的杀人凶手，就变成了马从军。马从军多次逼妻子离婚不成，最后竟想出一条毒计。他通过在小狗拉拉身上安装的窃听器，偷听到了妻子要动手谋杀他的详细计划,包括时间地点、杀人方式及如何处理尸体等,都了解得一清二楚。于是他将计就计，从外面杀了一个人，并且这个人身上流出的鲜血都被他收集起来，然后将其尸体装在车里带回家。

他假装被庞玉娟杀死之后，趁她没有注意，把别人的鲜血洒在了地板上，然后又趁庞玉娟到后院挖坑的时候，自己从裹尸袋里钻出，把事先准备好的尸体放进去。所以庞玉娟最后埋葬的，就变成了另一个人的尸体。

马从军“死”而复生后,知道妻子惊慌失措之下,定会刨出尸体看个究竟,所以他悄悄躲在家里，将她刨尸的全过程用手机拍下，并且制造谎言，让庞玉娟相信自己所杀的是另一个人。如此一来，他就抓住了妻子的“把柄”，再逼她在离婚协议书上签字，就易如反掌了。

事后，马从军怕在自己车上留下杀人痕迹，所以一上班，就把车开到洗车行洗车，并且重点清洗曾经放置过尸体的后备厢。

“不过可惜的是，我悄悄检查过马从军的车尾箱，他已经把里面的垫子全都换了新的,所以现在已经找不到任何他曾经装过尸体的痕迹。”金一田说,“所以我们现在的推理，也只是在理论上能够成立，而实际上完全没有任何实证能够证明马从军跟你埋葬的那具尸体有关系。”

庞玉娟听说埋葬在后院的那个人，并不是自己所杀，真正的杀人凶手是马从军，不由得大大地松了口气，刚看到一线希望，但听金一田这么一说，又紧张起来，问：“那怎么办？咱们现在虽然知道那个人是马从军杀的，但是没有证据，警察也不能把他抓起来啊！”

金一田说：“是的，最重要的是，咱们虽然能够推断出马从军是杀人凶手，但是没有证据，还是没有办法洗脱你身上的杀人嫌疑。”

“是啊，这可怎么办呢？”

“接下来，咱们的重点工作，就是寻找证据。”金一田想了一下，又问，“对了，你刨出尸体的时候，看过死者的脸，是吧？”

庞玉娟点头说：“是的。”

“那你看清他的相貌没有？是你认识的人吗？”

庞玉娟摇摇头，脸上显出恐惧的表情，仿佛那具可怕的尸体，就躺在她眼前一样。

金一田见她光摇头，不说话，又追问了一句：“是没有看清，还是不认识他？”

庞玉娟低下头去，说：“当时我很害怕，只是拉开裹尸袋的拉链往里面看了一眼，根本没有看清那个人的具体相貌，他的脸已经开始腐烂，我只记得他左边嘴角有一颗绿豆大小的黑痣，很醒目。”

“大概有多大年纪？”

“大约三十来岁的样子，应该是一个我不认识的陌生男人。”

“我已经请我那个做刑警的师姐帮我查过，这半个月内，全市报告的失踪人口共有五名，三女二男，两个男的，一个是离家出走的中学生，另一个是一位六十多岁的老年痴呆症患者，其中并没有中年男子。如果被害人是本地人，失踪已经半个多月，其家人没有理由不报警。所以我猜想，死者是外地人的可能性比较大。”

“外地人？”庞玉娟在嘴里重复着这三个字，想了一下，完全找不到头绪。

金一田在屋里踱了几步，忽然抬起头来说：“还有一个问题，我也感到很疑惑。”

“什么问题？”

“通过这几天我对你丈夫，哦，不，应该是对你前夫的调查，我觉得他是一个非常小心谨慎、老成持重的人，他如果要逼你离婚，完全可以找到别的办法，如果说仅仅是为了逼你在离婚协议书上签字，而专门去杀一个不相干的人，这好像不是他的一贯作风。”

经他这么一提醒，庞玉娟也点头说：“确是如此，杀人毕竟是一件危险的事，稍一不慎，就会把自己搭进去，我也在想，以他那四平八稳的行事作风，完全没有可能为了逼我离婚而专门去杀人再嫁祸给我。对他来说，虽然离婚是他眼前的头等大事，但也不至于逼迫得他如此铤而走险。”

“所以你前夫为什么要杀人，为什么偏偏要挑这个人作为下手对象，也是一个值得怀疑的问题。眼下，咱们的首要任务，就是要调查清楚死者的身份，以及他跟你前夫的关系。”金一田脸上又浮现出他那一贯的自信的淡淡的笑意，“我的直觉告诉我，这是破解这个案子的关键所在。”

7

已经是 9 月，秋意渐浓，天气越来越凉了。

这天傍晚，吃过晚饭，马从军带着自己的新婚妻子刘美琪在小区门口散步。刘美琪的肚子已经突起得很明显，马从军牵着她的手，耐心地陪着她慢慢走着。

一阵秋风吹来，路边梧桐树上挂着的最后几片叶子，也掉落下来。马从军急忙脱下外套，披到妻子身上。

刘美琪脸上洋溢着幸福的微笑，轻声细语地说："天凉了，咱们回去吧。"

两人正要转身，忽然从梧桐树后面跑出一个老女人，五十多岁年纪，头发花白，身上穿着一件掉了漆的皮衣，冲上来，一把拖住刘美琪的手。

刘美琪吓得"哇"的一声惊叫，急忙甩开她的手。

"你想干什么？"马从军也吃了一惊，急忙把刘美琪护在身后，瞪着老女人喝问。

老女人不理睬他，只是伸长脖子，直瞪瞪瞧着刘美琪说："二丫，你不认识我了？"

刘美琪摇摇头说："我不认识你，我也不是二丫，你认错人了。"

"二丫，我没有认错，你就是二丫。"老女人脸上的皱纹慢慢舒展开来，换上一张讨好的笑脸，"我是你罗婶啊，我是冬生他娘啊。你不认识我了？"

刘美琪惊魂甫定，上下打量她一眼，仍是摇头："我真的不认识你，你认错人了。"

"不，我不会认错，你、你就是二丫……"老女人忽然激动起来，一弯腰，从马从军的手臂下钻过去，又扑向刘美琪。

马从军一边护着刘美琪朝小区里退去，一边大叫："保安，保安，哪来的疯婆子，快点给我赶走！"

两名身穿制服的保安闻讯从保安室跑出来，拦住正要往小区里闯的老女人，挥舞着橡胶棒，连吼带吓地把那老女人赶走了。

可是当保安刚转身走进保安室，那老女人又心有不甘地跑了回来，一边在小区门口徘徊，一边伸长脖子朝里望，似乎是在等着刘美琪出来。保安见她没有再闹事，也没有再强行往小区里闯，也就懒得管她了。

这个时候，金一田正在天天海鲜城请客吃饭。请客的对象，是他那位在刑侦大队当刑警的师姐文丽。他拿起一本菜牌递给文丽，大方地说："师姐，最近你给我帮了不少忙，今天我请客犒劳犒劳你，想吃什么尽管点，甭跟我客气。”

“那我可就不客气了哦。”文丽嘻嘻一笑，翻开菜牌看一下，招手叫来服务生，指指菜牌上的一道菜，“清蒸澳洲龙虾。”

服务生一边点头，一边在点菜单上记着：“清蒸澳洲龙虾，优惠价 1566 元。”

文丽又点了一道菜，服务生边写边说：“红烧鲍鱼，1888 元。”

文丽又点了三道菜，价格都是在一千几百元以上。

金一田摸摸自己的钱包，脸都绿了。

文丽看他一眼，对服务生淡淡地说：“刚才说的这几道菜，我都吃腻了，就不用上了。你再给我另外推荐几样开胃小菜吧。”

服务生下去后，文丽这才忍不住“扑哧”一声，笑出声来，在桌子底下碰了一下金一田的膝盖：“大作家，没钱就别冒充大款啊！”

金一田讪讪地笑了，说：“就算真的有钱，那也不是这样的花法啊！”

不多时，几样精致的小菜就摆上了桌子。

金一田刚拿起筷子，手机就响了，一接听，是吉祥苑小区一个名叫阿强的保安打过来的。

阿强在电话里说：“金哥，刚才有一个老女人在小区门口纠缠刘美琪，刘美琪说她认错人了。现在这个老女人还在小区门口转悠，您要不要过来看一下？”

金一田说：“好，我马上过来。”

文丽见他起身要走，就说：“你这业余侦探，怎么比我这个在职刑警还要忙啊？”

金一田笑笑说：“那当然，你们破的都是普通案子，我查的都是你们警方破不了的案子。最近我就接了一单不适合由你们警方出面调查的案子，我花三百块钱买通了吉祥苑小区一个保安当我的眼线，让他帮我盯着我的一个侦查对象，一有风吹草动，立即通知我。刚刚他说那边有点情况，我得马上过去看看。”

文丽急了，说：“那这一桌子菜怎么办？”

"你一个人吃吧。"

"我是说谁买单？"

"我赶时间，"金一田一边拿起椅背上的外套往身上披，一边朝门口走去，回头说，"你付钱吧，拿好发票，回头我给你报销。"

他驱车来到吉祥苑小区门口，看门的保安阿强凑上前跟他打招呼，把他拉到一边，将刚才发生在小区门口、一个老女人骚扰马从军夫妻的事，说了一遍。

最后阿强还强调了一句："那老女人叫刘美琪'二丫'，刘美琪好像很反感，一个劲地说对方认错人了。这也难怪，把这么老土的名字安在哪个城里女人头上，人家都不乐意啊……"

金一田皱皱眉头，嫌他罗嗦，直接打断他的话问："那个老女人呢？"

阿强一努嘴："还在那里溜达呢。马从军和刘美琪已经进去好久了，她还一直守在小区门口，估计是想等马从军他们出来。"

金一田顺着他指的方向一看，果然看见有一个乡下人打扮的老女人，正围着小区门口的一个大石柱瑟瑟缩缩地转悠，每当有年轻女人从小区里走出来，她都会眯着眼睛上前瞧瞧，见不是刘美琪，便又失望地退回去。

金一田谢过阿强，站在原地，对着那老女人观察了一会儿，然后朝她缓步走过去。

老女人全部的注意力都放在进出小区门口的行人身上，直到他走到身边，才惊觉过来，顿时脸上现出惊慌之色，转身欲走。

金一田上前一步，拉住她的衣服说："大婶，你是在找刘美琪吗？"

"刘美琪？"老女人显得有点莫名其妙，止步回头，望着他摇头说，"不，我找二丫。"

金一田说："可是你刚才拉着的那个女人，她的名字就叫刘美琪。"

"她叫刘美琪？"老女人愣了一下，"难道二丫改名了？"

通过观察和交谈，金一田觉得这个老女人并不像马从军口中所说的疯子，她应该是从乡下来的，所以穿着打扮稍显破旧，看人时目光有点闪烁，言语反应也有些迟钝，但绝对是一个正常人。

他说：“大婶，你把详细情况告诉我，也许我可以帮你找到二丫。”

老女人喜出望外地拉住他的手：“真的？你是警察？”

金一田笑笑，没有承认，但也没有否论，只是看看渐渐黑下来的天色，说：“起风了，外面凉，咱们到我的车里说话，好不好？”

等老女人上车后，金一田问：“大婶，二丫是你女儿啊？”

老女人摇头说：“不，她是我儿媳。”

从老女人絮絮叨叨的话语中，金一田总算听明白了事情的来龙去脉。原来这个老女人，家住与青阳市仅一江之隔的江北市大垸镇大垸村，丈夫姓罗，村里人都叫她罗婶。

大约二十年前，有一个乞丐得急病，死在她们村子里，留下一个六七岁的孤女，十分可怜。只有一个儿子，没有女儿的罗婶，就发善心，收留了这个名叫二丫的女孩。二丫不但长得漂亮，而且聪明过人，勤奋好学，十八岁那年，考上了南京一所有名的大学。罗婶的儿子名叫罗冬生，比二丫大两岁，刚好这一年也考上了省城一所大专院校。但这时罗婶的丈夫刚刚生病去世，家里的顶梁柱倒了，一家人的生活都成问题，就更别说同时供两个孩子上学了。

这时罗冬生毅然放弃了自己上大专的机会，决定留在家里靠自己的劳动挣钱养家，并且供二丫上大学。但罗婶死活不同意，她怕儿子如果不去城里读大专，就一辈子都走不出这小山村，日后也很难娶到称心如意的老婆。

二丫当然明白，罗婶当年之所以收留自己，就是想自己长大后能给冬生做老婆。她上大学心切，为了宽慰罗婶的心，答应可以先跟冬生结婚，然后再出去上大学。罗婶这才同意冬生留在家里干活儿供二丫上学的决定。

但是因为年龄不够，罗冬生和二丫没有办法从民政局拿到结婚证，二人便决定先在村里摆结婚酒，等二丫大学毕业后再一起到民政局领结婚证。

两人在亲友及乡人的见证下，举行了婚礼，几天后，二丫去了南京上大学，冬生则在家里承包了十多亩山地，没日没夜地辛苦劳作，挣钱供她上学念书。四年后，二丫大学毕业，却并没有依约回到乡村，而是在江北市区找了一份工作，留在了城里。

罗冬生到城里找她回家完婚，她推托说要先在城里工作两年，挣一点钱，再把他和他母亲接到城里来享福。两年后，冬生再到城里找她，她却换了工作，去了别的城市，再也找不着了。

今年年初，罗冬生打听到二丫到了邻近的青阳市，好像在一家私立学校当英语老师，于是又跑到青阳市来找她。一开始她避而不见，后来好不容易见了面，她却不肯跟他回乡下结婚。

上个月，罗冬生终于打听到二丫不肯跟自己回去的原因，是因为她在城里已经有了男人。罗冬生一气之下，再次来到青阳市，发誓一定要把二丫找回去做自己的老婆。

谁知冬生进城二十多天了，非但没把媳妇找回去，连他自己也失踪了。罗婶这才急了，顾不得自己老胳膊老腿的，坐长途车来到青阳市，先是找到二丫工作的学校，结果学校领导说他们那里根本就没有什么叫二丫的英语老师。后来她躲在学校门口，把学校里的老师都认了一个遍，确实没有看见二丫。

正在她准备返回乡下时，有一个在城里当钟点工的老乡告诉她，说自己好像在吉祥苑小区看见过二丫。她又燃起一线希望，急忙赶到吉祥苑。可是吉祥苑是高档小区，她根本进不去，只好躲在小区门口守株待兔，等着二丫出来。

等了几天，今天傍晚，终于看见二丫出来了，她急忙上前，谁知人家二丫根本就不认她这个婆婆，还一个劲地说她不叫二丫，认错人了。说到这里，罗婶再也忍不住，伤心失望地抹起眼泪来。

金一田一面劝慰她，一面凑上前去，看了看她手里拿着的二丫的照片，虽然那是二丫高中毕业时拍摄的照片，但他还是一眼就能看出来，照片上的女孩儿，确实就是马从军的新婚妻子刘美琪。

金一田说:“罗婶，从这张照片来看，你没有认错人，今天你找的那个女人，确实就是二丫，只不过她进城后，可能是嫌自己的名字太土，或者出于其他原因，将名字改成了刘美琪，所以你到她曾经工作过的学校去问二丫这个人，学校里当然没有人知道。”

罗婶恍然大悟地点点头，说：“哦，原来是这么回事，难怪我在城里找不到二丫这个人，原来她改名字了。改名也没有什么大不了的，叫二丫也好，叫刘什么琪也罢，还不都是同一个人吗？可是我来找她，她咋就不认我了呢？”

金一田心想，二丫之所以要改名，多半就是为了逃避以前那场并非出于自己本意的婚约，现在她已经在城里攀上高枝，而且还怀上了马从军的孩子，当然不会再认她这个乡下婆婆。

他看了罗婶一眼，正考虑要不要把二丫不认她的真正原因告诉她，忽然脑中闪过一个念头，一下子就把罗婶的遭遇与庞玉娟的案子对接起来了。

他忙问：“罗婶，你儿子大概是什么时候到青阳市来找二丫的？”

罗婶说：“他最后一次过江到青阳城里来找二丫，是上个月16日，到现在已经二十多天了呢，既不见他回家，打他的手机也关机了，也不知道他到底见着二丫没有，真是音讯全无啊！我来找二丫，也是想问问她，知不知道我们家冬生去了哪里。”

金一田不由得皱起了眉头，罗冬生来到青阳市的日子是8月16日，而马从军杀人移尸嫁祸给庞玉娟的时间是8月17日，从时间上看，是基本吻合的。他已经隐约明白是怎么回事了，照目前的情形来看，罗冬生已经是凶多吉少了。但为了慎重起见，他还是问了罗婶一句：“罗婶，你手里有你儿子冬生的照片吗？”

“有啊！”

罗婶颤巍巍地从口袋里掏出一张照片。

金一田一看，照片上是一个身形偏瘦的黑脸男人。根据罗婶的描述，她儿子罗冬生今年应该不到30岁，但也许是长年在乡下辛苦劳作的缘故，照片上的男子看上去显得有些苍老，乍一看，像一个已经超过35岁的中年男人。尤其惹人注目的是，他左边嘴角处的那颗黑痣，足足有一颗绿豆大小，看上去十分显眼。虽然金一田早有心理准备，但看到这颗豆大的黑痣时，还是忍不住心里一震，罗冬生的失踪与马从军杀人嫁祸的关系，已经十分明显了。

但看着白发苍苍的罗婶，面对她那充满希望的眼神，他却不敢对其说出这残酷的真相。他掏出手机，翻拍了一张罗冬生的照片，然后说：“罗婶，我已经用手机拍下了你儿子的照片，我们会尽力去找他，你把你家里的地址告诉我，一有他的消息，我们马上通知你。二丫这边，我们也会跟她联系，如果她肯认你这个婆婆的话，我们也会马上告诉你。您看现在天已经这么晚了，我先带您去找个旅店住下，明天你再搭车回家等我们的消息，好吗？”

罗婶拉着他的手，使劲摇晃着，嘴里说：“有警察同志帮忙，那就太好了，太感谢了！”

8

晚上 9 点，庞玉娟下了班，走出服装店，秋夜的冷风吹得她激灵灵打了一个寒战。她下意识地裹紧身上的外套，加快脚步，朝不远处一个公共汽车站台走去。

突然，“吱”的一声，一辆小车蹿到路边，尖锐的刹车声，刺得人耳膜生疼。小车前轮一拐，停在了庞玉娟跟前。

庞玉娟吓了一跳，朝那车里望一眼，只见车窗摇下一半，司机在车里朝她喊：“上车！”她弯腰细看，才知道开车的是金一田，忙拉开车门，坐了进去。

金一田一踩油门，小车蹿上了秋夜无人的街道。

庞玉娟疑惑地看着他：“你怎么……”

金一田没有说话，一边开车，一边掏出手机，翻出罗冬生的照片给她看。

庞玉娟只看了一眼，人就惊得从座位上跳起来，头“砰”的一声，撞到了车顶。

“他、他……”庞玉娟脸色苍白，声音颤抖，“他就是那个人！”

“哪个人？”

“就是被我埋在后院的那个人。我见过他的脸，有点偏瘦，尤其是他嘴角这颗黑痣，我、我就是死也忘不了的。”

金一田收起手机说：“看来我猜想得不错啊！”

“你怎么会有这个人的照片？”庞玉娟扯着他的衣角急切地问，“他、他是谁？你查到什么了？他是不是马从军杀的？”

金一田扭头看她一眼，又目视前方，一边开车，一边把今晚遇见罗婶的前后经过，详细说了一遍。

庞玉娟顿时明白过来：“这么说，马从军杀死的那个人，就是罗婶的儿子罗冬生了？”

金一田点头说：“是的。”

罗冬生和二丫，或者说是刘美琪，虽然没有领取结婚证，但他们已经在乡下举行过婚礼，依照乡规村俗，两人就算是正式夫妻了。但是现在罗冬生却发现，自己辛辛苦苦供老婆念完大学，她却在城里跟别的男人好上了。他自然不会善罢甘休，一定多次纠缠过刘美琪和马从军二人。

所以马从军要想跟刘美琪在一起，不但要解决自己跟老婆离婚的事，更要解决罗冬生这个大麻烦。当他知悉妻子庞玉娟的杀夫计划之后，决定将计就计，把这两个麻烦一起解决。

首先，在 8 月 17 日这天晚上，他接到妻子骗他回家的电话，确认妻子会在当晚向他动手，于是他和刘美琪以谈判为名，将罗冬生骗到某个偏僻的地方，趁其不备，用尖刀将他刺死，并且将其伤口流出的血液小心收集起来，然后将罗冬生的尸体装在后备厢，带回了家。

马从军在胸口藏了一块厚厚的垫子，并且将罗冬生的鲜血，也用塑料袋装着藏在了衣服里，庞玉娟把水果刀刺进他胸口的时候，只是刺在了垫子上，他根本就没有受伤。但尖刀刺破了塑料袋，于是罗冬生的血，就流了出来。

马从军之所以要在地板上留下罗冬生的血迹，就是怕日后万一庞玉娟起了疑心，要搜集案发现场的血液去做化验，他如此这番布置，可以确保自己的计划万无一失。后面的事情，就完全朝着马从军事先设计的方向发展了。

庞玉娟慌乱中埋葬了罗冬生的尸体，几天后，马从军“死”而复生，庞玉娟以为是鬼魂复活，难以置信，再次挖出尸体求证，才发现自己杀错了人。

马从军偷偷拍下她的“犯罪证据”，并以此为要挟，成功逼迫她在离婚协议书上签字。

在马从军看来，这个计划一石二鸟，一举两得，一下子就把两个令自己极为头痛的难题同时解决了。

听完金一田的推断，庞玉娟忽然激动起来，说：“既然一切都已经水落石出，那咱们赶紧报警吧，让你那个当刑警的师姐把马从军和刘美琪都抓起来。”

金一田摇头说：“不行，咱们这个只是纯粹的推理，并没有足够的证据能够证明罗冬生是死于马从军之手，尤其是他作案之后，很快就更换了车里的垫子，咱们在他车上找不到一点痕迹。这个时候报警，警方也不会相信咱们。最要命的是，马从军拍到了你挖掘尸体的镜头，万一他反咬你一口，说你才是杀死罗冬生的真凶，那咱们就很被动了。”

“那怎么办呢？”

庞玉娟急得要哭起来，“现在咱们明明已经知道马从军和刘美琪就是杀人凶手，却不能告诉警察，让警察把他们抓起来。这可怎么办呢？难道就这样眼睁睁看着这两个杀人凶手逍遥法外？”

金一田说：“不要急，咱们既然已经查清了事情的来龙去脉，相信离揭露真相的时刻也不远了。还是那句话，咱们现在要做的，就是寻找证据，寻找马从军杀人嫁祸的罪证。”

说话间，小车已经驶到庞玉娟的出租屋门口。庞玉娟下了车，金一田从车里探出头来说：“你别急，我一定会想办法把这件事调查清楚。你现在要做的，就是像平常一样，平静地工作和生活，千万不要被马从军察觉到你在调查他，更不能让他知道你离真相只有一步之遥，要不然他很可能会对你不利。你自己要多加小心！”

庞玉娟点点头说：“还是你想得周到，我知道了，我自己会小心的。”

虽然心里很不平静，但第二天早上，庞玉娟仍然像往常一样，早早地就坐上公交车，去服装店上班。以往，当公交车路过吉祥苑时，她总要趴在车窗上，用怀念的目光，看着这个自己曾经生活过的小区，但今天早上，当公交车路过吉祥苑时，她却把头低下去，生怕万一马从军恰巧从小区走出来看见她，说不定会对她产生怀疑。

在焦躁不安中等待了两天，庞玉娟一直没有接到金一田的电话。又耐心地等了两天，仍然没有收到他传来的消息。她再也按捺不住，这天下班后，拨打了金一田的手机。

在电话里，金一田充满歉意地说："很抱歉，这几天我一直在加紧调查，但马从军从前当过侦察兵，反侦察能力很强，他在作案过程中，几乎没有留下任何蛛丝马迹，我调查了好几天，也没有什么大的收获。"

庞玉娟失望地说："那要不要咱们出点钱，请几个黑道人物把马从军抓起来，逼他说出自己的罪行？"

"你以为这是演黑道电影啊？"金一田忍不住笑了，说，"就算你能逼马从军认罪，但到了警察面前，他突然改口喊冤，说一切都是咱们屈打成招，逼迫他认罪的，警方不采信他的供词，那咱们不白忙活了一场？"

庞玉娟急得直跺脚，说："这也不行，那也不行，那咱们该怎么办？"

金一田在电话里沉默半晌，叹口气说："虽然这个案子比我想象中的要难啃，但现在也不是完全没有办法。目前我已经查到了一些线索，并且想到了一个办法，或许可以使马从军现出原形。"

庞玉娟忙问："是什么办法？"

金一田说："为了保密，我暂时不能告诉你，但必须得请你帮我一个忙。"

庞玉娟说："这本来就是我的事，何来帮忙之说？你想要我做什么，尽管说，只要能找到证据指证马从军，你让我做什么都行。"

"真的？做什么都行？"

"当然。"庞玉娟说得斩钉截铁。

"那好吧。"金一田顿了一下，说，"其实我是想要几张你和你前夫在床上的照片，或者视频也行。"

庞玉娟大感意外，说："这个还真没有。我跟马从军也算是老夫老妻了，早就不玩床上自拍了，那个应该是小青年才玩的游戏吧。”

金一田放慢语速，字斟句酌地说：“我想，你可能没有听明白我的意思，我不是要你们以前的床照，我是要你们现在的床照，而且还必须是没有穿衣服的那种。”

庞玉娟顿时愣住：“你是在开玩笑吧？”

“这种事能拿来开玩笑吗？”

“你要这个干什么？”

“当然是为了破案子，你放心，我绝对不会外传的。”

庞玉娟虽然早已是过来人，但听到这里，还是忍不住脸红了一下，说:“我和马从军，在一起生活的时候，从来没有拍过这样的照片或者视频，现在离婚了，又有了这么多恩恩怨怨，就更不可能有机会拍这样的视频了。”

金一田说：“没有机会，可以创造机会。你刚刚都说，只要能查明真相，你什么都愿意做。”

“可是这个……”

庞玉娟叹口气，低下头，声音也低了下去，“那好吧，如果真的必须要这么做，那我再想想办法，希望可以帮到你。”

9

傍晚的时候，马从军下了班，刚把小车开出单位的停车场，突然从马路边跑过来一个女人，挡在他车前。

马从军吓了一跳，急忙踩了一脚刹车，汽车轮胎在水泥地上发出刺耳的摩擦声。还好，总算在撞上这个女人之前，把车刹住了。

马从军惊出一身冷汗，正要张口骂人，却见挡在车子前面的女人，烫着一头洋气的卷发，胸脯高耸，一身红色的紧身高领羊毛衫，将她虽然人到中年但丝毫没有走样的身材错落有致地勾勒出来，虽然只看到她的一个侧面，但已让人领略到了一种优雅别致风韵迷人的感觉。

马从军心中一动，一腔怒火顿时消失得无影无踪，急忙开门下车，对那中年美妇关心地问：“你没事吧？”

“我没事。”

中年美妇转过身来，马从军看清了她的脸，不由得“啊”的一声，“是你？”原来这俏丽的红衣美妇，竟然是他的前妻庞玉娟。

马从军顿现尴尬之色，问：“怎么是你？你在这里干什么？”

庞玉娟柔声说：“我在这里等你下班呀！”

“你找我有什么事？”马从军顿时警惕起来。

“难道没事就不能找你了吗？”庞玉娟上前一步，高耸的胸脯几乎就要顶到马从军的胸口，一缕淡淡的香水味飘进马从军的鼻孔。

马从军心中一动，想要后退，却又不想移步，任由对方柔软的胸脯轻触着自己的身体。

庞玉娟的眼神里透着一丝哀怨：“咱们好歹夫妻一场，想不到你竟然这么绝情。离婚之后，我也想彻底将你这个负心人忘记，可是我实在做不到。我、我……”她的眼圈渐渐红了，眼泪在眼眶里打转，“从军，我好想你！”

马从军的声音也不由自主变得柔和起来：“可是我已经结婚了，她怀了我的孩子，我不得不……”

庞玉娟伸出一根手指头，竖在他的嘴唇边，阻止他继续说下去。她说：“跟我在一起的时候，不许提那个女人。今晚，我想请你吃饭，可以吗？”

“吃饭？”马从军感到有点意外。

庞玉娟说：“今天是我的生日，我不想孤零零一个人过。”

“你的生日，我记得好像是十月初八吧？”

“讨厌，那是人家的农历生日，今天是我的阳历生日。”

马从军看着她脸上那幽怨中透着一丝恳求的表情，一时之间，竟有些不忍拒绝。他说：“那好吧，上我的车，你想去哪里吃饭？”

庞玉娟展颜一笑，上车后说：“去青阳大酒店，我在那里订好了餐房。”

吃饭的时候，马从军才知道，前妻订的是烛光晚餐。装修得低调而奢华的餐房里，飘荡着一种温馨而暧昧的气氛。酒店开了暖气，庞玉娟脱下身上的羊毛衫，露出了里面穿着的一件翠绿色长袖蕾丝打底秋衫，高耸的胸脯随着她的呼吸有节奏地跳动着，浑身上下透出一种少妇般的青春热情与成熟韵味。

马从军竟然看得有几分痴了，心里想，这女人只化了一下淡妆，就显得年轻了十岁，我以前怎么没有发现她身上竟有如此迷人的风韵呢？他沉默一会儿，忽然抬头看着她，带着歉意说："玉娟，对不起，以前我……"

"不，不要说了，都过去了……"庞玉娟把手从桌子上伸过去，轻轻握住他的手。

马从军禁不住一阵心旌摇荡，心里想，看来再狠心的女人，也离不开男人啊！

庞玉娟点了一支红酒，两人默默地喝着，谁也没有再说话，但却都从对方的眼神里，看到了一种蠢蠢欲动的冲动。

因为多喝了几杯，吃完饭，马从军站起身时，脚步竟有些踉跄。庞玉娟急忙上前扶住他，心疼地说："瞧你，怎么喝了这么多？还能开车吗？"

马从军顺手搂住她，笑嘻嘻地说："玉娟，你今天怎么像换了个人似的，既漂亮又温柔……"

庞玉娟说："现在交警对酒驾查得很严，你都喝成这样了，还是别开车了，我先去开个房间，陪你休息一会儿，等你醒酒了再开车回去吧。"

"开房？你陪我？好啊！"马从军喷着酒气，伸长嘴巴在她脸上啄了一口。

"讨厌！"庞玉娟把他扶到沙发上坐下，"我先到前台登记一个房间，对了，酒店登记房间需要身份证，我没带，把你的身份证借我用一下。"

马从军歪在沙发上，醉眼蒙眬，接连打了几个酒嗝，从口袋里掏出钱包，从里面拿出自己的身份证，递给她。

庞玉娟用他的身份证到酒店前台登记了一个房间，回来的时候，马从军却已经四仰八叉地倒在沙发上睡着了。庞玉娟叫醒他，扶着他往订好的酒店客房走去。

在铺着地毯的走廊里，经过一个监控摄像头时，她故意搀着马从军，从离摄像头最近的位置走过。到了房间，开门进去。庞玉娟把马从军扶到床边坐下，正要给他倒一杯热茶醒酒，马从军突然从后面将她拦腰抱住，双手顺势伸进她的衣服里。

庞玉娟说声“不要”，想要推开他，浑身却似乎使不出半点力气，两人纠缠在一起，缓缓倒向柔软的席梦思床。

马从军将自己脱得精光，一面扯着她身上的衣服，一边喘着粗气，压在她身上。庞玉娟偏过头去，一滴苦涩的泪珠从眼角挤了出来。她掏出自己的手机，放在了床头柜上……

马从军醒过来的时候，已经是第二天早上，阳光透过窗户照进酒店房间，他心满意足地翻了一下身，却发现床的另一边已经空了，庞玉娟早已起床离开。这个女人，估计是怕早上起床，不好意思面对我吧。女人就是这样，天生就是贱货，你打她一巴掌，她反过来还会向你摇尾乞怜。

他拿起枕头靠在床上，在床头点燃一支烟，一边吐着烟圈，一边津津有味地回味着昨天激情燃烧的夜晚，心里想，这个女人，昨晚怎么像换了一个人似的呢？如果她以前像这样对我，也许这个婚就不用离了。

他看看手表，时间已经不早了，于是用力将烟头摁灭在烟灰缸里，翻身起床，穿上衣服上班去了。

10

刘美琪睁开眼睛，才发现自己竟然在客厅的沙发上躺了一夜。

昨天晚上，钟点工于嫂做好晚餐就离开了，她一个人坐在饭桌边，等马从军回家吃晚饭，一直等到深夜，也不见他回来。打他的手机，一直无人接听。

她害喜害得厉害，也没有心情吃饭，就躺在沙发上，一边玩手机，一边等着马从军回家。结果不知不觉睡着了，竟然在沙发上躺了一夜。她揉揉眼睛坐起身，看见桌上饭菜还是原样，才知道马从军昨晚一夜未归。这可是自他们二人结婚以来，从未有过的事。

她生气地拿起手机，拨打马从军的电话，这次终于有人接听了。马从军在电话里说，昨天晚上他陪市委领导出去应酬，结束的时候，已经是后半夜了，他怕回家吵醒她，所以干脆就跟领导一起，在酒店住了一夜。晚上跟几个领导喝酒唱歌，声音太吵，所以她打他手机也没有听到。

挂了电话，刘美琪不由得叹了口气，喃喃地自语道："连借口都跟梅姐说的一模一样，难道真被她这张乌鸦嘴给说中了？"

刘美琪还在当第三者、没有跟马从军结婚的时候，曾经加入过一个名为"小三转正群"的 QQ 群。里面的群员，大多都是一些因为各种各样的原因做了男人"小三"的年轻女人。大家常在群里讨论如何挤走正室，早日转正的话题。

群里有一个女孩，网名叫青梅煮酒，跟刘美琪性情相投，最是聊得来，两人常常在一起私聊。青梅煮酒现在深圳，跟了一个香港男人八年，去年终于转正，不想今年又被新的第三者夺了位，目前只得再次加入"小三"的行列。因为她的年龄比刘美琪略大，所以刘美琪总是亲热地叫她梅姐。

昨天晚上，刘美琪躺在沙发上，一边等着丈夫回家，一边跟青梅煮酒在 QQ 上聊天。青梅煮酒问她："今晚怎么这么有空，大半夜了还在这里聊天，不用陪老公了？"

刘美琪就把丈夫深夜未归、打电话也不接的事说了。

青梅煮酒顿时紧张起来，叫她一定要把老公看紧一点，好不容易才转正，要是一不小心让新的"小三"给抢走，那就划不来了。

刘美琪回答说："不会的，我怀了他的孩子，他现在对我很好，而且……"

青梅煮酒很八卦地追问："而且什么？"

刘美琪说："我早就跟你说过了的啊，我已经给自己留了一条后路，任何时候他都得对我千依百顺，要是敢背叛我，我就叫他不得好死。"

青梅煮酒问她到底给自己留了什么后路，刘美琪发给对方一个调皮的笑脸，说：“这个嘛，不能告诉你。”

青梅煮酒也就没有多问，只是叮嘱她一定要把自己的老公看紧一点，千万别放纵他让他在外面彻夜不归。夜不归宿是男人出轨的第一步，男人啊狡猾得很，撒起谎来连眼睛都不眨一下。明明在外面鬼混，你打电话问他，他还挺不耐烦，在电话里冲着你吼，我正陪领导在外面应酬呢，说得自己好像有多委屈似的。

刘美琪当时还暗笑梅姐多心了，想不到今天早上，马从军在电话里的说辞，竟然跟梅姐说的一模一样。难道他真的在外面有了别的女人？或者，这仅仅只是一个巧合？她胡思乱想着，心里没来由的，就有了一种不祥之兆。

正在她忐忑不安之际，手机忽然“嘀”的响了一声，提示 QQ 邮箱收到一封新邮件。她打开邮箱一看，有一个陌生人给她发送了一封电子邮件，里面写着一句话：这是昨晚在青阳大酒店拍摄到的视频，主演是你老公，请好好欣赏。后面的附件里，果然还有一个视频文件。

她把视频下载之后，打开一看，视频拍摄的，正是一间酒店房间内的情形，床头灯下，两具白晃晃的裸体在一张宽大的席梦思床上纠缠着，呻吟声与喘息声混合在一起，听得让人耳根发热。

她足足看了几分钟，才辨认出来，镜头中那个赤身裸体的男人，真的是她老公马从军，而那个蛇一般缠在丈夫身上的女人，居然是他的前妻庞玉娟。

刘美琪只觉脑中轰然一响，一阵天旋地转，身子一晃，差点摔倒在地，靠着沙发躺了好半天，才缓过神，眼泪就不由自主地流了下来。

她咬紧牙关，一手扶着隆起的肚子，一手撑着沙发靠背，挣扎着站起身，在手机上按下马从军的电话号码，想要打电话向他问个究竟，但就在电话即将拨通的那一刻，她又挂断了电话。

她忽然想到了一个问题，这段视频虽然拍摄的是马从军和庞玉娟在床上的镜头，但除了发来邮件的陌生人写的那一句话，再没有其他旁证能够证明这段视频是昨天晚上拍摄的。假如是马从军与庞玉娟离婚前拍的旧视频，现在被人利用来破坏我和老公的关系，我去找他大吵大闹，岂不正中了人家的奸计？

她到底是个细心之人，觉得自己不能被这一段来历不明的视频牵着鼻子走，最后决定，还是先调查清楚再说。

她换了一件衣服，腆着肚子，急匆匆出了门。来到青阳大酒店，她先到前台，请服务员查一下昨晚有没有一个叫马从军的男人登记入住。

服务员警惕地问："他是你什么人？"

刘美琪说："他是我丈夫。"

服务员看她腆着一个大肚子，不像是骗人的，就在电脑里查了一下，说："有的，马从军，昨晚 10 点 22 分入住 2703 房，今天早上 7 点 30 分退房。"

刘美琪问："他是一个人住，还是跟别人一起住？"

服务员摇头说："这个我就不清楚了。"

刘美琪想了一下，又问："哪里可以看到酒店的监控视频？"

服务员说："要去保安室。不过我们有保密规定，除了公安机关，其他人不能随意查看酒店监控视频。"刘美琪没有理会她，转身走了。

她来到保安室，一个年轻保安员正在值班。她直截了当地说："我想查看一下昨天晚上 2703 房间门口的监控视频。"

保安员又说了与服务员同样的话，刘美琪掏出三张百元大钞塞到他手里，泪眼婆娑地说："保安大哥，请你通融一下，我老公在我怀孕期间在外面有了别的女人，有人说昨晚看见他们住在这间酒店里，所以我……"

保安显然多次经历过这样的场面了，左右看看，见没有旁人，顺手把钱揣进口袋，说："那你可得快点，要是被我们经理发现，我这饭碗就保不住了。"

他在电脑里调出昨晚 2703 房间门口的监控视频，刘美琪凑过去，自己拿起鼠标，把视频进度条拖到晚上 10 点 22 分，视频镜头正对着走廊，走廊里显得空荡荡的，大约五六分钟后，一个女人扶着一个男人从电梯里走出来。男人的脚步有些踉跄，看起来像是喝了酒。

当两人从监控探头下经过时，刘美琪很清楚地辨认出，这对深夜开房的男女，正是她老公马从军和他的前妻庞玉娟。视频画面中的这对男女一起走进了 2703 房，房门随即被关上。直到今天早上 5 点多，庞玉娟才从房间里走出来。而马从军离开的时候，时间已经是今天早上 7 点 25 分。他一边扣着衣服，一边打着呵欠走出来，一副意犹未尽的模样。

刘美琪按捺住自己那颗几乎要爆炸的心，拿出一个 U 盘插进电脑，将这段视频拷贝了下来。

11

上午 11 点多的时候，马从军正在市委宣传部开会，主管意识形态的市委副书记正在台上发表长篇大论，马从军已经调成静音的手机，忽然在口袋里震动起来。他急忙溜出会场，接听电话。

打来电话的，是他妻子刘美琪。

刘美琪在电话里说:“马从军，我再问你一次，昨天晚上，你到底在哪里？”

马从军听出她的声音跟平常有点不一样，但还是坚持说：“我不是已经跟你说了吗，昨晚陪领导出去应酬，在酒店住了一晚。”

“哼，确实是在酒店住了一晚，还是全市最高档的青阳大酒店。只不过，你要陪的人，不是领导吧？”

“你怎么知道是在青阳大酒店？”马从军怔了一下，忽然从电话中听到了对方的低泣声，才意识到有点不对劲，但又不明白到底发生了什么事，心下一片茫然。

“我不想跟你多说了，你自己做过什么，自己明白。”刘美琪泣声道，“我给你的邮箱里发了一个邮件，你自己打开看吧。”

“什么邮件？”马从军惊诧莫名，对着电话问了两声，但刘美琪已经挂断手机。他心中有种不祥的预感，急忙用手机上网登录自己的邮箱，果然看见陈美琪给他发来了一个邮件，邮件中只有一个视频文件。

他下载后点击开一看，视频里拍摄的是一对光屁股男女在床上翻滚的场面，他看了好久，才忽然意识到，这不是他昨晚跟庞玉娟在青阳大酒店开房时的情景吗？他的手一抖，手机差点掉到地上，额头上的冷汗唰的一下就冒出来了。

不用多想，他也明白事情的来龙去脉了。一定是庞玉娟设下的圈套，她昨晚勾引他上床之后，将两人纠缠在一起的镜头悄悄拍摄下来，今天一早，就传给了刘美琪。

“这个贱人，果然没安好心！”

他咬牙切齿地骂了一句，会也不开了，急匆匆跑下楼，开着自己的小车，往家里赶去。

“美琪，是不是庞玉娟那个贱人把这个视频发给你的？”一回到家，他就把在路上想好的说辞说了出来，“美琪，你可千万别相信她，她是不甘心跟我离婚，她是在嫉妒我们现在的幸福生活，她这是在挑拨我们的夫妻关系呀！这个视频里拍到的镜头，都是真的，但这都是我跟她没有离婚之前自己拍摄的，想不到这个女人用心如此险恶，竟然把这段旧视频拿出来诬陷我……”

“胡说，到了现在，你还在骗我？”刘美琪流着眼泪，怒声道，“你过来看看，这是什么？”

她转身走到书桌边，打开自己的手提电脑，拿出一个U盘插上去，打开今天早上从青阳大酒店拷贝来的那段监控视频。

当马从军看到庞玉娟扶着自己走进酒店房间，而视频右下角显示的拍摄时间正是昨天晚上10点多时，立即像一个泄了气的皮球，彻底蔫了下去，一屁股瘫坐在沙发上，再也说不出话来。

“你这个骗子，明明已经跟她离婚了，却还背着我跟她藕断丝连暗中来往，还带她去酒店开房鬼混，你怎么对得起我，怎么对得起我肚子里的孩子？”

刘美琪突然像个泼妇似的，伸出十个尖利的手指头，劈头盖脸朝他抓过来。

马从军稍一迟疑，便被抓得皮破血流，脸上一阵火辣辣地痛。“你疯了吗？”他不由得心头火起，抓住刘美琪的手臂用力一推。

刘美琪一个踉跄，跌倒在沙发上。

马从军摸着自己的脸，恼火地道："你把我抓成这样，明天叫我怎么去上班，怎么出去见人？"

刘美琪倒在沙发上，半天才挣扎着爬起来，瞪着他道："你自己做了不要脸的事，怎么不怕没脸见人呢？"

"你这个女人，怎么结了婚之后，就跟变了一个人似的呢？真是越来越不可理喻了。"马从军怒气冲冲地说，"我已经跟你解释过了，我是被庞玉娟那个贱人勾引到酒店里去的，我是中了她的奸计，被她算计了。你要是不相信我，我也没什么好说的，大不了咱们离婚，大家一拍两散。我能娶你，就能叫你滚蛋，还有，家里的财产都是我挣回来的，你一分也别想拿走。"

"哈，终于说出你的心里话了吧？你跟庞玉娟离婚后旧情未断，现在又想甩了我跟她破镜重圆是吧？"刘美琪忽然尖声大笑起来，"马从军，我可告诉你，你把我娶进门容易，想赶我走，可就没这么便宜了。你要离婚可以，但是净身出户扫地出门的是你，这栋房子，还有咱们家所有的财产，全都归我，你一分都别想拿走。"

马从军把眼一瞪："凭什么？"

刘美琪指着正插在电脑上的那个 U 盘说："就凭我这 U 盘里，还有一段视频。"

"你还有什么视频？"马从军冷笑道，"你想讹诈我，也该换个花样吧？"

陈美琪脸上忽然露出一丝诡异的笑容，道："我还有什么视频，你看看不就知道了？"她从 U 盘里找出另一个视频文件，当着马从军的面打开。

马从军满不在乎地凑过去，只看了一眼，整个人都像被雷电击中了一样，脸色突变，当场呆住。视频还没有播完，他就双膝一软，扑通一声跪在地上，浑身像打摆子似的颤抖起来。

"你、你……到底想怎么样？"马从军面如灰死，像一只斗败的公鸡，几乎连说话的力气也没有了。

"还是我刚才的条件，咱们离婚，你净身出户，这栋房子，还有所有家产，全部归我和我肚子里的孩子。"刘美琪脸上，终于露出胜利的微笑。

“行，行，我都依你，只要你不把这个视频交给警察，我、我什么都依你……”说完这句话，马从军就像一摊稀泥一样，瘫软在地上。

12

从服装店下班后，庞玉娟像往常一样，乘坐最后一班公交车回家，在出租屋附近的青龙嘴菜市场公交站下车时，已经是晚上 9 点 40 分了。

夜风清凉，路上行人稀少，街道两边的商铺早已打烊关门。她走下公交站台，忽然感觉到手机似乎震动了一下，急忙掏出来一看，原来是自己的错觉，并没有人给自己打电话。

今天她已经看了十几次手机，生怕错过金一田的电话，但是自从昨天早上，她把自己拍的跟马从军在一起的视频交给金一田后，他就再也没有跟她联系过，也不知道事情进展如何。她想一下，还是拨打了金一田的手机，却显示对方已经关机。

难道已经关手机睡觉了？她心里隐隐有些不安，决定明天一早再给金一田打电话，如果再没有人接电话，她就直接去他的信息调查公司找他。

穿过一个十字路口时，庞玉娟忽然听到身后传来一阵似有似无的脚步声，回头看时，身后只有几辆夜行的汽车亮着大灯呼啸而过，并没有看见其他行人。她不由得加快了脚步，转个弯，拐进了菜市场旁边一条路灯昏暗的小巷。这条巷子是她回家的必经之路。

“庞玉娟！”

她步履匆匆，即将走出小巷时，忽然有人在身后叫她的名字。

她转身看时，只见身后不远处的路灯下站着一个男人，身上穿着一件宽大的运动服，头上戴着一顶黑色的棒球帽，帽沿压得很低，遮住了半张脸。

她皱了一下眉头，问：“你是谁？”

“你这个贱人，害得我好苦！”戴棒球帽的男人缓步朝她走来。

直到对方走到自己跟前，庞玉娟才看清楚，这个男人居然是马从军。

“你这个贱人，居然敢算计我。现在我跟刘美琪离婚了，被她扫地出门了，你说，这笔账，我该怎么跟你算？”

“你被她扫地出门了？”庞玉娟不由得吃了一惊，“你不是一向很强势的吗？怎么会……”

马从军骂道：“还不都是被你这个贱人害的。”他突然从身后拿出一把明晃晃的水果刀，朝她逼近过来。

“你、你想干什么？”庞玉娟意识到情况不妙，惊恐地后退了一步。

“老子现在什么都没有了，这一切都是拜你这个贱人所赐，今天一定要让你知道我的厉害！”

庞玉娟道：“要怪只能怪你自己，如果不是你经不起诱惑，又怎么会有机会让我拍到那段视频？”

“都怪你，都怪你，如果不是你当初死扛着不肯离婚，那我也不会……也不会留下把柄在陈美琪手里，如果不是你在酒店设计陷害我，我也不会跟刘美琪离婚。现在我的财产全都被刘美琪拿走了，老子什么都没有了。”马从军瞪着血红的眼睛，狂怒道，“我要杀了你，我要杀了你这个贱人！”他挥舞着水果刀，猛然扑向庞玉娟。

庞玉娟大惊失色，吓得转身就逃，边跑边喊“救命”。可是小巷两边，都是建筑工地的围墙，她叫得再大声，也不会有人听见，更不会有人来救她。慌里慌张地跑了几步，眼看就要到小巷出口，脚下却被砖头绊了一下，掉了一只鞋子，双腿一软，“扑通”一声摔倒在地。

不待她从地上爬起，后面的马从军早已大步追上，挥起钢刀，狠狠地朝她头上砍去。正在这千钧一发之际，忽然听到一声大喝：“不许动，举起手来，要不然我就开枪了！”

马从军浑身一抖，握刀的手臂就直直地僵在半空，回头一看，却见不知何时，身后的巷子里已经站着好几名警察，为首的是一名年轻女警，手里拿着枪，黑洞洞的枪口正对着他。

马从军吓得一哆嗦，手里的水果刀就掉到了地上。“警官，警官，您、您误会了……”马从军缓过神来，连忙换上一副笑脸说，“她是我老婆，我们正在处理一些家务事，我只是拿刀吓唬吓唬她。你就是借我一个胆子，我也不敢真的砍人啊，那可是要坐牢的。”

“不，警官，我不是他老婆。”庞玉娟喘着粗气，惊魂未定地从地上爬起，大声辩解。

“不，你是他老婆。”一个戴眼镜的年轻男人从女警身后站出来，盯着马从军看了一眼，又看看庞玉娟，扭头对女警说，“师姐，我可以作证，这个女人，就是这个男人的老婆，不过那已是很久以前的事了。据我所知，他们上个月已经离婚了，所以现在，他们之间没有半点关系，所以现在这件事，也绝不只是老公拿刀吓唬老婆这么简单，这是赤裸裸地杀人啊！”

庞玉娟抬头一看，原来是金一田，正要张嘴叫他，却见他正朝自己眨着眼睛，她心中一动，便又忍住没再出声。

“师姐，他就是马从军。”金一田伸手指了一下马从军，对他的师姐、女警文丽说。

文丽点点头，把枪口对着马从军晃一下：“马从军，咱们怀疑你跟警方正在调查的一宗命案有关系，所以现在我们要对你进行刑事拘留，有什么话，到公安局再说。”

马从军吓了一跳，大叫道：“我只不过是拿刀吓唬吓唬她，怎么又跟你们调查的什么命案扯上关系了？”

文丽说：“我们接到群众举报，在你家后院里挖掘出一具男性尸体，经过死者家属辨认，确定是江北市大垸镇大垸村人罗冬生。”

马从军神情微变，马上点头说：“对对对，警官，我也发现了那具尸体，而且我还知道凶手是谁，正准备向你们报案呢。”

“哦，你知道凶手是谁？”文丽问。

“是的。”马从军点点头，用手一指庞玉娟，“凶手不是别人，就是她。警官，你要是不信，我这里有视频为证。”他急忙掏出手机，把自己偷拍到的庞玉娟在后院挖掘罗冬生尸体的视频放给文丽看。

文丽认真看了，皱眉说：“你这视频拍得很模糊啊，你能确定视频中的这个女人，就是她吗？”

“当然，我十分确定。”

文丽说：“可是你这段视频，只能证明她挖掘过那具尸体，但并不能直接证明她杀过人啊！”

马从军急了，连比带画地分析道：“警察，话可不能这么说，你想想，要是她没有杀人，怎么知道那里埋着一具尸体？要是她不知道那里有一具尸体，怎么会到哪里去挖掘尸体？要是她跟这事没有关系，她发现尸体之后为什么没有去报警呢？”

文丽低头想了一下，说：“你说的话，好像也有些道理。不过我这里也有一段视频，好像比你这个更清晰，也更能直接证明谁是凶手。你过来看看。”

马从军看着她，眼里充满疑惑，不知道她说的是真还是假，犹豫一下，缩着肩膀走到她跟前。

庞玉娟也止不住心中好奇，慢慢地挪了过来，见马从军站在女警察的左边，她就站在了女警察的右边。

文丽拿出手机，打开一个视频文件。视频似乎是在长江大堤下的一片芦苇丛里拍摄的，天已经黑了，近处停着一辆小车，开着大灯，一个穿着红色风衣的年轻女人站在车灯的灯光里，似乎是在等人。

庞玉娟认得，这个红衣女郎就是刘美琪。不大一会儿，一个三十多岁的中年男子走进了灯光里。从视频拍摄的角度来看，摄像头应该安装在小车上一个很隐蔽的位置。

刘美琪故意让了一下身子，让那个男人的脸正对着摄像头的方向晃了一下。就在这一晃之间，庞玉娟看清了那个男人的脸，也看清了他左边嘴角处那豆大的一颗黑痣。她认出这个男人，就是罗冬生。

刘美琪和罗冬生见面后，说了几句话，罗冬生显得有些激动，伸手去拉陈美琪的胳膊，刘美琪用力甩开他，跑向一边。就在这时，一条黑影突然从罗冬生后面的芦苇丛中蹿出。

罗冬生似乎听到了响动，转身查看，黑影突然举起一把水果刀，用力刺入罗冬生左边胸口。

罗冬生挣扎着倒在地上，黑影上前拔出水果刀，鲜血从罗冬生胸口迸射而出，黑影急忙拿出一个早已准备好的塑料袋，对着罗冬生的伤口，将鲜血收集起来……

忙了一阵儿，他又用脚踢了一下罗冬生的尸体，确认后者已经死亡之后，这才松了口气似的抬起头来，也就是在这个时候，隐藏的摄像头清楚地拍到了他的脸——这个人正是马从军。

马从军看到这里，不由得脸色苍白，“啊”的一声，忽然转身就跑。

文丽早就防备，脚尖一勾，正好绊住他一条腿。

马从军向前一个趔趄，扑倒在地，摔了一个嘴啃泥。他刚想爬起来再跑，早有两个警察冲上前，将他重重地按在地上。只听“叭”的一声，他手腕上就多了一副铿光发亮的手铐。

文丽说：“我们现在怀疑你因为感情纠纷，杀死了刘美琪的未婚夫罗冬生，然后再将尸体运回家，嫁祸给自己的妻子庞玉娟。现在请你跟我们回刑侦大队协助调查。”

马从军浑身像筛糠似的抖动着，吐出嘴里的泥土，歇斯底里地大叫：“刘美琪，你这个贱人，不守信用，说好不把这个视频交给警察的，现在居然……”话未说完，他已被两个大个子警察从地上拎起，塞进了后面的警车里。

文丽拍了一下手，对几名同事说：“可以收队了。”

待几名同事上车后，她一拳打在金一田肩膀上，笑嘻嘻地说：“这次啊，你算是帮师姐立了一件大功，我会向领导申请嘉奖你的。”

“怎么嘉奖？”

“咱们刑侦大队全体同事凑份子请你吃个饭，可以吧？”

“这个可以有。”

“你慢慢忙，我先回去办案了。”文丽转身离去的时候，拉住金一田的手，用力握了一下。

金一田痛得龇牙咧嘴，低头一看，手心里已经多了一张纸，他心头一喜，说："师姐，给我传递情书也不用这么用力啊！"

文丽走出好远，笑着说："这是上次在天天海鲜城吃饭的发票，麻烦大作家早点给我报销了。"

13

待警车开走之后，金一田才走向庞玉娟，问她："你没有受伤吧？"

"还好，只是膝盖蹭破了一点皮。"庞玉娟拍拍身上的尘土，疑惑地问，"这到底是怎么回事？警察手里怎么会有马从军杀人的视频？"

金一田笑笑说："这个嘛，说来话长。"

他虽然推断出了马从军杀人嫁祸的过程，却一直找不到关键证据指证马从军。后来他利用黑客技术，入侵了刘美琪的电脑，发现她在跟一个叫"青梅煮酒"的网友 QQ 聊天时，曾说过一句这样的话。她说："我手里握有马从军的把柄，如果他敢背叛我，我就叫他不得好死。"

金一田想，到底她手里握着马从军的什么把柄，居然能够对马从军产生如此巨大的威胁呢？他推断，极有可能是马从军杀人的证据。马从军谋杀罗冬生的时候，刘美琪为了给自己留一条后路，很可能在暗中拍下了马从军杀人的照片或者视频。

他通过对刘美琪电脑的搜索，发现其在 8 月 17 日，也就是马从军杀害罗冬生的当晚 10 点之后，曾在电脑里反复播放过同一个视频文件，但是电脑里虽然留下了播放痕迹，但却找不到原文件。通过对储存路径的追查，他发现这个视频文件并没有储存在电脑里，而是装在 U 盘中。

金一田的黑客技术虽然高明，但也不可能从 U 盘里隔空取物，必须得陈美琪把 U 盘插进电脑，他才有机会下手盗取文件。他等了几天，陈美琪虽然经常开电脑，但却一次也没有使用过那个 U 盘。后来他心生一计，让庞玉娟想办法拍到跟马从军在酒店开房的视频，然后他将这个视频匿名发送给陈美琪。

陈美琪果然中计，看到视频，以为马从军跟前妻藕断丝连，还保持着不清不楚的关系，遂大发雌威，不但要跟马从军离婚，还拿出马从军的杀人视频，威胁他，让他净身出户。马从军被逼无奈，只得答应。

他以为自己把所有财产都给了刘美琪，满足了她的要求，她就不会把这个致命的视频交给警方。却不知螳螂捕蝉，黄雀在后，就在刘美琪在电脑里播放这个视频的时候，金一田早已通过远程控制，将这个视频文件秘密发送到了自己邮箱里。

金一田拿到这段视频后，立即向师姐文丽报警。文丽根据他的举报，果然在马从军家的后院里挖出了罗冬生的尸体，但当他们准备对马从军实施抓捕时，却发现马从军已经失踪了。抓捕行动只好暂时作罢。

今天晚上，金一田在庞玉娟的出租屋附近等她下班，准备把案子的最新进展告诉她，谁知却发现马从军正在她身后不远处跟踪她。金一田担心真正动起手来自己不是马从军的对手，于是立即打电话报警，然后一直尾随在马从军身后。

因为担心自己的手机发出响动会让马从军惊觉，从而失去抓捕他的良机，索性便关了自己的手机。这也是庞玉娟拨打他的手机，却打不通的原因。

就在马从军挥刀砍向庞玉娟时，幸好文丽等人及时赶到……

庞玉娟听金一田说完，忍不住上前握住他的手，感激地说："金作家，多谢你帮我查清真相，如果不是你，我这一辈子都会背上杀害罗冬生的罪名。你放心，委托费我会如数支付的。"

金一田笑笑说："其实我也要多谢你，是你给了我一个绝好的小说素材，我的下一篇小说，又有灵感了。不过……"他话锋一转，"你虽然没有杀死马从军，但事实上已经对他实施了犯罪行为，构成了杀人未遂罪，所以我估计明天警方还会来找你。不过我是以你的名义向警方递交的马从军杀人的那个视频证据，警方会认为你有立功表现，应该会从轻处罚。”

“我知道，我自己犯下的错误，我一定会承担。”庞玉娟再次握住他的手，“真的十分感谢你，我原来一直以为只有外国才有福尔摩斯那样的神探，原来我们中国也有！”

金一田哈哈一笑说：“好，我一定要把这句话写进我的小说里。”

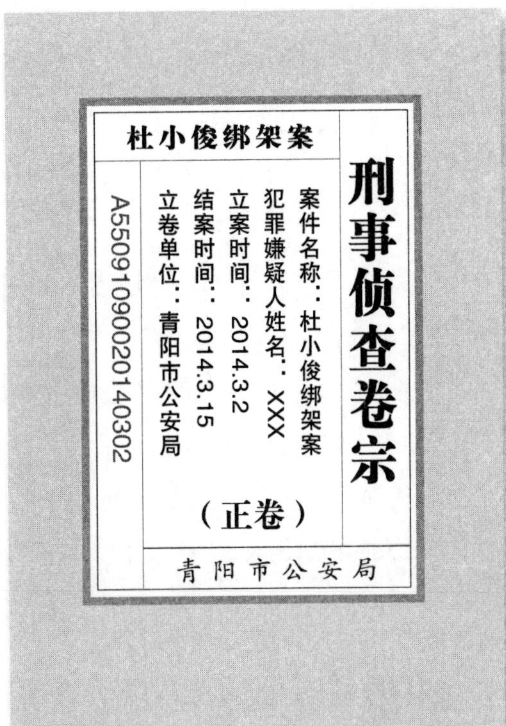
杜小俊绑架案
刑事侦查卷宗
案件名称：杜小俊绑架案
犯罪嫌疑人姓名：XXX
立案时间：2014.3.2
结案时间：2014.3.15
立卷单位：青阳市公安局
A55091090020140302
（正卷）
青阳市公安局

生死绑架

1

淅淅沥沥下了两天的小雨，总算停了下来。中午的时候，天气渐渐放晴，太阳终于从云层中把脸露了出来。

这是一幢独门独院的三层白色洋楼，胡远征刚把他那辆长安马自达开进小院，一条狼狗就突然蹿出来，朝着他一阵狂吠。

“去你妈的，连你大舅爷都不认识了？”胡远征朝它踢了一脚。

一个佣人模样的中年妇女闻声跑出来，叫住狼狗，抬头说：“胡先生，你来了。”

胡远征问：“青嫂，我姐姐、姐夫呢？”

青嫂朝屋里望了一眼，说：“都在家里呢。”

胡远征也不把自己当外人，一边推门进屋，一边大大咧咧地说：“青嫂，你中午多做几个菜，我在这里吃午饭。”

今年 32 岁的胡远征，原本是个泥瓦匠，几年前他开始自己拉工程，当上了包工头，手底下跟着几十个干活儿的民工。外面的人都说，他这几年赚了不少钱。

胡远征进屋的时候，他姐姐胡媚媚正坐在沙发上看电视，他姐夫杜荣则拿着一叠报纸，慢慢地浏览着。

他叫了一声“姐姐、姐夫”，杜荣淡淡地应着，他姐姐胡媚媚却对这个弟弟很是亲热，亲自起身，给他端茶倒水。

今年四十多岁的杜荣，头发已经有些谢顶，他在青阳市经营着一家大型汽车租赁公司，生意做得风生水起。五六年前，他与前妻离婚，娶了比自己小十多岁的胡媚媚。婚后第二年，胡媚媚就给他生下了儿子杜小俊。

胡远征有个恶习，就是喜欢赌博，经常出去滥赌，他老婆劝他戒赌，他非但不听，还动手打人，他老婆实在受不了，三年前就跟他离婚了，让他带着当时还只有 6 岁的儿子华仔一个人过日子。

胡远征至今没有再婚，一直过着单身汉的生活，因为跟姐姐、姐夫家离得近，所以常常带着儿子跑来蹭饭吃。杜荣虽然不怎么待见这个小舅子，但碍于妻子的面子，也没有对他下过逐客令。

胡远征的儿子华仔今年已经 9 岁，正在读小学三年级。胡媚媚见华仔没有跟弟弟一起来，就有些奇怪，问道：“华仔呢，怎么没有一起过来？”

胡远征说：“今天是周末，他被他妈妈接去玩了，只有我一个人在家。”他四下里瞧瞧，又问，“咦，小俊呢？”他说的小俊，是刚满 5 岁的外甥杜小俊。

胡媚媚说：“保姆带他去公园玩去了。”

胡远征跷起二郎腿，把身子往沙发上一仰，掏出一根烟叼在嘴里，摁一下打火机，正要点燃，忽然从里面房间冲出一个十六七岁的少女，毫不客气地把烟从他嘴里扯掉，丢进了垃圾桶。

“我们家禁止吸烟，”少女气呼呼地说，“要抽烟请到外面去。”这女孩叫谢英，是杜荣前妻留下的孩子。因怨恨父亲无情无义抛弃自己的亲生母亲，所以她不但对胡媚媚这位后妈态度冷淡，而且还赌气改姓了母姓。她正读高中二年级，常常以叛逆少女的面目示人，连杜荣这个当父亲的都对她大感头疼，胡远征这个半真半假的“舅舅”自然不敢惹她，看她一眼，只好悻悻地把打火机揣进了口袋。

只看了一会儿电视，青嫂就麻利地把热腾腾的饭菜端上了桌子。她一边在围裙上擦着手，一边问杜荣：“是不是可以开饭了？”

杜荣放下手里的报纸，抬头看看墙上的挂钟，已经是中午 12 点多了。他皱起眉头说："这个春花，怎么还不带小俊回家吃饭？媚媚，你赶紧给春花打个电话，看看他们是不是在外面玩得忘形了。"

春花是个刚刚二十出头的乡下姑娘，是他们家请来专门照顾孩子的保姆。今天上午 10 点多，她就带小俊出门玩去了，不知道怎么到现在还没有回来。

胡媚媚掏出手机，正要给保姆打电话，忽听门口传来一阵急促的脚步声，保姆春花气喘吁吁跑进屋，带着哭腔道："不好了，小俊他……他不见了……"

"什么？"胡媚媚手一抖，手机"叭"的一声，掉在地上。

春花说，上午的时候，她看到天气放晴，就带小俊去附近的红星公园玩。后来她陪小俊玩累了，就坐在旁边一边休息，一边看着小俊自己在沙池里玩沙子。后来她不知不觉地打了个盹，结果一睁开眼睛，就发现小俊不见了。

当时正是中午，公园里的游人并不多，她问了一下旁边的人，都说没有看见小俊。她以为是小俊自己躲起来了，在跟她玩捉迷藏，又一边叫着小俊的名字，一边在公园里仔细找了一大圈，仍然没有看见小俊。她这才急了，赶紧跑回家报信。

杜荣年过四十才有了小俊这么一个儿子，平时就把他视为心肝宝贝，这时听保姆说孩子不见了，他身子一晃，差点晕倒在沙发上，冲着一屋子人大吼道："还愣着干什么，赶紧出去找人啊！"

杜荣的家，就住在红星路，距离红星公园只有数百米远。

大家赶到公园，保姆春花指着公园角落里的一处沙池说："小俊就是在这里玩沙子的时候不见的。"

胡媚媚瞪了她一眼，骂道："你这个没用的东西，要不是你偷懒睡觉，小俊会不见吗？看我回去怎么收拾你。"

杜荣看了一下，沙池旁边有一座假山，假山后面就是公园后门。后门没有上锁，任何人都可以自由出入。他说："现在不是骂人的时候。小俊应该还没有走远，可能还在公园里，也有可能是从后门走出去后迷路了，不知道怎么回家。咱们现在兵分两路，再仔细找找，媚媚你跟青嫂还有春花，在公园里找，我跟远征沿着后门口这条街找一下。”

胡远征点点头，跟着姐夫一起，从公园后门走出来。后面是一条冷清的小街，街上只有几个稀稀落落摆摊的小贩。

“请问你今天中午见过这个孩子吗？”杜荣在手机里打开儿子的照片，拿给路边的小贩看。小贩们见了，都摇头说没有见过。

两组人马，分头找了一个多小时，仍然没有小俊的半点消息。

杜荣回到公园，胡媚媚急得哭起来，说：“咱们家小俊丢了，赶紧报警吧。”

胡远征看看手表说：“小俊这才不见两三个小时，现在报警，不知道警方会不会受理。”

杜荣说：“找孩子要紧，现在也管不了那么多了，还是先报警吧。”他掏出手机，正要拨打报警电话，忽然手机“叮”的一声响，显示收到了一条短信。他点击开短信，一张照片忽然跳出来，照片中有一个孩子，被捆住手脚，缩在一个墙角里，孩子的嘴巴被一只脏袜子堵住，双眼也被一块黑布蒙上。杜荣一眼就认了出来，照片中这可怜的孩子，正是他儿子杜小俊。他仿佛被人在胸口捅了一刀，心脏猛地抽搐一下，赶紧照着给他发来短信的手机号回拨过去，可是电话里只有“嘟嘟嘟”的忙音，应该是对方屏蔽了来电信号。

他想回短信问对方到底想怎么样，可是手指颤抖得厉害，按了半天，竟然没有按出一个完整的字来。

胡远征从他手里拿过手机，快速地发了一行文字过去：你是谁？你想怎么样？

过了好久，对方才回过来一条短信：杜荣，你儿子现在已经被我们绑架了，马上回去准备 120 万现金，用防水旅行包装好，听候通知。如果你敢报警，那就永远也别想再见到你儿子。

杜荣脑中轰然一响，这才明白，儿子是被人绑架了。

2

回到家里，胡媚媚无助地看着老公和弟弟，哭着问："怎么办？小俊在他们手里，我们现在该怎么办？"

胡远征犹豫一下，说："要不咱们报警吧。"

"千万不要，"胡媚媚急忙摇头道，"如果警方有什么风吹草动，让绑匪知道咱们报了警，那小俊就危险了。"

胡远征看着哀哀啜泣姐姐，一时间也没了主意。

杜荣这时已渐渐镇定下来，皱眉想了一下，说："媚媚说得对，还是先不要报警，万一激怒了绑匪，那就麻烦了。一切以小俊的安全为重，这120万对于咱们家来说，也并不是拿不出来，我看咱们还是先去准备好现金，看看等下绑匪还会发什么信息过来，咱们再作进一步打算。"

胡媚媚见丈夫拿定主意，心下稍安，擦着眼泪说："可是家里一时之间，哪里拿得出这么多现金？"

胡远征说："去银行取吧，我的车就停在院子里，我开车送姐夫去银行，时间应该还来得及。"

杜荣看了他一眼，说："远征，多谢你肯帮忙。"

他坐上胡远征的马自达，胡远征紧踩油门，以最快的速度把车开到最近的银行。杜荣拿出银行卡，却被银行的营业员告知，因为没有提前预约，所以不可能一次性让他提现120万元。

胡远征问："那现在一次最多能提现多少钱？"

营业员说："在没有预约的情况下，每位客户每天最多只能提现30万元。"

胡远征看看杜荣，问："姐夫，怎么办？"

杜荣说："那就先取30万，咱们再去下一家银行。"

两人跑了好几家银行，总算取齐了绑匪要求的120万元现金。胡远征从车上拿了一个旅行袋，把一叠一叠的百元大钞装好，用手掂一下，足有二三十斤重。

杜荣拎着装满钞票的旅行袋回到家，已经是下午2点多。佣人青嫂把桌上的饭菜已经反复热了好几遍，但此时此刻，谁也没有心情吃饭，都默默地坐在客厅里，一面盯着那满袋钞票，一面焦急地等候绑匪发来进一步通知。

下午3点，杜荣的手机又“叮”的一声响了，打开短信一看，果然是绑匪发来了“进一步通知”：钱都准备好了吧？青阳山三义寺后面，有一片树林。走进树林大约三百米远，有一棵树上挂了一个红气球。你在气球下挖一个一米深的坑，把钱埋进坑里，必须在今天下午4点半之前完成，我可没有耐心久等。如果你敢耍花招，那就等着给你儿子收尸吧！

胡远征凑过来，看了短信后说：“这帮家伙，还真会选地方啊。那个树林我知道，就在青阳山东面，那里是个乱葬岗，到处都是坟墓，据说常常有鬼魂出没，所以平时基本没有人去。而且那片树林在山坡上，我的马自达根本开不上去。”

杜荣说：“我开我的越野车去吧。”胡远征说：“姐夫，我跟你一起去。”胡媚媚也说：“老公，就让远征跟你一起去吧，万一有什么事情，也好有个照应。”杜荣看了这个小舅子一眼，点头说：“那也行，你跟我一起去，但到了那里，你得听我的，千万不能乱来，要是惹火了绑匪，吃亏的是咱们家小俊。”胡远征点头应道：“姐夫，你放心，我会有分寸的。”

杜荣把他那辆黑色的奥迪Q5越野车开出来，胡远征拎着旅行袋跳上车，坐在了副驾驶位上。

杜荣住在城西，青阳山在城区东北方向，他把小车在城区主干道上开得飞快，几乎横穿了大半个青阳城，半个小时后，终于赶到了青阳山下，车子再往上开，就到了三义寺。

三义寺乃为纪念刘、关、张桃园三结义而建，因为年久失修，早已成了一座荒废多年的破庙。

杜荣开着车，沿着一条石头路绕过古寺，果然看见寺后有一片树林。树林里并没有路，只有一个解放初期伐木工人开着大卡车上山砍树时留下的简易通道，因为长年没有行人走过，通道已经长满杂草灌木。

好在杜荣开的是越野车，轰了几下油门，小车终于缓缓开进了树林。林子里树木苍天，浓荫蔽日，到处都是阴森森的坟包。车子前行了几百米，果然看见前面不远处的一棵杉树上，插着一把血迹斑斑的匕首，匕首的手柄上系着一个红色气球，气球上画着一个骷髅头像，被风一吹，骷髅闪动，看得人心惊胆跳。

杜荣看见匕首上面沾满血迹，以为小俊受了伤，或是已经遭了毒手，更是吓得脸色苍白，浑身都颤抖起来。

胡远征跳下车，凑到匕首前看了一下，说："这是鸡血，不是人血。"

杜荣这才稍稍放下心来，看看手表，已经是下午3点半了，他不敢再耽误时间，拿着一把铁锹跳下车，就在那棵挂着气球的杉树下挖起坑来。

前两天一直下雨，树林里的泥土潮湿而松软，挖起来并不费劲。但因为杜荣平日里极少干体力活儿，只拿着铁锹在地上挖了几下，就气喘吁吁，累得直甩胳膊。

胡远征见他动作缓慢，心里不由得着急起来，说："姐夫，还是让我来吧。"一把夺过铁锹，飞快地在大树边挖掘起来。他是做泥瓦匠出身，干这样的体力活儿，自然比杜荣在行。

不多一会儿，地上就被他挖出了一个两尺多深的泥坑。他把铁锹插在地上，喘了口气说："这么深，足够把那一袋钱埋进去了吧。"

杜荣说："不行，绑匪在短信里要求说，要挖一个一米深的坑，再把钱埋进去。"

胡远征朝地上吐了一口口水，骂道："这帮王八蛋，挖个坑埋钱还要规定深度，真他妈脱了裤子放屁，多此一举。"骂声未落，一阵大风刮来，树叶被吹得哗哗作响，四周树枝摇动，暗影幢幢，好像林子里隐藏着无数的野兽，随时都会扑出来咬人一样。

胡远征不由自主打个寒战，说："姐夫，我在这里挖坑就行了，你还是先回车里待着，咱们的钱还放在车上呢。"

杜荣明白他的意思，他是怕绑匪就埋伏在四周的隐蔽处，自己两人在大树下挖坑，而绑匪却悄悄钻进车里，轻而易举就能把那一袋子钱给偷走。他急忙坐回车里，守着那一袋钱，一边抽着烟，一边透过车窗玻璃，看着胡远征在气球下挖坑。

没过多久，胡远征又向下挖了一尺多深，他站在坑里，泥坑的深度已经超过他的裤腰带，杜荣坐在车里，已只能看见他上半身。

胡远征目测一下，估计泥坑的深度已经达到一米，就丢下铁锹，从泥坑中爬出来，回到车里，拎出那只鼓鼓囊囊的旅行袋，往泥坑中一扔，自己也跟着跳下去，弯腰把袋子放好，再覆盖上泥土，最后站在坑外，用铁锹将挖出的碎土全部推进坑里。

杜荣想要下车帮忙，却被他摆手制止。胡远征笑道："这种粗活儿还是我来干好了，你身上那件阿玛尼可没有我这身衣服禁脏。"

杜荣只好坐在车里，一面留心四周动静，一面看着他一锹一锹地把泥坑填平。钱袋掩埋好了，胡远征身上，也像是从泥坑里打过滚一样，沾满了潮湿的泥土，一串串汗珠从他额头上滚落下来。杜荣不由得心生感动，自己平时并不怎么喜欢这个小舅子，想不到关键时刻，他竟然会这么用心地帮助自己。

胡远征拎着铁锹回到车里，看看表，还差几分钟就到 4 点半了。总算赶在绑匪规定的时间内完成了这件事，他不由得松了口气。

杜荣不敢久作停留，发动汽车，掉转车头，沿着来时的那条小路，往树林外开去。

刚驶出数十米远，胡远征忽然往旁边指了一下，道："姐夫，那边有一大片灌木丛，咱们把车开进去躲起来。"

杜荣一怔，问："为什么？"

胡远征道："姐夫，你也太过老实了吧？你想想，万一绑匪拿到了钱，仍然不肯放人，怎么办？甚至他们见你这么好说话，说不定还会出尔反尔，用小俊来向你勒索更多的钱。你又没有报警，可以说完全没有反击之力啊！”

“那怎么办？”

“咱们把车开到隐蔽的地方躲起来，钱埋在这里，那些绑匪很快就会来取钱，到时我再悄悄地跟踪他们，想办法摸清他们的落脚之处。如果他们拿到钱后立即放了小俊，那当然最好。万一他们不守信用，那咱们也有两手准备，至少知道了他们的落脚点，到那时咱们再报警救小俊，就易如反掌了。”

杜荣想了一下，说：“你说得有道理，防人之心不可无，咱们确实应该多留一个心眼。”

他一打方向盘，越野车就快速地钻进了树林深处一片浓密的灌木丛中，整个车身正好被从树上垂下的一大片青藤盖住，从外面看去，完全看不出异常，但两人躲在车里，却正好透过车窗玻璃，远远地看到那棵悬挂着气球的大树。如果有人来挖坑取钱，绝对逃不过他们的眼睛。

3

两人坐在车里，不知道盯着那棵拴着红气球的大树看了多久，不要说看到有人，就连一只鸟也没有靠近过那棵树。

难道绑匪不来拿钱了？正在疑惑不解之时，杜荣忽然用手朝车窗外一指：“快看，那里好像有人。”

胡远征顺着他手指的方向看去，果然看见距离他们大约二三十米远的地方，正有一条人影，急速地往树林深处闪去。树林里的杂草长得比人还高，一眼望去，只能若隐若现地看到一个影子，却完全看不清那人的身形相貌。

胡远征皱起眉头说：“不对，那个人好像是在跟踪咱们。”他打开车门，飞身跳下，快步朝那条人影追过去。杜荣怕他有危险，也跟着跳下车。

胡远征观察了一下那条人影跑动的速度和方向，斜刺里穿插过去，突然跃出草丛，向对方扑过去。

对方完全没有防备，只听“哎哟”一声，被他重重扑倒在地，一辆山地自行车摔出老远。

“喂，你想干什么？”对方大叫了一声。

胡远征不由得一怔，听这声音，像是一个女孩，低头看时，才发现被自己扑倒在地的，竟然是谢英。他不由得大吃一惊，急忙放开她。

杜荣这时也追了上来，见到女儿，也大觉意外，问：“你在这里干什么？”

谢英扶起自行车说：“我担心小俊的安危，所以跟着你们过来看看情况。”

杜荣瞪了她一眼，道：“胡闹，你知道这有多危险吗？要是被那些人发现了，会害死你弟弟的。”

“弟弟，弟弟，你眼睛里就只有这个弟弟，”谢英眼眶一红，赌气似的嚷道，“我妈就生了我一个，我没有弟弟。”

“你这丫头，看我不打死你！”杜荣气得浑身发抖，扬起巴掌就要打她。正在这时，胡远征忽然“咦”了一声，用手朝系着红气球的大杉树那边指了指，“那边好像有人。”

杜荣扭头看去，那个画着骷髅图案的气球正在风中飘动，乍一看，有点像清明时节插满坟头的招魂幡，“招魂幡”下空空荡荡，并没有半个人影。

“你是不是看错了？”他问道。

“没有，刚才我明明看见有一个人从那树下跑过去，而且那人手里好像还提着一个大袋子……”

胡远征说到这里，与杜荣对视一眼，两人猛然醒悟过来，“糟了，绑匪已经把钱拿走了！”

两人撒腿就朝那棵大杉树跑去。谢英也推着自行车，跟在后面。跑近那个红气球，看看埋钱的地方，依然保持着胡远征填坑时的原样，并没有被人挖动过的痕迹。

杜荣这才松口气，胡远征围着那棵杉树转了一圈，皱起眉头说：“好像有点不对劲啊，刚才我明明看见那个人手里提着一个大袋子从这里跑过，难道……”他忽然想到什么，转身奔回车里，拿来铁锹，飞快地将那个泥坑挖开。

在一米深的泥坑底下，他亲手埋进去的，那个装有 120 万钞票的黑色旅行袋还在，只是袋子却已经彻底瘪了下去。

他拉开旅行袋的拉链一看，里面早已空空如也，连一分钱也没有了。

“钱已经被他们拿走了，”他把空袋子扔在地上，丧气地说，“这帮绑匪的速度，实在是太快了。”

杜荣也惊得目瞪口呆，半晌才道：“这、这也太不可思议了吧？就这么一眨眼工夫，钱就不见了，还有，这泥土都没有被挖动过，他们是怎样把钱拿走的？难道像魔术师那样，可以隔空取物？”

胡远征说：“也有可能是他们把坑挖开过，嫌这个袋子太脏，把里面的钱拿出来用另一个袋子装走了，然后为了不引人怀疑，又悄悄地把泥坑按原样填上了。”

谢英看着那个泥坑说：“绑匪拿到钱后，又把泥坑填上？这不符合逻辑啊！”

正在大家惊疑不止之际，杜荣的手机忽然“叮”的响了一声，他掏出手机查看新短信，蓦然脸色一变，转身就朝停车的方向跑去。

胡远征不知道发生了什么事，追上来问：“姐夫，怎么了？”

杜荣说：“绑匪发短信给我，说他们已经收到钱了，准备依约放人。”

胡远征这才松口气，问：“他们有没有说小俊现在在哪里？”

“他们在短信里通知我，说小俊现在被关在胜利路 172 号三楼的一间房子里，叫我自己过去接人。”

“那咱们赶紧去吧。”

两人钻进越野车，杜荣刚把车从灌木丛中退出来，就从倒车镜里看到谢英踩着自行车从后面追了上来。

他叹口气，踩了一脚刹车，把头探出车窗说：“你一个女孩子家，在这荒山野林里乱跑，多危险啊，赶紧上车吧。”

谢英犹豫一下，还是把自行车塞进后备厢，然后跳上了车。

杜荣一踩油门，越野车就一路颠簸着，往山下快速地驶去。

胜利路是西城区的一条老街，距离杜荣的家并不太远。

杜荣心中挂念着儿子的安危，几乎把这车在城区主干道上开得要飞起来。大约半个小时后，越野车终于拐进了胜利路。因为这一带已经被开发商买下，准备搞房地产开发，所以大街两边那一幢幢灰蒙蒙的旧楼外墙上，都写上了大大的“拆”字。楼里的住户大多都已经搬迁，只留下了一条空荡荡的街道，和一派萧索的景象。

杜荣盯着街边的门牌号，把车一路开过去，快要走到街道尽头时，终于找到了 172 号。这是一幢五层高的筒子楼，外表泥墙斑驳，堆满建筑垃圾的楼梯口还挂着某某厂职工宿舍楼字样的木牌。乍一看，整栋楼有点像一个黑乎乎的鸽子笼。

杜荣跳下车，带着胡远征和谢英跑上三楼。狭长的走廊一侧，排列着十余间房子，大楼内已经没有住户，每一间房都房门大开，有的甚至干脆连门窗都已经被拆掉。三个人一间一间地寻找过去，并没有看到小俊这孩子。

来到走廊尽头，却看见最后一间房子的大门上挂着一把崭新的挂锁。

杜荣心中一动，一边拍门叫着小俊的名字，一边把耳朵贴在门上倾听屋里的声音，隐约听到里面传来呜呜呜的叫声。

“小俊在里面！”他顿时激动起来，一边喊着小俊的名字，一边使劲地砸着房门。可是那是一张厚实的实木门，根本不可能被人轻易砸开。

胡远征跑到楼梯口，捡了一块大石头过来，冲着挂锁猛砸几下，那锁就“叭”的一声，被砸落在地。

杜荣打开房门冲进去，只见屋子的角落里躺着一个孩子，手脚被缚，眼蒙黑布，嘴里塞着一只烂袜子，听见有人走近，只能挣扎着在地上发出呜呜的低泣声。

杜荣定睛一看，这孩子，正是儿子小俊。他叫了一声小俊的名字，急忙上前解开他身上的绳子和蒙眼的黑布，又取出嘴里塞着的袜子，小俊显然受到了惊吓，瑟缩在地，呆呆地看了他好久，才认出他是自己的爸爸，一把扑进他怀里，“哇”的一声，大哭起来。

杜荣心疼地搂住儿子，一边拍着他的后背一边安慰他说："没事了，小俊，没事了，爸爸现在带你回家。"

直到坐在车里，走在回家的路上，小俊才渐渐从惊吓中恢复过来，他断断续续地告诉杜荣说，今天中午，他在公园里玩，忽然被人从后面用一块湿毛巾捂住嘴巴和鼻子，他闻到毛巾上有一股怪怪的味道，很快就睡着了，等到醒来的时候，就发现自己已经被人捆住了手脚，眼睛看不见东西，嘴巴也说不出话……

路上，胡远征给姐姐打了个电话，告诉她说小俊已经平安救出。胡媚媚在电话里喜极而泣。

快到家门口的时候，谢英忽然从后排座位上站起来，大叫一声："停车，我要下车！"

杜荣踩了一刹车，车子在大街上突然停下。他回头不耐烦地道："大小姐，你又想玩什么花样？"

谢英说："现在小俊已经平安回家，你们都放心了吧？我可不想回去成为一个多余的人，现在要下车去同学家玩。"也不管父亲同不同意，她自己打开车门，跳下车，从后备厢里拎出自己的单车，跨上去，一溜烟跑了。

4

杜小俊回到家，已经是傍晚时分。

胡媚媚把儿子从车上抱下来，左看右看，见他虽然受了些惊吓，但浑身上下并没有什么受伤的痕迹，这才放下心来。

杜荣说起从绑匪手里营救小俊的经过，自然免不了对自己的小舅子表示感谢。他说如果不是远征帮忙，光凭我一个人，现在能不能把小俊从绑匪手里救出来，还是个未知数呢。

胡媚媚看了自己的弟弟一眼，高兴地说："别看我这个弟弟平时有点玩世不恭，但办起正事来，还是很靠谱的。”

胡远征搔搔后脑勺，不好意思地道：“你们千万别这么说，小俊是我的亲外甥，他有危险，我当然不能坐视不理。”正说着话，他的手机响了，掏出手机看了一下来电显示，走到阳台上接完电话后回来说，“是华仔他妈打电话过来，叫我去接华仔回家。”

胡媚媚这才想起他儿子华仔今天到他前妻那里去过周末了，就说：“那你快去吧，青嫂已经做好饭菜，你接了儿子，一起过来吃晚饭。”

胡远征一边答应着，一边打开门走出去。

大约二十来分钟后，门铃响了，胡媚媚去开门，却见弟弟一个人走了进来，就觉得有点奇怪，问他：“华仔怎么没有一起过来？”

胡远征似乎有点走神，她把这句话问了两遍，他才回过神来，说：“哦，他、他说今晚想在他妈那里住，我好说歹说，他也不肯跟我回来。”说完他就一屁股坐在沙发上，掏出一根烟，狠狠地抽着。

胡媚媚见他脸色苍白，看上去似乎有点魂不守舍的样子，不由得有些诧异，问道：“是不是又跟华仔他妈吵架了？”

胡远征摇头说：“没、没有，我没事。”

杜荣说：“既然没什么事，那就先吃饭吧。”

众上刚坐上饭桌，大门就被推开，谢英吹着口哨走进家门，一看饭桌上摆满了热气腾腾的饭菜，就夸张地“哇”了一声，说：“吃饭了也不叫我一声，你们真把我当外人了呀？”

她也不理会老爸阴沉难看的脸色，自己舀了一碗饭，就坐在桌子边大大咧咧地吃起来。

胡媚媚尴尬地笑笑，拿起筷子招呼大家吃饭。这个时候，青嫂趁上菜的当儿，俯下身在她耳边轻轻说了一句什么，胡媚媚神情微变，看了谢英一眼，忽然放下筷子，走出门去。几乎分钟后，她气呼呼回到屋里，脸色异常难看。

杜荣觉出了异样，看她一眼，问：“怎么了？发生什么事了？”

“发生什么事了？”胡媚媚没好气地说，“你还是去问你女儿吧。”

“问她？”杜荣回头看着女儿，“小英，怎么了？”

谢英一边吃饭，一边翻着白眼看了后母一眼，说：“我怎么知道，你都看见了，我刚才都没有理过她，是她自己的蛇精病又发作了，关我什么事。”

“我问你，”胡媚媚拿出后母的气势，双手叉腰站在她面前问，“今天绑架小俊的人是谁？”

“我怎么知道，也许是你在外面得罪了什么人，现在遭到报应也说不定。”

“不，你知道，你知道绑架小俊的人是谁。”

杜荣一脸莫名其妙地看着妻子道：“你是不是搞错了，小英怎么会知道绑匪是谁？”

“她当然知道。”胡媚媚转身打开门，从玄关里提进来一个脏兮兮的黑色旅行袋，往地上一扔，“你们看看这袋子里装的是什么？”

杜荣看这袋子，感觉有点像自己装钱给绑匪的那个旅行袋，顿时心生疑窦，打开拉链一看，里面装着的，竟然正是他被绑匪拿走的那120万元现金。他不由得大吃一惊，问：“媚媚，这些钱怎么在你手里？”

“不是在我手里，而是在你女儿手里。”胡媚媚说，“说起来，还得感谢青嫂。刚才她悄声告诉我说，她从厨房窗户里看见咱们家大小姐回家时，自行车上挂着一个旅行袋，有点像中午你装钱给绑匪的那个袋子。她亲眼看见谢英鬼鬼祟祟把这个袋子藏在了车库里。我觉得有些可疑，就去车房搜了一下，这丫头藏起来的，果然就是你交给绑匪的那120万。”

杜荣又把目光转向女儿，问：“小英，你妈说的是真的吗？”

谢英瞪了胡媚媚一眼，没好气地道：“第一，她不是我妈，第二，她说的是真的。”

“这些钱怎么会在你手里？”

胡媚媚气愤地说：“这还用问吗？她跟那些绑匪肯定是一伙的，她和他们里应外合，绑架了自己的弟弟，然后发短信向自己的老爸勒索120万赎金。在树林里，她负责引开你和远征的注意力，好让他的同伙趁机把钱拿走。因为她是主谋，所以这120万最后落到了她手里。”

“她为什么要这么做？”

“原因很简单啊，在这个家里，她早就看不惯我和小俊了，她觉得是我赶走了她妈妈，是小俊夺走了本该属于她的父爱，所以她要报复咱们母子俩，要报复这个家。”

杜荣看着女儿问：“小英，她说的是真的吗？”

“老爸，你觉得呢？”谢英抬起头，迎住他的目光，盯着他问。

杜荣摇头道：“我不相信你会做出这样的事。虽然你平时并不怎么听话，喜欢跟我拧着来，但我知道那并不是你的本意。你只是觉得自从有了你弟弟之后，我这个老爸就不再疼爱你了，你故意让自己成为一个令人头疼的叛逆女孩，其实只是想让老爸关心你，注意你，你只是想让老爸重视你的感受，倾听你心里的想法而已。在老爸眼里，你只是一个爱耍大小姐脾气的孩子，但并不是一个坏女孩。”

谢英看着老爸，忽然眼圈儿红了，说：“老爸，原来你什么都知道。”

“你是我女儿，我当然知道你心里在想什么。老爸答应你，以后一定会多抽些时间陪你，不忙的时候，就带你去看望你妈妈。”

“谢谢你，老爸。”说这句话时，谢英的眼泪已经不争气地流下来。

杜荣摸摸女儿的头说：“那这些钱，到底是怎么回事？怎么会在你手里呢？”

谢英从饭桌边站起身，走到那个装满百元大钞的旅行袋前，朝着那个沾满泥土的袋子轻轻踢了一脚，说：“今天下午在树林里，那些埋在地底下的钱，在咱们眼皮底下不翼而飞，我当时就觉得不可思议。地面上完全没有被人挖动过的痕迹，里面的钱怎么可能会凭空消失呢？”

她当时就想，如果真的是绑匪挖开泥坑取走了钱，再把泥坑按原样填埋好，那就完全不符合逻辑了。第一，绑匪志在拿钱，挖开泥坑拿到钱后，完全没有必要再费时费力把坑填上；第二，就算真的是绑匪挖坑拿钱，再把坑填上，也会在现场留下挖动过的痕迹；第三，也是最重要的一点，当时他们几个人的视线离开那棵挂着红气球的大树，最多也就几分钟时间，就算是奥特曼，也不可能在这么短的时间里，把那个一米深的泥坑挖开，把钱取走后留下一个空瘪瘪的袋子，然后再把坑填上，拿着120万消失在树林里。

杜荣说："可是那些钱，确实是我亲眼看见你舅舅埋进去的，如果不是被绑匪拿走了，那又怎么会在转眼之间，就只剩下一个空袋子了呢？"

"是的，当时把钱埋下去的时候，我就在不远处的大树后面看着，那120万确实是埋在了地下。但是那些钱，绝不可能真的像变魔术似的不翼而飞凭空消失，就算真的是变魔术，也不可能真的让某件东西从世界上消失，魔术师只不过是使用了一些障眼法，把物件转移到了另一个观众看不到的地方。所以我当时十分确定，那些钱不可能是被人拿走了，一定还在这泥坑里，只不过有人使用了某种障眼法，让别人看不见而已。"

当时在树林里，谢英心里有了这个想法之后，等她老爸和胡远征收到绑匪的短信跑回车里时，她就跳下泥坑，徒手向下挖掘，果然没有挖几下，就在泥土下看到了另一个同样的旅行袋，里面装着满满的一袋钞票。

这个时候，她已经明白这"障眼法"是怎么回事了。说起来其实很简单，装钱的那个旅行袋其实是双层的，袋子的里面，还套着一个同样的袋子，那120万其实是装在里面那个袋子里的。挖坑的时候，因为绑匪要求必须要挖一米深，所以挖坑的人站在泥坑里，他腰部以下，坐在外面越野车里的杜荣是无法看见的。

挖坑人正是利用了这个盲点，在泥坑里弯下腰，避开坑外监视者的目光，把最里面的袋子连同袋子里的120万元拿出来，埋在了泥坑一米以下的泥土里，覆盖上一层泥巴后，再在泥坑大约一米深的位置，放上外面那只已经空瘪瘪的旅行袋，最后将挖出的泥土全部推入坑内，将泥坑填上。

这样一来，当杜荣他们再次挖开泥坑时，最先看到的，就只能是那个空瘪瘪的旅行袋。再加上这时杜荣正好收到绑匪的短信，说他们已经拿到钱了，并且同意放人。杜荣急着去救儿子，自然就不会再往下深究了。

这个时候，因为小俊还没有被安全救出，谢英虽然破解了百万钞票消失之谜，却并不敢动这些钱。最后她灵机一动，拿出自己的手机，打开定位功能，然后把手机塞进了旅行包里面靠底侧的一个夹袋里。最后她装着若无其事的样子，追上了老爸的越野车。

5

在胜利路救出杜小俊后，回家路上，谢英用自己的另一部手机接收到了藏在树林旅行袋中手机发出的移动信号，她知道那一袋钱已经被人取走，于是借故下车，骑着自行车，沿着手机收到的定位信号寻找过去。

经过一番追踪，她最后终于在长江边一个废弃的涵洞里，看到了那个鼓鼓囊囊的黑色旅行包。当时那个包正被一个年轻汉子提在手中，那年轻汉子身边还有一个同伴，两人身上穿着脏兮兮的牛仔服，皮肤黝黑，看上去像是从乡下进城的打工仔。后来她偷听到他们的谈话，才明白事情的来龙去脉。

原来这两个人，是某个建筑工地的工人，跟几十个民工一起，砌好了一栋房子，但包工头却把本应该用来给他们发工资的一大笔工程款赌博输掉了，几十名工人的工资加起来足足有 120 万。他们多次找包工头讨要工资无果，最后被逼无奈，只好铤而走险，绑架了包工头的儿子，勒令包工头三天之内支付所有民工工资，否则他们就一刀杀了那孩子，闹个鱼死网破。而他们两个，就是那些民工选出来实施这个绑架讨薪计划的代表。

他们是在星期五下午放学时，将包工头 9 岁的儿子绑架的。今天下午 5 点多的时候，包工头终于向他们妥协，答应给他们支付 120 万元工资。包工头还发短信给他们，说他把钱装在一个旅行包里，埋在了青阳山东面树林里一棵系着红气球的杉树下，叫他们自己去拿钱。这两个人顺利拿到钱后，马上给包工头打电话，告诉他，他儿子被藏在长江大堤下金威汽车修理厂内一辆报废的红色夏利车里。金威汽车修理厂原本是青阳市一家大型国营汽修厂，但因为经营不善，已经倒闭多年，厂内已无人居住。

两人给包工头打完电话，就把钱藏在了那个被杂草掩盖的涵洞里，说是大白天提着这么一大袋钱在街上走很危险，所以先将钱藏在这里，等晚上召集到所有民工后，再把这些钱分发下去。等他们藏好钱离开后，谢英立即钻进涵洞，把旅行袋拿走了。

杜荣听到这里，不由得暗暗为女儿捏了一把冷汗。他现在才知道，这被绑匪拿走的120万元，是经过了一番怎样曲折惊险的经历，才最终被女儿夺回来。看着这一袋失而复得的钞票，他忽然觉得女儿长大了，她再也不是那个只会在家里耍大小姐脾气的疯丫头了，她已经是一个机智冷静聪明而且有担当的大人了。

"我的好舅舅，"谢英忽然转过身，盯着胡远征道，"你知道那两个民工所说的，拖欠他们工资的包工头，是谁吗？"

胡远征脸色煞白，慌忙摇头道："不、不知道，我怎么会知道。"

"不，你当然知道，因为那个包工头，就是你。你在赌桌上把本该用来给工人发工资的钱输掉了，他们讨要不到工资，昨天傍晚，就在华仔放学的路上，将他给绑架了——华仔的学校离家不远，一向都是他自己一个人独自上下学，你从来没有接送过，对吧？所以那两个绑匪才会有机可乘，轻易得手。他们威胁你，如果三天之内不给他们结清120万元工资，就要杀死华仔。那些钱你早就已经输光了，你拿不出钱救你儿子，最后只好来打我们家的主意。"

谢英逼近他一步，接着道，"你先把一切都设计好了，然后今天上午，你趁保姆春花一时疏忽，偷偷抱走小俊，将他藏在胜利路那栋无人居住的大楼里，然后装模作样地跑到我家来蹭饭吃，假装正好巧遇咱们家发生的这起绑架事件……"

"大小姐，我看你是看那些日本侦探漫画书中毒了，把自己当成少年侦探柯南了吧？"胡远征忽然看着她冷笑起来，"你说我就是绑架小俊的绑匪，可是绑匪给你爸发勒索短信的时候，我一直在你家里，当时我连手机都没有碰过，怎么可能一条接一条地发出那些短信？"

"这个一点都不难啊！"谢英说，"你在网上买一张不用实名注册的手机卡，然后使用手机短信里的定时发送功能，事先将每一条短信都编写好，拟定发送时间，时间一到，就会自动发送给对方。所以我老爸收到那些短信的时候，虽然你就在他身边，虽然你没有碰过手机，但这也不足以洗脱你身上的嫌疑。”

胡远征绑架杜小俊之后，立即来到杜家，假装跟杜荣一起营救孩子。他先是在银行取钱时，用一个暗藏玄机的双层旅行包将钱装上，然后在树林里埋钱时又暗中动手脚，把两个袋子分开埋藏。

在去胜利路救小俊的时候，胡远征预先编写好的短信自动发送到了绑架他儿子的民工手里，告诉他们，钱埋在了青阳山东面的树林里，叫他们自己去拿。绑匪拿到钱后，打电话告诉他，他儿子华仔在长江大堤边一个废弃的汽车修理厂内。于是胡远征在傍晚的时候，离开了杜家，急匆匆去救他儿子。

“你、你这丫头，全是一派胡言，血口喷人！”

胡远征握着拳头气势汹汹地道，“我告诉你，我完全不知道你在说什么，这件事，根本就跟我没有半点关系。明明是你吃里扒外，串通外面的人绑架自己的弟弟勒索自己的老爸，现在被人揭穿后，竟然倒打一耙，把责任都往我身上推。我知道你一直对我姐姐心怀怨恨，你觉得是她把你的亲生母亲赶走了，是她生了一个弟弟抢走了本该属于你的幸福，你还是个孩子，我们不怪你，但你也不能信口雌黄，凭空捏造这些事实来诬陷我。”

谢英面无惧色，瞧他一眼，淡淡地道：“我知道你闻讯赶到那个修理厂的时候，并没有见到你儿子，当你再给那两个绑匪打电话的时候，已经没有人接电话了，对吧？我恰好知道那两个绑匪把孩子转移到哪里去了。既然你说这件事与你无关，那么那个被绑架的孩子，自然也不是你儿子了，我本来想把地址告诉你，不过现在看来，似乎已经用不着了，是吧？”

“不，不，”胡远征一听这话，顿时变了脸色，看她一眼，口气忽然软了下来，拉住她的衣袖说，“小英，你快告诉我，华仔被他们转移到什么地方去了？我找去那家修理厂的时候，华仔确实已经不在那里了，我打电话给那两个家伙，他们也不接我的电话。华仔是不是有危险了？你快告诉我，他在哪里……”

他这么一说，自然就是承认谢英说的是真的了。

胡媚媚做梦也没有想到，绑架小俊的居然是自己的亲弟弟，顿时又气又怒，冲上来一把抓住他的衣襟，对着他又踢又打，哭喊道："你是小俊的舅舅，怎么忍心这样对他？你、你真是连畜生都不如……"

杜荣叹口气，默默地把妻子拉到一边。

谢英甩开胡远征扯住自己衣袖的手，道："你知道那两个绑匪的手机为什么没有人接吗？因为我已经报警，他们俩早已被警察抓起来了。当然，这事你也脱不了干系，我已经报告给了警察，你拖欠那些民工的工资，不但要卖车卖房偿还，而且这牢狱之灾，你也是免不了的。"

正在这时，门铃响了，青嫂急忙跑去开门。门口站着好几个穿制服的警察，为首的是一名年轻女警，她进屋后问："你们谁是胡远征？"

胡远征脸色煞白，下意识地往后退了一步。

女警凌厉的目光立即朝他望过来："你就是胡远征？"

胡远征无奈地点一下头。

女警掏出警官证朝他亮一下，说："我叫文丽，是市公安局的，我们怀疑你跟一起绑架案有关，请你跟我们回去协助调查。"

胡远征顿时面如死灰，乖乖伸出双手，让她给自己戴上手铐。当他被文丽推出门时，忽然回过头来，用哀求的目光看了谢英一眼。

谢英明白他的意思，告诉他说："你放心，华仔是我抢在你之前带走的，他现在在他妈妈那里，没有受伤，也没有危险。"

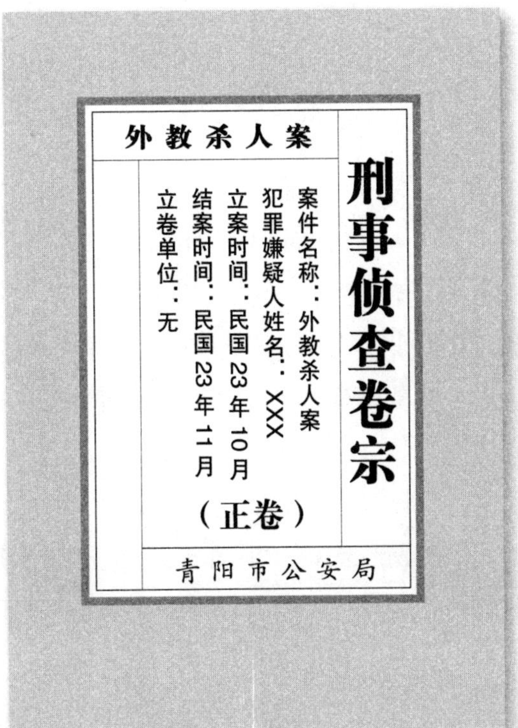
外教杀人案
刑事侦查卷宗
案件名称：外教杀人案
犯罪嫌疑人姓名：XXX
立案时间：民国23年10月
结案时间：民国23年11月
立卷单位：无
（正卷）
青阳市公安局

致命笔迹

青阳人出洋谋生的历史，可以追溯到清朝光绪年间。

据青阳县志记载，“至光绪二十六年（1900 年），乡人侨居美洲者达数万人，侨居南洋者，亦超过一万人。”

旅居海外的乡亲，都有着浓厚的家族观念，在异国他乡站稳脚跟后，大多都牵亲及疏，设法将亲属和族人迁移出国团聚。

至民国年间，青阳已掀起出国热潮，每年都有大批乡民申请移民海外。青阳人出国定居的目的地，多选择在美国和加拿大。这两个国家，都是英语系国家，乡人移民之前，必须先学习英语，日后方能与洋人沟通，融入异国社会。

民国十九年，青阳县立中学开办英文专科培训班，面向社会招生，以满足乡民学习英语出国之需。并重金聘请数名外教，让学员直接跟洋人学习交流，自然效果更佳。

彼得刘，就是县立中学聘请的外教之一。

彼得刘，本名 Peter，美国人，年轻时曾在中国待过一段时间，说得一口流利的中文，对中国文化颇有研究，自诩为“中国通”，并且给自己取了一个中国名字，就叫彼得刘。

彼得刘出生在美国蒙大拿州，本是州警察局的一名警察，他在警队从事的专业，说起来有点儿偏门，他是一名笔迹分析员，专门以分析和鉴定笔迹来锁定犯罪嫌疑人。后来不知因为什么原因，他被州警察局辞退，跟几位朋友一起来到中国，最后在青阳当了一名英语教师。

彼得刘来到中国，并未将自己的专业放下，只不过他研究的对象，已从英文变成了汉字。没过多长时间，他就能写出一手漂亮的中国汉字，而且对汉字笔迹学的研究，亦颇有心得。他的中国学生只要随手写出一行汉字，他就能即时根据其书写特点和笔迹特征，分析出这名学生的性格特点，命运走向，往往一语中的，让人啧啧称奇。

在他教过的英语口语班上，曾经有一位吴姓学生，已年近五十，系青阳永明电力公司职员，准备学好英语后去美国跟儿子团聚。

有一次，彼得刘无意中看到他趴在课桌上写的一行字，发现他书写的速度非常缓慢，字越写越小，且笔力不均，搭配失调，就婉言劝他推迟出国，最好去医院检查一下身体，看有无罹患痴呆症之类疾病前兆。这位吴姓老学生大怒，当即拂袖而去。后有消息传来，这位老学生出国不到一年，就得了帕金森氏综合症。

因为能一眼看出各种笔迹的细微特征，想要模仿别人的笔迹，就变得十分容易。举例说明。学校经常向学生发放各种教材，按照规定，学生在领取教材后，须在登记簿上签名备查。总有些粗心的学生，拿了书后忘记签名。老师又急着要拿登记簿向领导交差，这时候彼得刘就显示出了他过人的专业特长，大笔一挥，代学生签上大名。结果事后，连学生本人都分辨不出那签名是不是出自自己之手。

民国 22 年，彼得刘被学校提拔为外教部主任，有了点实权，经手的经济票据就多起来，偏偏校长是个十分严肃的人，每次拿发票去报销，都要三查五审，十分严格，稍有违规，就不肯签字报销。

有一次，经彼得刘之手购买了一批价值近千元的英文教材。办完事后，他就感冒了，请假休息了几天，回校上班后，拿着发票找校长签字报销。校长以超过三天报销时限为由，拒绝签字。如果报不了，这笔钱就只能自己掏腰包了。彼得刘气得不行，心想这个哑巴亏我可不能吃。一气之下，他就找出有校长亲笔签名的文件，模仿着校长的笔迹，在发票上签上了校长的大名，拿到财务部，会计看了一眼，就给他报了。顺利得连彼得刘自己都有些吃惊。

彼得刘的脑袋仿佛突然开了窍：原来自己模仿别人的签名，竟还如此值钱啊！

于是有了第一次，就有第二次，第三次……发展到后来，他连自己在外面吃饭、买衣服的收据，都拿回来签上校长的大名去报销。数年时间下来，竟用这种方法陆续向学校“报销”了三万多元。

那时候，一块银元可以买二十斤大米，五块大洋可买一头牛，三万多元，已是一个大数目了。

校长虽然偶尔也看过财务账目，但因彼得刘的“签字”实在是天衣无缝，且经校长之手签字报销的票据多不胜数，所以连校长自己也分不清记不得了。

彼得刘的秘密虽然无人识破，但他深知中国有两句古话，“常在河边走哪有不湿鞋”，“夜路走多了，难免遇见鬼”。他模仿校长笔迹，冒领钱款，长此以往，总会有东窗事发的一天。

正好这时他在美国的家人写信过来，叫他回美国生活。他便萌生退意，想在中国赚笔大钱之后，就全身而退，回去美国创业。可是他在学校虽然利用职务之便，时不时可以“代替”校长签名报销一点票据，但那经手的都是一些小数目，如果想捞一笔超过十万元的大钱，那是绝无可能。他想一想，便只有利用自己的专长，找学校以外的有钱人下手了。

一日晚间，几位即将出国的英语班学员邀请彼得刘到福满楼饮茶。

彼得刘来到茶楼后发现，席间除了自己熟识的几位学生，还坐着一位中年男子，身形瘦削，戴着一副玳瑁眼镜，显得文质彬彬的样子，以为是哪所学校的教员，一问才知此人姓曲，叫曲环路，是青阳糖厂的老板。

彼得刘吃了一惊。曲环路的名字，他自然是听过的。此人本是一个蔗农，后来承包了青阳糖厂，所产的糖，行销省内，称为“青阳糖”。据说其身家财产达数十万元，在青阳算是有钱人了。

彼得刘顿时便留了个心眼，挨着曲环路坐下，说：“曲老板不是本地人吧？据我了解，曲姓是典型的北方姓氏，在这南海之滨的青阳，可是少有姓曲的啊！”

曲环路说：“在下是北方人，从祖父一代，即迁居至此。”

彼得刘就卖弄起来，说：“我在学校图书馆曾看到一本名为《风俗通》的古籍，上面记载春秋时晋穆侯封少子成师于曲沃，曲沃在现今中国山西喜闻县一带，其后子孙以地为氏，称曲姓。曲先生的祖籍，莫非就在山西？”

曲环路不禁有些吃惊，说：“曲某祖籍正是山西。不过我乃一介粗人，并不知道祖先之姓，竟有如此来历，倒是受教了。”遂对这位学识广博的洋教师心生好感，两人推杯换盏，谈得极是投缘。

饮罢夜茶，茶楼跑堂呈上账单，曲环路瞧也不瞧，大笔一挥，签上自己的大名，嘱他月底一并到糖厂财务处结账。

彼得刘见他的签名字体呈方形，窄而细高，棱角分明，如同砖砌，风格十分突出，极易模仿，不禁心中暗喜。就跟他交换了名片，相约下次再会。

数日之后，恰逢礼拜天，彼得刘就请曲环路到福满楼饮早茶。曲环路甚是高兴，携夫人如约而至。

他妻子姓丁名冬泉，三十多岁年纪，体态丰盈，发髻高挽，衣着得体，看得出是个精明强干的女子。饮完早茶，曲环路让妻子回糖厂监督生产，自己留在茶楼，邀来两个好友，陪彼得刘一起玩扑克牌，消磨时光。

只叹这位曲老板赌运不佳，一个上午，就输了数百大洋。却不赖账，大方一笑，如数付账。又请三位牌友在福满楼吃了午饭，这才散去。

又过得几日，曲环路租了一辆汽车，来请彼得刘到糖厂参观。

彼得刘在曲环路的办公室，见到两张书架上摆满书籍，墙上挂着几幅字画，仔细一瞧，都是名家手笔。不禁心中暗叹，原来这位曲老板，还是一位儒商。就笑他：“你好清闲，办公室都成了书房，一点不像个追财逐利的生意人。”

曲环路呵呵一笑：“生意上的事，向来都交给拙荆打理，我平时只管读书饮茶打牌，过逍遥日子。”

彼得刘环顾四周墙壁上的字画，趁机提出自己的要求，说："原来曲先生也有此雅好，想毕先生的字，也有些功底，就请赐我一幅墨宝如何？"

曲环路也不推辞，叫人拿来纸墨，提笔写了两行大字，署上自己的名字，说声献丑，就送给他。

彼得刘看时，只见纸上写着一副对联：曲环路，路曲环，曲曲环环路；丁冬泉，泉丁冬，丁丁冬冬泉。

对仗还算工整，笔迹端正刚健，虽非大家手笔，却也有些气势。

彼得刘说了些赞扬的话，卷了这幅字，坐下喝杯茶，说了些闲话，眼见时间已不早，就起身告辞。

彼得刘得到曲环路的墨迹后，一面认真研究他的书写习惯、笔迹特征，潜心临摹他的字迹，一面积极与其交往，经常约他出来喝茶吃饭，或者到青阳乡下游玩。当然，两人在一起做得最多的，还是打牌赌钱。

彼得刘经过观察后发现，曲环路赌瘾极大，牌技却很差，每次打牌，输多赢少。

但他家底殷实，出手阔绰，有时输掉几百大洋，也绝不皱眉。

彼得看在眼里，一个借赌博之机害死曲环路谋财的计划，就渐渐在他脑海里形成。

一日晚间，牌局散后，彼得刘见曲环路赌意未尽，就趁机怂恿说在青阳这个小地方打牌，赢了钱也没什么意思，不如我们明天趁礼拜天，到省城的大赌场开开眼界。曲环路被他撩拨得心头痒痒，当即点头同意。

第二天，正是礼拜天，两人乘火车来到省城。

其时省城赌风炽烈，"公赌"盛行。何谓"公赌"？即政府招标，商人竞投，中标的承包商负责组织和经营，政府从其利润中提税提饷的公开赌博场所。其中位于长江边的"裕泰银牌"，为省城最大的赌馆之一。

彼得刘和曲环路走进"裕泰银牌"，立即被它的气势镇住，只见数百平方米的赌馆里，数十盏钨丝灯亮得让人分不清白昼黑夜，大厅里摆设有五十多张赌台，楼上还有几十间小包房。每张赌桌前都挤满了两眼通红的赌徒，一眼看去，只见人头攒动，人声鼎沸，好不热闹。

彼得刘和曲环路挤进人群，在一张赌桌前坐下，观察了两局之后，就开始下注。

可惜二人赌运不佳，彼得刘带来的一千块大洋，很快就输光了，曲环路带了一万元支票作赌资，也很快被庄家吃光。两人只好讪讪离去。

两人乘坐火车，垂头丧气地回到青阳火车站，已是很晚了。

火车站在城郊，离城区还有颇远一段路，一时租不到汽车回家，只好在车站外的广缘居宾馆订了两个单间，住下来。

彼得刘在宾馆房间里冲完凉，就去敲曲环路的房门。

他进去后，发现曲环路还没上床睡觉，床边小桌上摆放着一瓶像鲜血一样通红的药酒，还有一个瓷杯，杯子里已倒了满满一杯酒，酒香中透着一股药材味道。

彼得刘知道曲环路总是在提包里随身携带着一瓶酒，吃饭时喝上一杯，夜里上床睡觉前，也要倒上一杯，慢慢饮完，才去睡觉。

这是用虎鞭浸泡过的药酒，每日早中晚各饮一杯，有补肾壮阳之奇效。曲环路曾这样告诉他。

两人坐着，聊着今天去省城的见闻，过不多久，曲环路起身如厕，彼得刘立即掏出一小包砒霜，倒入酒杯，再将一封信塞入他皮包中。

等曲环路如厕回来，恰好有位宾馆服务员进来送热水，彼得刘就起身告辞回房。

一夜无话。

翌日早上，彼得刘因要赶回学校上课，起了个早床，去敲曲环路的房门。

敲了好久，无人应答，就跟宾馆里的人说了。

一个服务员拿了钥匙来开曲环路的房门，发现房门已从里面闩上，外面的人即使有钥匙也开不了门。接着叫门，叫了半天，不见动静。这才觉出不妙。急忙叫来几个人，硬生生把门撞开，

进去一瞧，只见曲环路歪着身子伏在床边小桌上，手边放着酒瓶酒杯，

酒杯里还剩下小半杯红色的药酒。

服务员轻轻一推，曲环路就顺势滚倒在地。众人一声惊叫，仔细看时，已是死去多时。遂报警。

警察到场后，很快检验出曲环路是因为喝了酒杯里含有砒霜的酒，而中毒身亡的。随后又从他提包里找到一封遗书。

曲环路在遗书中说，自己去省城赌钱，先是输完了自己带去的一万元，为了翻本，遂找同行的彼得刘借了四万元，但很快就输光了。赌性大发的他，又找彼得刘借了八万元，结果又输得精光。自己一共欠下彼得刘十二万元，已相当于大半个糖厂的价值。离开赌场，思之再三，深感对不起为糖厂生意日夜操劳的妻子，自觉无颜再见家人，遂将在省城偷偷买到的砒霜放入酒中，以死赎罪。

警察就问彼得刘，是不是有这么回事。彼得刘说确有其事，曲环路在赌场赌红了眼，先后借了他十二万元作赌资，结果输得分文不剩。又说这些钱，本是他向在美国的家人借来准备在中国投资做生意的。当时曲环路还先后写了两张借据，一张四万元，一张八万元，说好回青阳后就算把糖厂卖了，也要还他。就拿出两张借据给警察看。

再问询宾馆服务员，昨晚给曲环路送热水时，看见彼得刘从曲环路屋里出来，那时曲环路还活着，此后再没有人进入过曲环路的房间，这一点，从闩紧的房门可以看得出来。

警方去到青阳糖厂，曲环路的妻子丁冬泉正好去北京谈生意未归，警方想找些曲环路平时留下的字据，却发现他少有字迹留下，只有一些生意合同上的签名，是他亲笔写下的。

警方把他的签名拿回去认真比对，最后确认遗书和借据上的字迹，确是出自曲环路之手。遂宣布曲环路是输光巨款，悔之不及，服毒自尽。

彼得刘心中暗自得意，那份遗书和两份借据，都是他根据曲环路的笔迹，临摹伪造的。只等丁冬泉从北京回来，他就可以拿着那两份借据光明正大地上门索债。警察都说这借据是曲环路亲笔写下的，那个女人想要赖账都不行。

这便是他费尽心机，苦心设计的“发财计划”。

一个礼拜后，丁冬泉从北京回来，得知丈夫死讯，自然悲痛万分。又遇彼得刘手持借据，上门要债，更是惊诧莫名。

彼得刘瞧见她一脸难以置信的表情，就冷声道：“这可是你丈夫亲笔写下的借据，你可别想赖账。”

丁冬泉拿过借据看了，就问：“这真是我丈夫亲笔所写？”

彼得刘说：“警方已经鉴定，确是曲老板的笔迹，难道还会有假？如若不信，你可以去问问警察。”

丁冬泉说：“好，这么大的事，我自然是要问清楚的。”就派人去将负责曲环路死亡案的两名警察请了过来。

警察说：“这确实是曲老板的笔迹。”

丁冬泉盯着彼得刘瞧了好久，忽然指着他叫起来：“快把他抓住，他是谋害我丈夫的凶手。”

彼得刘吓了一跳：“你胡说什么？”

丁冬泉指着他的鼻子道：“是你为了讹诈钱财，下毒害死了我丈夫。”

警察也愣住了，说：“我们已经认真比对过，遗书和借据，确是出自你丈夫之手。”

丁冬泉大声说：“不可能，我丈夫绝不会写这样的遗书和借据。”

“为什么？”

丁冬泉犹豫一下，才说：“我丈夫本是农民出身，从未进过学堂，除了自己的名字，其他的字，一个也不会写。虽然我嫁给他后，又教会他写我的名字，但他能写的字，仅我夫妻二人姓名而已。平时生意上的事，都是我帮他处理好，只要他签名确认就行。”

彼得刘一呆，想起曲环路那间装饰得文雅脱俗的办公室，想起曲环路的儒商形象，顿时跳起来，叫道：“这不可能，那天你丈夫还给我写了一副对联呢，不信你看。”就拿出曲环路写给他的那幅对联。

曲环路，路曲环，曲曲环环路；

丁冬泉，泉丁冬，丁丁冬冬泉。

丁冬泉瞧了一眼，冷冷地道：“你再看清楚，这副对联，一共有多少个字？”

彼得刘数了一下，道上下联各十一字。

丁冬泉说：“不，这是一副叠字联，在我看来，总共只有六个字，上联是我丈夫的姓名‘曲环路’，下联是我的名字‘丁冬泉’。”

彼得刘认真一看，果不其然。再看看旁边两位虎视眈眈的警察，他双脚一软，就瘫坐在地。

“吸血鬼”杀人案

刑事侦查卷宗

案件名称：『吸血鬼』杀人案

犯罪嫌疑人姓名：XXX

发生时间：明英宗正统8年

资料来源：青阳县志

（正卷）

青阳市公安局

魅影追踪

1

吴过背负双手，站在知府衙门的机要房里，面对着墙边一只古朴的老式木柜呆呆出神。

那是一个用来存放卷宗的大木柜，柜子分为左右两半，中间用一块木板隔开。左边放的是他担任知府衙门总捕头之职十余年来已经告破、结案、销案的各种案件资料，右边存放的是尚未侦破的案卷。

左边卷帙繁多，上上下下摆了几排，只怕有上百件之巨，而右边，却只有一本卷宗，唯一的一本卷宗。

自从“青阳知县古庙毙命案”（详见《诡案罪 2》之《情海恨杀》）发生后不久，青阳就由“县”升格为“府”，吴过也当上了青阳知府衙门总捕头。

此时，吴过的目光落在这右边唯一的一本卷宗上，脸上的表情忽地变得复杂起来。长长叹息一声，伸手取出卷宗，轻轻翻看着。

卷宗不厚，但他却觉得异常沉重。

卷宗上只是简单地写着：癸未年中秋夜，青阳城仁义山庄突遭变故，庄主雷惊云、白如雪夫妇惨死。凶手不明。

他逐字逐句审读着这段文字，仿佛那杀人凶手就潜藏在这字里行间一般。合上卷宗时，他又悠悠地叹了口气，自语道：“唉，一年了，整整一年了，惊云兄，小弟无能，竟无法抓到凶手告慰你夫妻在天之灵，实在惭愧。”

说起青阳城的仁义山庄，江湖上只怕没有几个不知道的。

数十年之前，雷老爷子凭借着一套天下无敌的仁义刀法，开创了江南仁义门数十年的基业。发展到后来，仁义门的势力从江南扩展到江北，在江湖上的影响越来越大，成为了继少林武当之后的武林第三大门派。

据传雷老爷子曾经得到一张藏宝图，他按图索骥在长江边找到了宝藏所在，并在埋藏宝藏的地面上修建了一座庄园，作为仁义门的总堂，这座庄园便是位于青阳城内的仁义山庄。坐拥巨宝，所以用“富可敌国”这四个字来形容仁义山庄的富有也毫不为过。

雷老爷子有两个儿子，大儿子雷惊云，自创惊云剑法，自成一派，剑法超群，为人极其豪爽，喜欢结交天下武林同道，颇有孟尝君遗风，江湖上的朋友都喜欢叫他惊云公子；二儿子雷惊雨，性情沉稳，双手仁义刀法已得其父真传，在江湖青年一辈高手中可谓佼佼者。

雷老爷子临终之前，留下遗言，将自己身后一切财产一分为二，一份是仁义山庄及地下宝藏，一份是仁义门掌门之位外加天下无敌的仁义刀谱，任两个儿子自行选择其中一样。

老大雷惊云对掌门之位及绝世刀谱了无兴趣，他最喜欢的是结交天下朋友，他知道交朋友是一件很花钱的事情，正所谓仗义疏财千金散尽，所以他选择了仁义山庄和仁义山庄的财富；而老二雷惊雨心思缜密，能当大事，所以选择了父亲的第二份遗产。

三年前，仁义山庄与杭州武林世家月白楼联姻，雷家兄弟分别娶了白家的大小姐白如雪和二小姐白如霜为妻。

雷家与白家原是姑表之亲，雷家兄弟与白家姐妹可谓青梅竹马，早生情愫，两对璧人，水到渠成。这两桩亲事，一直以来，都被传为江湖佳话。

雷家兄弟分家之后，雷惊云留在青阳城，做了仁义山庄庄主，守着父亲留下的家业过日子。而老二雷惊雨接任仁义门掌门之位后，立即大展拳脚，挥师北上，携夫人白如霜移居杭州月白楼，将白家在江浙一带的势力与仁义门合二为一，一面用心打理帮中事务，极积壮大仁义门，一面潜心修习父传刀谱，武功自然大有长进。

兄弟俩手足情深，互通有无，常来常往，关系倒也密切。

雷惊云是吴过生平为数不多的几个可以一起喝酒谈心的好朋友之一，雷惊云甚至还说过等他儿子出世之后，一定要拜吴过做干爹呢。

雷惊云说这句话的时候，一只手端着酒杯，一只手摸着妻子日渐隆起的大肚子，脸上满是将为人父的快乐与幸福。但他一定做梦也想不到，自己根本就没有看到儿子长大的那一天。因为就在白如雪临产的那天夜里，他们夫妻二人连同刚刚降生的孩子，全部惨遭毒手，凶手出手之残忍，已到令人发指的地步。

据仁义山庄的丫环回忆说，那天半夜里，夫人突然肚子疼痛，分娩在即。庄主急忙命人去请稳婆。稳婆来了之后，看了看夫人的身体说马上要生了，让丫环们赶快下去准备热水，她自己一个人留在夫人房中为夫人接生。庄主则站在门口焦急等待。过了一会儿，稳婆满头大汗跑出来说夫人难产，要找一个力气大的人进去帮忙。

在那种情境之下，力气大而且又方便进出之人自然就只有庄主一个人了。所以他立即跟随稳婆进了房间。房门关上不久，就听产房里传来“哇”的一声嘹亮的婴儿啼哭声，众人心中一喜，知道孩子生下来了，却不知夫人情况怎样。

丫环们准备了热水候在门口，只等稳婆叫唤就端进去，哪知等了盏茶光景也不见房里发出半点响声。丫环们心知有异，推门进去一看，却不由得惊呆了。只见房间里满是鲜血，庄主倒在床边，剑未出鞘，头却已不见了，后墙窗门洞开，床上已不见了夫人孩子，连稳婆也一块儿失踪了。

庄上顿时乱作一团，护院家丁一面着人报官，一面四下寻找，最终沿着血迹在城东十里茅草山乱葬岗找到了白如雪血淋淋的尸体和一个被摔得血肉模糊的婴儿，而那稳婆却不知所踪。

吴过赶到之后，察看现场，寻找线索，觉得那稳婆大有可疑，问明她的住址，立即着人去找。但找到她的时候，她却早已在自家屋中悬梁自尽，尸体都凉了。

稳婆的身世背景并不复杂，娘家姓李夫家姓王，世居青阳城，丈夫早亡，无儿无女，平时靠给人做媒、接生挣几个铜板过日子，与仁义山庄并无过节，最重要的是她不懂武功，连杀鸡也不会，就更别说杀人了。

而杀害雷惊云一家三口的凶手不但心狠手辣，而且武功极高，雷惊云剑法卓绝，在江湖上也是少有的高手，却居然连剑也来不及拔出就已死于对方之手，足见对方出手之快武功之高，远远在他之上。

根据这种种迹象推测，那稳婆显然不是真正的凶手，凶手显然是在杀害稳婆并制造好她上吊自杀的假象之后再冒充稳婆混进仁义山庄行凶。

如此处心积虑，如此赶尽杀绝，若非与仁义山庄与雷惊云、白如雪夫妇二人仇深似海、不共戴天之人，绝下不了如此毒手。

雷惊云一向为人豪放、不拘小节、仗义疏财、广交朋友，又怎么会有这么可怕的大仇家呢？

凶手不是稳婆，那又是谁？吴过一路追查，却毫无头绪。

雷惊云夫妇出事之后，官府着人通知其弟雷惊雨前来处理后事，而仁义山庄也暂时交由雷惊雨白如霜夫妇接管。

仁义门耳目遍及天下，雷惊雨夫妇虽身在杭州，却早已惊闻噩耗。赶到青阳，一面将兄嫂风光大葬，一面将仁义门江南江北仁、义、礼、智、信、温、良、恭、俭、让十大分堂堂主召集到仁义山庄，传令各地仁义门弟子务必放下手头一切事务，全力追查凶手下落。

一时之间，仁义门侦骑四出，江湖上风起云涌，乱哄哄闹了一阵，却是大海捞针，全无结果。

雷惊雨夫妇搬到仁义山庄居住后不久，即诞下一子，取名雷小宝。喝满月酒时，吴过也去了。雷惊雨性情古怪，与其兄大不相同，待人接物冷冷冰冰，极难相处。吴过除了在查案时见过他两次外，平时很少见到他。

转眼之间，仁义山庄遭遇变故已快一年。这一年中，吴过念着朋友之情，一时一刻也没有停止过追查杀害雷惊云夫妇的凶手。只可惜对手太过狡猾，连夺三条人命却未留下一丝一毫线索。他忙了一年，也是徒劳。

而这一年中，雷惊雨领导的仁义门更是大展拳脚大显声威，先是吞并了陕北龙头会、云南万马堂、蜀中金刀盟、粤中罗浮山飞云寨，后又剿灭了南海巨鲸帮，将势力从陆地扩展到了海上。加之近来武当派连遭变故，两任掌门先后失踪，声威大跌，一蹶不振。仁义门在江湖上的实力与声望，早已超过武当，直逼武林第一大派少林派。

时光易逝，故人难追。吴过轻轻摇一摇头，长长叹息一声，将手中卷宗放回到木柜中。便在这时，一名衙役在机要房门前大声禀报道："吴大人，仁义门掌门人雷惊雨在外求见。"

"哦？"吴过忍不住一怔，自雷惊云死后，他与雷惊雨极少来往，今天怎么……他略一迟疑，便道："快请到前厅奉茶，我马上便来。"

衙役领命而去。

吴过步出机要房，回身锁好房门，便往前厅走去。步入大门，只见厅内坐着一个人，面容清瘦，脸色阴沉，左右腰间各悬一把弯刀，正是仁义门掌门人雷惊雨。

吴过拱一拱手，微微一笑道："不知今天刮什么风，竟把雷掌门吹到我这清水衙门来了，真是荣幸之至。"

雷惊雨道："雷某此来，有一事相求。"他嘴里虽说有事相求，脸上神情却颇为倨傲，既不起身还礼，也不出言寒暄。

吴过举一举茶碗，朝他做了个"请"的姿势，道："好说好说，雷掌门有话请讲，本捕洗耳恭听。"

雷惊雨刚欲开言，忽见门口站着数名衙役，正向这边望来，脸色微微一变，止住话头，道："事关重大，吴大人，能否借一步说话？"

吴过知道他嫌大厅里人多眼杂，起身将他引入一间僻静偏房，雷惊雨回手关上房门。吴过不禁浓眉微皱，道："雷掌门有话不妨直说。"

雷惊雨道："吴大人，实不相瞒，仁义山庄最近接连出了几桩命案，死了十来个人，雷某是专程来知府衙门报案的。"

吴过见他说得郑重，不由得心中一惊，脸上却不动声色，微微一笑道："雷掌门真会开玩笑，死几个人出几桩命案算什么，仁义门势力遍及天下，世上还有贵派查不出的凶手、破不了的案子、摆不平的事情吗？又何必来找中看不中用的知府衙门报什么案呢？"

原来雷惊云夫妇离奇死亡之后，吴过为了查案，曾数次到仁义山庄拜访雷惊雨，雷惊雨一直冷冷淡淡不甚配合，一副高高在上拒人于千里之外的模样。

更令吴过着脑的是，有时仁义山庄得到了一点什么线索，雷惊雨从不知会知府衙门，而是自行派人调查。说到底，他是不相信知府衙门有破案的能力。而这次他来报案，自然是仁义门事先已自行调查无果之后，才想到向官府报案求助。吴过心头有气，所以难免要出言挤兑他一番。

雷惊雨如何听不出他话中讥诮之意，脸上微微有些尴尬，收藏起三分傲气，言语间客气了许多，道："吴大人说哪里话，仁义门再大，也大不过官府，江湖再大，也大不过江山。青阳城里的百姓有事，自然要找您出面处理了。您说是不是？"

吴过面色稍霁，道："死的是什么人？是死在仁义山庄里的吗？"

雷惊雨答道："死者十二人，分别是敝派十大堂主以及武当派的青云子和华山派罗天亮，均死在仁义山庄内。"

吴过听他报了死者姓名，不由得大吃一惊。

仁义门仁、义、礼、智、信、温、良、恭、俭、让十大堂主，皆是江湖上一等一的高手。青云子是武当派的掌门大弟子，武功已得其师白云道长真传，自打白云道长在武当山离奇失踪之后，青云子虽未正式接位，但隐然已是武当掌门。罗天亮一手华山剑法更是出神入化，号称华山第一高手。

这十二大高手怎么会死在仁义山庄？出了这么大的事，知府衙门为什么事先一点也不知情？想到这里，他的眉头就忍不住皱起来了，问道："十二大高手是怎么死的，同时被杀吗？"

雷惊雨摇头道："那倒不是，是在最近这一个月内先后遇害，身上并无伤痕，死因十分离奇。"

吴过盯着他道："最近一个月之内，仁义山庄为什么会聚集这么多高手？"

雷惊雨脸色微变，道："吴大人，既然你问到这里，雷某也不瞒你了。自从雷某兄嫂出事、雷某夫妻接管仁义山庄之后不久，仁义山庄怪事迭出，命案频生，一刻也没安宁过。"

吴过道："哦？"

雷惊雨道："自打我们住进来之后，山庄里便总有人在黑夜里离奇死去，死者表情恐怖，全身干枯，但浑身上下却找不出一丝伤痕。刚开始时，一个月内只有两三个人遭此不测，雷某当时以为是暴病身亡，未加详察就葬了。到了后来，却渐渐发现不对劲了，死的人越来越多，有时一个月要死六七个人，而到最近，死亡人数更是惊人，常常隔一两天便有人丧命。死者有男有女，有老有少，有的是庄上的家丁丫环，有的是从仁义门挑选来的身负绝技的护庄武士，甚至连来仁义山庄做客的我的老丈人杭州月白楼楼主白胜天白老爷子也未能逃脱厄运。死者情形相似，场面十分恐怖。"

吴过浓眉一皱，道："竟有这样的惨事，本捕怎么一点也不知情？"

雷惊雨尴尬一笑道："那时雷某碍于仁义山庄以及仁义门在武林中的声望，不敢报官，更不敢向外透露半点风声，只是暗中调集帮中好手，一面加强戒备，一面四处侦察，看看到底是何方强敌要跟仁义山庄和仁义门过不去。"

吴过看着他问："那结果呢？"

雷惊雨摇头叹道："毫无结果。山庄里死的人反而更多了，那些从仁义门各分堂调集来加强警戒的高手也无一幸免，死得一个不剩。对手虽强，但如此欺人太甚，雷某夫妇无能，却也不是胆小怕事任人宰割之辈。庄中一时人手不够，雷某夫妇便亲自持刀上阵，巡夜警戒。无奈敌暗我明，我夫妇二人每晚警戒到半夜甚至凌晨，却不见敌人踪影。但一俟我俩上床小憩，对手便会像鬼魅一般现身伤人。我俩一出马，对方又蜇伏不出，好像是故意跟我们捉迷藏一样。如此数日，我夫妇二人疲于奔命，非但无果，仁义山庄反而又多添了几具尸体。长此以往，即便对方现身，我夫妇二人也无力应付了。"

吴过道："所以你们就把仁义门十大堂主调来支援？"

雷惊雨点头道：“初时我们只召集了仁、义、礼、智、信五大分堂堂主来增援仁义山庄,但未出数日,五大堂主先后毙命。我们又连夜调集剩下的温、良、恭、俭、让五大堂主赶来援手，并飞鸽传书，请来武当青云子、华山罗天亮两位好朋友帮手。七大高手再加上雷某夫妇二人，对手再强，也足以能抵挡一阵。我们摆好迎战的阵势，但一连数日，对方却又躲了起来，不再现身害人。但我们稍一放松警戒,对方又出手了,先是华山派的罗天亮死在天井当中,后是五大堂主分别倒毙于五个不同的地方。昨天晚上，连武当第一高手青云子也死在了房顶上。对方来无影去无踪，根本没人看见他的样子。更为离奇的是，死者不但死因不明，而且身上连半点血迹也没有，根本看不出他们是怎么死的。一时之间，全庄上下人心惶惶，个个自危，对手昼伏夜出，伺机行事，不但沉得住气，而且武功高强极富心计，照此下去，只怕明天夜里横尸地上的就是雷某夫妇了。我与内子一商量，觉得如今之计，只有报官求援，请你这位江南神捕出马才能解开谜团，阻止凶手继续杀人，查获真凶，为仁义山庄和仁义门解围，所以就……”

吴过听他对自己大戴高帽,面色不悦,皱眉道:“死者尸体现存放于何处？”

雷惊雨道：“以前死的人全都埋了，最近死的十二大高手还用冰块冻着，以备查验。”

吴过起身道：“带本捕去看看。”

2

已牌时分，吴过随雷惊雨来到了仁义山庄。

与吴过同来的还有小午。小午不小，今年已整整五十岁，身材矮小而精瘦，虽然年纪有点大，但眼睛却明亮得很，干起活儿来也非常利索。他原本是衙门里边的一名仵作，出色的验尸本领曾帮助吴过破获了不少大案，现在已是吴过身边最得力的助手。一有命案发生，吴过总会把他带在身边。

一踏进仁义山庄，吴过仿佛就嗅到了一股死亡的味道。院子里冷冷清清，了无人影，与惊云公子雷惊云在世时高朋满座歌舞追欢的热闹相比，简直让人怀疑是不是走错了地方。

一个丫环将三人迎入客厅，雷惊雨对那丫环道："小翠，快请夫人出来见过吴大人。"

吴过摆手道："雷掌门不必多礼，咱们先去看看尸体吧。"

雷惊雨道："也好。"

他带着吴过和小午穿过前院，走过一道长长的回廊，经过一个大花园，最后来到后院靠北的一所矮房门前。他推门道："就是这儿了。"

吴过和小午对望一眼，迈步走了进去。一股寒意扑面而来，两人忍不住打了一个寒噤。

房间地上铺了一层厚厚的冰块，冰块上面并排摆放着十二具尸体，尸体身上又盖着一些冰块。吴过并非没有见过死人，但一次见到这么多尸体，心里还是忍不住有些发堵，几乎就要弯腰呕吐起来。

雷惊雨神色凝重，道："这儿原本是间柴房，现在临时改做停尸房了。幸好仁义门东北分堂用八百里加急快马运了一些冰块过来，要不这些尸体早就臭了。"

吴过点点头，"嗯"了一声，浓眉微皱，凑上前看了看。

摆放在最前面的第一具尸体身形瘦长，着一件蓝色道袍，头上发髻高挽，想必就是武当派的青云子了。只见他双目暴瞪，阔嘴大张，面容痛苦而扭曲，神情可怖至极。

吴过朝他脸上和脖子上仔细瞧了瞧，未发现任何伤痕。解开其道袍检查，尸体浑身上下干净异常，既无皮肤破损开裂之处，也无紫痕肿块淤血暗伤，只是皮肤异常松弛而且多皱，宛如一具被人抽空了血肉的干尸。

接下来检查第二具、第三具尸体，这是仁义门温、良、恭、俭、让五位堂主中滇南温堂和粤西俭堂的两位堂主，生前可都是江湖上响当当的人物，谁能想到如此高手竟会死得这般不明不白。

死者均是面容扭曲，狰狞恐怖，触目惊心，除衫查看，全无伤痕血迹。再往下查验，一具一具尸体就如一条一条在阳光下晒干了水分的大黄瓜，蔫瘪瘪皱巴巴，脸上的表情更是一个比一个惊恐骇异，仿佛在临死之前都不约而同地看见了什么妖魔鬼怪一样。

看完最后一具尸体，雷惊雨急急地问："怎么样，吴大人？"

尽管他自己早已仔细检验过尸体，没有发现任何异常之处，但此时此刻，却还是希望这位江南名捕有新的发现。倘若连他也一无所获，找不出一丝一毫线索，那自己夫妇二人以及仁义山庄上下就真的只有束手待毙的分儿了。

吴过一张轮廓分明的四方脸绷得紧紧的，双唇紧抿，没有开腔，背负双手，围着十二具尸体走了一圈，忽然回头问道："雷掌门，这些尸体停放有多少天了？"

雷惊雨道："时间最短的不过一两天，三五天，即便是那两具尸体——"他用手指一指最后边那两具已隐隐发臭的尸体，"也未超过二十天。吴大人，可有什么线索？"

吴过没有正面回答，只是沉思着道："嗯，时间不长，又有冰块保存，按理说尸体不应如此干枯，看上去好像一串串风干的萝卜一样。你说是不是？"这话似是自言自语，又似乎是问雷惊雨。

雷惊雨怔在当场，不知该不该回答，也不知该怎么回答。

小午跟随总捕头多年，自然知道他的心思，躬身道："大人，且让属下查验查验。"

吴过点头道："也好。"

小午上前，将十二具尸体反复查验了一番。别看他已年过半百，可干起活儿来却比二十多岁的小伙子还利索，而且胆大心细，心明眼亮，极其认真仔细，连死尸头发缝隙、指甲壳里都一一瞧过了。最后，他搜寻的目光在一具尸体的脖子上停了下来。

吴过和雷惊雨不敢出言打扰，只在一旁静静等待。

小午把每具尸体的脖子都仔细检查了一遍之后，抬头问道："雷掌门，这房间里没有蚊子罢？”

雷惊雨一怔，道:“现时已是秋天，蚊子极少，这屋里放了冰块，温度极低，应该不会有蚊子。”

小午直起腰来道：“这就对了。”

吴过知道他已有所发现，忙问：“如何？”

小午道：“大人，请过来瞧瞧，这是什么？”

吴过疑惑地走近，雷惊雨也急忙凑了上来。

小午伸手抬起一具尸体的脖子，用两根手指撑开死者咽喉处褶皱的皮肤。

吴过和雷惊雨同时看去，只见尸体皮肤绷紧处有两个细若针眼的小红点，一左一右，分布在死者喉结两侧。

雷惊雨“啊”的一声，叫道：“这是针眼吗？难道是被毒针射杀？”

小午不答，继续引着吴过一具一具尸体往下瞧去。每一具尸体的喉结两侧都有两个小红点，红点极细，颜色极淡，加上又是隐藏在死者皮肤褶皱里，若非小午这样经验老道的仵作，常人极难发现，即便发现了，也都会以为是被虫叮蚊咬所至，不会留意。

小午用手比了比每具尸体上左右两个小红点之间的距离，都是约摸三指宽。他站起身，长长地吐了口气，道:“这不是针眼，这些人也不是中毒死的。”

雷惊雨睁大眼睛道：“那是怎么死的？”

小午看他一眼，忽然问道：“雷掌门，你可曾听说过‘吸血鬼’？”

雷惊雨愕然道:“当然听说过。吸血鬼虽然名‘鬼’，却非魔非仙非人非鬼，昼伏夜出，噬血为生，而且永生不死，极其神秘，也极其可怕。据说如果让它咬到，就会被它吸干全身鲜血，痛苦而死。有极个别的人被它噬咬过之后而有幸未死，也会染上尸毒，迅速由人类蜕变成吸血鬼……这些都是传说中的故事，难道……”

小午道:“世界无奇不有，这不是传说，这是真的，我相信世上真有这种‘东西’存在。”

雷惊雨一怔，盯着他道：“你、你这么说是什么意思？”

小午指着尸体脖子上的小红点道："这不是针眼，这是齿痕，这些人身子干瘪异常，并非中毒而死，而是被某种生灵吸尽全身鲜血之后痉挛而死。"

吴过道："这没有什么值得大惊小怪的，人也可以咬人，人也可以吸别人的血。"

小午道："大人，您错了，人的齿痕是一排一排，而不是一点一点，只有一种牙齿咬过人之后才会留下这样的痕迹，那就是又尖又利的獠牙。"

吴过看着他，已经说不出话来。

小午接着道："大人，属下敢肯定，这些人绝不是为人类所伤。"

雷惊雨几乎要跳起来，道："不是为人类所伤？难道、难道他们是死在吸血鬼的獠牙之下？难道、难道这世上真、真有吸血鬼？"

小午点头道："古老的传说中，有渴血的精灵，吸血的僵尸，噬血的恶魔，除了它们，还有谁能如此轻易吸去他们身上的鲜血夺去他们的生命？"

"真是吸血鬼？"雷惊雨忍不住打了一个寒噤，看着满地尸体，脸色惨变，道，"难道真的是吸血鬼？"

小午没有再说什么，走到屋角的一只水盆前，把手伸进去，用力洗了起来。

"啊呀！"雷惊雨似乎想到什么，突然跳了起来，满脸惊恐，浑身发抖，连说话的声音也变了，道，"难、难道她说的是、是真话？"

吴过眉头一皱，警惕地道："谁？谁说的话是真话？"

"哦，没、没有谁，没、没什么。"

雷惊雨蓦地意识到自己失态，忙咳嗽一声，恢复常态，带引二人走出停尸房，道，"多谢两位为雷某解开了心中谜团。"

吴过道："雷掌门不必客气，验尸破案原是本捕分内之事。不管凶手是人是鬼，本捕自当全力追查。只是眼下谜团虽解，顽凶未获，如果杀人凶手真是灵界异类，倒是难以应付，雷掌门还得多加小心才是。若仁义山庄一时人手不够，请知会知府衙门一声，本捕自当尽力相助，以策安全。"

雷惊雨忽然仰起头来，哈哈一笑，神情倨傲地道："吴大人好意，雷某心领了。"言下之意，是说仁义山庄足以应付得来，无需官府插手。

说话之间，三人已走到前院，吴过还想说句什么话，雷惊雨却忽地高声叫道："小翠，送客。"

那名叫小翠的丫环应声走了过来，吴过和小午只好拱手告辞。

雷惊雨神情淡漠，说声："恕不远送。"转身离去。

一出庄门，小午回头见小翠已关了大门，便道："大人，您可曾发现有什么异样？"

吴过微微一笑道："你是说雷惊雨对咱们的态度前后有别？"

小午点点头道："正是。雷惊雨起初对咱们还算客气，听属下说出作案凶手是灵界异物吸血鬼之后，初时吓得半死，转眼却就镇定下来，而且态度大变，还在大人面前摆谱，大人说要请衙门里的兄弟来援手，他连睬也不睬。这是为何？"

吴过道："他由惊到怕，由怕到慌，最后却一反常态，满不在乎，前后态度如此反差，只能说明一个问题，他若不是故意装英雄撑门面，便是成竹在胸，已然有了对付吸血鬼的法子。"

小午奇道："他会有什么办法呢？"

吴过叹了口气，回头望着仁义山庄紧闭的大门道："我听老人们说，吸血鬼异能超强，嗜血成性，昼伏夜出，神秘莫测，极难对付。我倒希望他真有法子应付。"

他略一沉思，又道："小午，你带几名兄弟在仁义山庄四周布下暗哨，山庄里有什么人来人往风吹草动，立即禀报。"

小午躬身领命道："是，属下这就去办。"

3

夜幕降临，天地间笼罩着一丝凉凉的秋意。

小午忽然来报，道："酉牌时分，仁义山庄来了一位骑青驴的道长，头发胡子全白了，看上去至少有八九十岁年纪了。雷惊雨亲自出门迎接，属下隐约听到他称呼那老道为‘通灵道长’，语气神情极为恭敬客气。”

吴过微微一怔，道：“通灵道长？难道是连云山青云观的通灵道长？”

小午道：“属下也是这样猜想，除了连云山青云观，哪里还有另外一个通灵道长。”

连云山青云观通灵道长道行高深，德名远播，高山仰止。只是他十年以前就已闭关修炼，专心向道，不再过问尘世俗事。他怎么会突然出现在青阳城中呢？

小午道：“只怕是雷惊雨请他来对付吸血鬼的，难怪早先雷惊雨一副胸有成竹的样子，原来他有这个牛鼻子老道相助，自然是什么邪魔歪道都不用过虑了。”

吴过道：“极有可能。只是连云山在青阳城东南几百里以外，即便咱们上午一离开仁义山庄雷惊雨便飞鸽传书去请这老道，至此也不过三个时辰，这老道说到就到，速度之快，当真胜过天外飞仙。再说通灵道长早已闭关多年，雷惊雨又怎么能请得动他的真身呢？这倒是奇了。”

小午道：“属下再去打探，一有消息立即来报。”

未出半个时辰，小午飞身来报：“通灵道长和雷惊雨从仁义山庄后门行出，趁着夜色，往西而去。通灵道长一人一驴，雷惊雨一个随从未带，轻装从简，行色匆匆，不知干什么去。”

吴过眉头一皱，奇道：“如果是对付吸血鬼，通灵道长只需等候在仁义山庄，一俟吸血鬼出现，便可作法擒拿，根本用不着跑到山庄外头去。两人黑夜出行，神秘其事，所为何来？走，咱们也去瞧瞧，看看他们到底在弄什么玄虚。”

二人出门之后，拐上仁义山庄后面那条青石小路，展开轻功，急追而去。约摸盏茶光景，听到前面銮铃叮当作响。

两人举目一看，只见星光小道上，一名手拿拂尘的白发老道骑在一匹青驴上，不急不徐地向前走着，叮当叮当的铃声正是从青驴脖子上发出的。

雷惊雨在前引路，也走得不快。

吴过暗叫一声惭愧，若他二人施展轻功一路疾走，自己未必能这么容易赶上。他回头瞧瞧，小午始终跟在自己身后两三尺远，脚步轻盈，口中大气不喘，不由得赞道："小午，你有如此好的轻功，我以前怎么不知道。"

小午笑笑道："大人，跟您相比，属下还差得远呢。"

为了不让前面二人发现，两人不约而同放慢了脚步，与前面保持着十余丈远的距离，徐徐前行。

雷惊雨左手提着一只长长的布袋，布袋里不知裹着一件什么东西，身上未带兵器，不时回头拍拍驴背，似乎是在催它快走。那驴子却似乎懒散惯了，他越是拍打反而走得越慢。通灵道长坐在驴背上，始终一言不发。

青石小路一直通向东边城门口，路途不远，但青驴却摇摇晃晃走了个把时辰才得出城。出城之后，雷惊雨和通灵道长仍然择路东行。

出了城门，路就难走多了。初时脚下还是一条大路，虽然不甚平坦，却还可以两人并排走过，到了后来，路面越来越窄，最后只剩下了一条高低不平泥水未干的羊肠小道在树林杂草间蜿蜒穿行。

星云暗淡，四野无光，道路两边阴风阵阵黑影绰绰，奇声怪叫不断传出，似是寒夜枭鸣，阴间鬼叫，令人毛骨悚然。饶是吴过艺高人胆大，也不禁吓出一身冷汗。

又过了将近一个时辰，只听得前面銮铃忽止，雷惊雨大声道："道长，到了。"

通灵道长略一点头，从驴背上轻飘飘跃了下来。吴过和小午急忙闪身躲进路旁杂草丛中，只探出半截头来观察动静。

小午抬头一看，在吴过耳边道："这不是茅草山乱葬岗吗？"

吴过定神四顾，但见这里杂草丛生满目坟茔磷火闪动鬼气阴森，正是乱葬岗上。

茅草山位于青阳城东十里处，山侧有一块荒地，是专门埋尸修坟的地方，便是乱葬岗了。听说这里经常闹鬼，所以极少有人来。一年之前，仁义山庄遭遇变故，庄主夫人白如雪的尸体便是在这里被人发现的。后来雷惊云的无头尸和白如雪都埋葬在此。

微微星光之下，只见雷惊雨走进坟场，找寻片刻，忽然在一座坟墓前停下，用手一指道："道长快过来，就是这里了。"

吴过闻声看去，他所指的正是白如雪的坟墓。吴过曾来祭拜过雷惊云夫妇，故而一看便识，暗想：他深更半夜来找白如雪的坟墓干什么？难道是请来通灵道长作法祭奠兄嫂亡灵？可今天并非雷惊云夫妇的祭日呀。

只听雷惊雨道："道长，那我可就动手了，你做好了准备没有？"

通灵道长却始终一语不发。雷惊雨见他不理自己，讨了个老大没趣，伸手从提来的袋子里拿出一件长长的器物来，却是一柄铁锹。他挥起铁锹，狠狠朝白如雪坟上挖去。

小午一惊，低声道："他想干什么？"

吴过摇摇头，示意他噤声，相距如此之近，稍有风吹草动，便会为雷惊雨和通灵道长所警觉。其实吴过也看出来了，雷惊雨是要挖坟开棺，心中也暗自惊疑，猜不透他到底想要干什么。

雷惊雨心中有事，浑然未觉咫尺身边的杂草丛中竟藏得有人，只顾甩开臂膀，奋力挖土。铁锹不时碰到泥土中的砂石，发出叮叮的声响，于这深夜的坟场里听来倍觉诡异。

不过盏茶光景，雷惊雨已经挖开了白如雪的坟丘，露出了一具漆黑的棺材。雷惊雨稍稍喘了口气，扔掉铁锹，用手抓住棺盖两边，用力一掀，只听一阵吱嘎乱响，那具钉着数排大铁钉的密封的棺材竟被他缓缓揭了开来。

棺盖一揭，忽然间一阵阴风扫过，宛若有无数鬼怪从棺材中跑出来，天地间那种摄人心魄的恐怖气息又浓了几分。

借着刚才风吹杂草的沙沙声的掩护，吴过和小午又快速地向左边移动数丈，悄然登上了距坟场更近的一处灌木掩映着的高地。伏在高地上，正好可以看见敞开的棺椁里的森森白骨。

雷惊雨忙完这一切，饶是习武之人，也不禁累得有些喘不过气来，扭头对通灵道长道："道长，请你施法吧。"

通灵道长忽然幽幽地叹了口气，回身从驴背上拿出一根桃木树枝，有鸡蛋粗细，一尺来长，左手手掌伸直作刀状，连削数下，那掌沿竟如刀锋一般，只见木屑纷飞中，那根桃木树枝已经变成一枚一头粗一头尖的木钉了。

吴过见通灵道长在不动声色中露了这一手上乘武功，不禁心下骇然。

通灵道长走近棺材，口中念念有词，忽地右手一指，将桃木钉插入白如雪尸骸胸口，左手衣袖一挥，桃木钉便直钉下去，深入尺许，只有少许木柄留在外头。

通灵道长双手向天一指,手中忽地多了一道灵符。他将灵符粘在桃木柄长，嘴里叫一声“咄”，那符箓竟无火自燃，烧化之后，灰烬落在白骨上。

通灵道长做完这些，轻轻摇一摇头，叹了口气，背转身来，并不说话。

雷惊雨见大功告成，不由得大喜，围着白如雪的棺墓走了一圈，心下甚为得意，哈哈大笑道：“白如雪呀白如雪，你临死之前说即便死了也要变成吸血鬼来向我索命，想不到你这死鬼的话居然真的应验了。不过魔高一尺，道高一丈，现在通灵道长亲自出马，用桃木钉钉住你的尸首，用灵符镇住你的灵魂，看你魂飞魄散之后还怎么变鬼害人。”

说到最后几句，他已是咬牙切齿，话语之中竟带着一种说不出的恚恨与恶毒之意。说完又向白如雪的尸骨吐了几团口水，这才合上棺盖，用手掌将撬起的铁钉一枚一枚敲落。

吴过见他举手之间露了这手硬功，脸色微变，心中忖道：这份功力，倒也罕见。

雷惊雨盖好棺木，拍拍手上的泥尘，转过身来，却蓦地怔住了。只见四野苍茫，黑暗中早已不见了通灵道长的身影。就连一直睁大眼睛注视着场中变化的吴过也不知通灵道长是什么时候骑驴离去的，心下既是吃惊又是佩服。

雷惊雨见自己落了单，急忙将泥土填上，埋住棺木，修好了坟，拖着铁锹便走。

吴过和小午远远地跟着，直到看见他进了城，估计是要回仁义山庄去了，这才止住跟踪的脚步。

子夜时分，吴过和小午回到了城里。当时正逢太平盛世，虽然已是半夜，街上仍然有些店铺灯火通明，日夜营业。两人在“一滴香”酒肆找了张桌子坐下，要了几样小菜一壶温酒，细酌慢饮起来。

酒过三巡，小午忽然忍不住道：“大人，今晚的事可真有些蹊跷。”

吴过微微一笑，喝了一口酒道：“小午，你心里明明已经有了答案，又何必问我。”

小午不好意思地笑了，道：“还是大人厉害，什么事也瞒不过您。我想白如雪是雷惊雨的大嫂，就算他不喜欢她，也用不着在她死后来挖坟开棺。这一切，到底是为什么呢？”

吴过看着他问：“那你说是为什么呢？”

小午狠狠地往喉咙里灌了一杯酒道：“只有一个可能，雷惊雨就是那个冒充稳婆进入仁义山庄杀害雷惊云夫妇的凶手。白如雪临死之前一定认出了他，并且对他说了‘我死之后，做鬼也绝不会放过你’之类的咒语。所以当今天上午属下一推断出仁义山庄一系列命案的凶手是吸血鬼之后，雷惊雨便立即想到了白如雪临死前的话，也便立即断定极有可能是白如雪亡灵不散，真的变成吸血鬼上门索命报仇来了。想到这一层，他反而不怕了，因为他知道再厉害的妖魔鬼怪，也绝非通灵道长的对手，只要请到通灵道长下山镇住白如雪的亡魂，便可太平无事了。所以他上午就现出了一副胸有成竹的样子。”

吴过道：“你说雷惊雨弑兄杀嫂，那他的动机是什么？”

小午脱口道：“那还用说，青酒红人面，黄金黑世心，自然是为了仁义山庄地下埋藏的宝藏。雷老爷子临终前将自己身后的遗产分为两份，谁知这个不争气的二儿子却是人心不足蛇吞象，想得到两份遗产，所以他先要了仁义门掌门之位，得了父亲的绝世刀谱，有了势力，学好了刀谱上的武功之后，便来杀兄弑嫂，夺取财产。这是再明白不过的了。”

吴过点点头道：“说得有道理，但是有两个疑点。其一，通灵道长乃前辈高人，闭关多年，雷惊雨怎能请得动他？而且道长道行高深，德名远扬，又怎是助桀为虐为非作歹之人？”

小午怔了半晌，摇头道：“我不知道。”

吴过道：“其二，如果雷惊雨真的亲手杀死兄嫂二人，那么按常理推测，雷惊云白如雪夫妇二人都极有可能化作厉鬼回来报仇，而且相比之下，雷惊云惨死于亲兄弟手下，冤气更重，怨气更浓，较之白如雪，更有可能亡灵不死，回来索命。为什么雷惊雨只打开了大嫂白如雪的棺木，而未对雷惊云的遗骸动手脚呢？难道他就不怕兄长变作吸血鬼来找他报仇吗？”

小午一拍大腿道：“对呀，我怎么没想到这点呢。照理说他也应该用桃树木钉钉住他大哥才对呀。他为什么却连看也没看他大哥的坟墓一眼，仿佛完全没放在心上一样呢？”

吴过仰头干了一杯酒道：“只有一种可能，他知道雷惊云根本就没死，所以根本用不着怕他变鬼害人。”

小午睁大眼睛道：“雷惊云没死？难道在仁义山庄发现的那具无头尸不是他？”

吴过道：“那人虽然穿了雷惊云的衣衫，身材体格各方面也都跟雷惊雨差不多，但却极有可能是一具假尸。雷惊雨把他的头割了，就是要让咱们误认为是雷惊云的尸体。”

小午问道：“难道真正的雷惊云还活着？”

吴过道：“他应该还活着，不过却不知道被雷惊雨囚禁在哪里了。我猜想仁义山庄地下埋藏宝藏的地方一定机关重重，陷阱遍布，没有图纸指引，谁也进不去，谁也得不到宝藏。雷惊雨要从兄长身上得到藏宝图，所以不能杀他，只能将他囚禁起来，逼他交出藏宝图。雷惊云知道自己一旦交出藏宝图，便失去了利用价值，那么他的死期也就到了，所以至今不肯将图纸交出，否则雷惊雨早就得到那批宝藏搬出仁义山庄这座凶宅了。”

小午还有一点不明白，问道：“雷惊云既然未死，雷惊雨为什么要弄来一具无头尸造成他已被杀身亡的假象呢？”

吴过道：“如果官府知道仁义山庄的主人还活着，会轻易将仁义山庄交给雷惊雨夫妇接管吗？雷惊雨若不能接管仁义山庄，一旦藏宝图到手，他又怎么方便挖出山庄地下的宝藏呢？”

小午前后想一想，觉得十分有理，忽地拍案而起，道："大人，咱们这就去拘捕雷惊雨，看他还有什么话说。"

吴过摇摇头，面色凝重，道："倒也不必急在一时。此事滋事体大，还是待明天一早向知府大人禀报过之后再行定夺。再说雷惊雨身为仁义门掌门人，仁义双刀纵横江湖极是厉害，武功只在你我之上，不在你我之下，咱们怎么对付他，还得计划周详才行。"

小午顿时如泄了气的皮球，一屁股坐下来道："那倒也是。来，喝酒，喝酒。"

4

第二天早上，天气凉爽。

吴过刚刚起床，大门便被人拍得砰砰作响。他眉头微皱，开门一看，却是小午。

小午满头大汗地闯进门来，气喘吁吁地道："大人，雷、雷惊雨他、他……"

吴过瞧见他脸上神色，已知有事发生，不由得蓦然一惊，连手中洗脸的帕子也掉了，急道："他、他死了？是自杀还是被吸血鬼所害？"

小午连连摇头，喘了口气道："不是。他、他今天一早，便自缚双手到知府衙门投案自首来了。"

"哦，有这等事？"

吴过怔了一下，大感意外，皱眉想了一想，弯腰拾起手帕擦了把脸，披上长袍跨出门道，"走，咱们去看看。"

两人快步赶到知府衙门，只见堂上已经围了不少衙役捕快，雷惊雨双手双脚都已被牢牢捆住，倒在冰凉的地面上直喘粗气。

吴过脸色一沉，快步走近，扶起雷惊雨，呵斥衙役道："岂有此理，你们怎能对雷掌门如此无礼。"

衙役们闪到一边，委屈地道："大人，是雷掌门自己要咱们捆的。"

雷惊雨看见吴过，忽然扑通一声跪下去，道："吴大人，不关诸位差爷的事，是雷某自己要求他们绑的。我雷惊雨为了得到仁义山庄地下埋藏的宝藏，不惜弑兄杀嫂，连刚刚出生的婴儿也不放过，真是狗彘不如，天理不容。今日雷某幡然悔悟，特来自首，不求轻饶，但求一死，以赎罪孽。请大人发落。"

吴过皱了皱眉头，往他脸上瞧去，跪在他面前的，哪里是平日那个倨傲阴鸷不可一世的雷大掌门人，但见他双目无光，颧骨凸出，面无血色，恍若病夫，不由得大吃一惊，不过一日之间，他竟消瘦、憔悴、苍老得如此模样。昨天晚上，仁义山庄里到底发生了什么事？他一面在心中盘算着，一面装出大感惊讶的神情，道："哦，雷惊云夫妇是你所杀？"

雷惊雨毫不隐瞒，点点头道："正是。我虽然当上了仁义门掌门人，却仍不知足，还想将仁义山庄的地下宝藏据为己有，但惮于我大哥武功高强，大嫂精明过人，一直不敢贸然动手。直到一年之前，我大嫂分娩之夜，我才终于找到杀兄夺宝的机会。大嫂临产，我大哥和仁义山庄上下一定会乱成一团，全无戒备，此时动手，定能成功。我首先吊颈勒死我大哥要请来接生的那位稳婆，然后易容成她进入仁义山庄。我支走所有的丫环，在大嫂房中装模作样地忙了一阵，然后出来说是难产，叫大哥进房帮忙。大哥一听大嫂难产，十分危险，早已六神无主乱了阵脚，哪里还顾得上防范我这个冒牌稳婆。我趁他不备，一刀砍下了他的脑袋。大嫂惊觉有变，抱着刚刚产下的孩子跳窗逃走。我在城东十里茅草山追上了她，连砍数刀，将其砍死，见那婴儿兀自哇哇大哭，一怒之下，就将他在石头上摔死了。再后来，我就以死者唯一至亲之人的身份名正言顺地接管了仁义山庄。"

吴过双目如电，盯着他似乎要把他看穿一般，忽然道："你为什么要来自首？你自己不说出来，这些事也许永远也不会有人知道。"

雷惊雨叹了口气，幽幽地道："是的，这件案子做得干净利落，官府查了这么久都没有线索，我不说绝对没有别人知道。但是我自己知道，天上的神仙也知道。别人不会来找我，但是我自己的良心却不会放过我，死者的亡灵更加不会放过我。自从仁义山庄闹鬼之后，我更是提心吊胆惶惶不安，我知道这吸血鬼是我大哥大嫂的亡灵变的，他们是向我索命报仇来了。昨晚我请了道士到兄嫂坟前施了镇邪大法，回家之后，才知道一切都已被内子发现了。在内子的追问之下，我向她说出了自己窥觑宝藏弑兄杀嫂的实情。内子听了，当时就恨不得一刀杀了我为她姐姐白如雪报仇，最终却还是不忍下手，只是苦苦劝我向官府自首。我心力交瘁，早有此心，经过一夜辗转思考，觉得天网恢恢，疏而不漏，只有早日自首，方能得到解脱。所以今天一早，我就自缚双手，到知府衙门认罪来了。"

吴过道："如此说来，倒是应该感谢尊夫人的深明大义了？"

雷惊雨点了点头，神色黯然，仰天长嘘，闭目待死。

吴过忽地冷笑一声，双目如电，直盯着他，冷声喝道："雷惊雨，到了现在，你还不肯说实话？嘿，你大哥真的已经被你杀死了吗？多背一条人命对你又有什么好处？"

雷惊雨脸色一变，额前顿时冒出一排冷汗，忽然彻底蔫了下来，瘫倒在地上叹了口气道："人称吴过为江南名捕，果然名不虚传。大人明察秋毫，雷某佩服。实不相瞒，一年前的那个晚上，我只杀了我大嫂白如雪和她刚出生的孩子，却将我大哥点倒之后囚禁了起来，另找了一具无头男尸穿上他的衣服冒充他。"

吴过问："你为什么没有杀你大哥？"

雷惊雨垂头道："因为没有藏宝图，任何人也进不了宝藏。而那张藏宝图的下落，我父亲死后就只有我大哥知道。所以我当时不能杀他，我要逼他交出藏宝图。"

吴过问："他交出来了没有？"

雷惊雨叹道："他死也不肯交出，所以我一直不敢杀他。"

吴过问："他现在在什么地方？"

雷惊雨道："他被我囚禁在仁义山庄后花园的地牢里。这件事除了我自己没有人知道，连内子我也未告诉。"

吴过逼视着他，冷声道："你既有赎罪之心悔过之意，刚才为什么不告诉本捕雷惊云还活着？倘若本捕不问，那雷惊云岂不是要被活活关死在地牢里？”

雷惊雨再度抬起头来，看着他狡黠一笑，道：“其实即便大人不问，雷某最终也会交代明白。雷某隐瞒不说，只是想考一考大人，看看大人是否当得起‘江南神捕’这个名号。”

吴过一怔，道：“考一考我？”

雷惊雨看着他道：“对，考一考你。”

吴过冷冷地看着他，看着他的眼睛，看了许久，才冷声道：“很好，这才是雷大掌门行事的风格。”挥一挥手，大声叫道：“来人，将雷惊雨押入大牢，听候知府大人发落。”

只听一声发喊，数名如狼似虎的衙役一拥而上，架起雷惊雨便拖下堂去。

吴过又道：“小午，你带几名兄弟跟我一起去仁义山庄开牢放人，救雷惊云出来。”

小午躬身道：“是，大人。”

吴过和小午带人来到仁义山庄，只见一位白衫女子撑着一把油纸伞遮着头顶淡淡的阳光迎了出来。

她脸色苍白，嘴唇鲜红，一双凤目细长细长，风貌楚楚，妩媚中透出一丝冷傲，美丽中却又带着一种说不出的凄艳。

人如其名，吴过当然识得她就是雷惊雨的妻子白如霜。当下长揖到地，朗声说道：“多谢雷夫人深明大义。雷夫人劝夫自首，高风亮节，本捕深感佩服。”

白如霜轻轻还了一礼，红着眼圈问道：“他、他还好吧？”

吴过道：“雷夫人放心，雷兄一切都好，只是暂时不能自由走动，结果如何，相信知府大人自有公断。”

白如霜强展欢颜，道：“既然如此，那我就放心了。”见他竟带了数名差人前来，微微一惊，道：“大人这是要搜查敝庄吗？”

吴过知她误会了，当下也不说雷惊云被关在仁义山庄地牢中一事，只道：“雷夫人不必惊慌，雷兄交代，在仁义山庄后花园的地牢中放了一点东西，叫本捕过来看看。”

白如霜奇道："后花园地牢？我怎么不知道那里还有地牢？"

吴过道："也许雷兄没有告诉夫人。"

白如霜犹豫一下，道："既是如此，大人请进。"

一行人径直来到后花园，但见假山流水，亭台相间，极是别致。吴过四下一看，山水亭台花草树木之间全无痕迹，根本看不出地牢在什么地方。他忽然想起雷惊雨说的那一句话：只想考一考你。

他故意不将地牢的位置告诉他，是想考一考他的智慧，还是另有他意呢？

吴过想了想，吩咐众人道："大伙在花园里仔细找找，看看有没有什么奇洞怪石暗记之类的东西，勿必要找到地牢入口。"

众人齐应一声"是"，分头在花草丛中山水石头之间寻找起来。不大一会儿，便将整个后花园都搜寻了一遍，并未发现地牢入口。却有一名衙役拿着一块两三寸宽的布片跑过来道："大人您看，这是在那边花草丛中捡到的，上面还写着字呢。"

吴过接过一看，只见那布片上写着六个淡淡的红字：抱薪火，凄风苦。他皱了皱眉头，把布片递给小午。

小午看了，也不明白布片上六个字意何所指。

他又把布片递给白如霜，白如霜看了，笑一笑道："是下人们练习写字，字写得不好，让大人见笑了。"随手将布片扔到青石路边的小湖中。

吴过背着双手，在花园中转了转，忽然发现假山旁边依山而筑的凉亭中放着一张石桌，周围摆着几把石凳。石桌上不染纤尘，十分干净，石凳上却积了不少灰尘，仿佛从来没有人坐过。

他略略一想，便已明白个中缘由，双手抬起石桌，轻轻移开，果见安放石桌的地方露出一个圆圆的大洞，凉风飕飕，直往外冒，看来地牢大概就在下面了。

白如霜不由得"啊"的一声，似乎大感意外，也许她在仁义山庄居住了这么久，还不知道这后花园中竟有一个这么隐秘之所吧。

吴过往洞里探头看了看，但见下面黑咕隆咚，冷气阴森，不知到底有多深。

他转身道："雷夫人，能借一根绳索用用吗？"

白如霜立即叫下人拿了一根长长的粗麻绳来。

吴过将绳索一头系牢在凉亭石柱上，另一头甩下洞去。

麻绳长约二十余丈，落地之时发出"叭"一声轻响，看来已够深入石洞底部了。

小午道："大人，让属下先去看看。"

吴过点头道："好。"

小午年纪虽大，手脚却十分麻利，攀缘着绳索，双手交替向下，不一会儿身影便没入黑暗的石洞中，看不见了。过了片刻，他在洞下叫道："大人，下面好像真是地牢。"

吴过看见洞底下传来亮光，知道他已晃亮了火折子，便道："我也下来看看。"抓着绳子，飞快滑下。

白如霜略一迟疑，也跟着攀绳而下。

石洞极深，足有十余丈高，如果没有绳索梯子，极难下去，如果有人在洞底想空手上来，纵有绝世轻功，也无可能。洞中极黑，小午虽然手上拿着火折子，却也照亮不了多大地方。

吴过叫人扔了一只火把下来，点着之后，眼睛才隐约能看清洞底情形。只见石洞底下，竟是一个十丈见方的石屋，石屋靠西面一侧用一道栅栏隔了开来。用手一摸，那栅栏竟是用酒杯口那么粗的生铁所铸，十分牢固。栅栏上涂着黑漆，幽幽的泛着冷光，不时有霉味臭气从栅栏里边传来。

小午举起火把照了照，惊道："大人，里边关了一个人。"

吴过定睛看去，果见一人蜷缩在栅栏里边的墙脚里，衣不蔽体，身上满是污秽，伤痕累累，手上脚上全用手指粗的铁链锁着，神情木然，正两眼直勾勾地望着栅栏外面的人发愣。

吴过往他脸上瞧了半天，忽然心头一热，叫道："惊云兄，真的是你吗？"

原来这地牢里面囚禁的人，正是仁义山庄庄主雷惊云。

5

仁义门掌门人雷惊雨贪图宝藏杀嫂囚兄的消息传出之后，江湖哗然，仁义门弟子更是群情激愤，他们做梦也没想到全帮上下人人敬重的掌门人，竟是这样一个卑鄙无耻猪狗不如之人，简直辱没了“仁义”二字。而仁义山庄庄主雷惊云自从被人救出地牢之后，经过白如霜及全庄上下悉心照料，伤势渐愈，元气渐渐恢复。

江湖好友闻讯之后纷纷上门祝贺和探望，仁义山庄又热闹了起来。

七日之后，晚上戌牌时分，吴过和小午值更完毕，相约来到“一滴香”酒肆，小酌起来。

小午喝着酒，忽然说道：“大人，属下听说仁义山庄这几天晚上仍然不怎么安宁。”

吴过眉头一皱，道：“什么‘不怎么安宁’？”旋即明白过来，动容道：“你是说仁义山庄晚上仍然有吸血鬼出没？”

小午点点头道：“属下听说，这几天晚上仁义山庄又有好几个人被吸血鬼吸血而死，死状与以前无异。”

吴过将端到嘴边的酒杯放下，说道：“那天晚上，雷惊雨不是请通灵道长作法钉住了白如雪的尸骨吗，怎么还会闹鬼？”

小午道：“依属下看，多半是雷惊雨判断有误。他杀死了白如雪，心头有鬼，一直疑神疑鬼心中不安，一听说仁义山庄有吸血鬼出没，立即先入为主，首先想到的便是白如雪的亡灵化作吸血鬼来报仇来了，所以才请来通灵道长镇邪驱鬼，却没想到吸血鬼另有其人，不，是另有其‘鬼’。”

吴过道：“雷惊云怎么从没向我说过？”

小午道：“属下猜想，他多半是想等自己恢复元气之后自行调查。仁义山庄手足相残，江湖上已经有人看笑话了，如果这件事他仍然还要请官府的人插手，那岂不是太没面子了？江南仁义山庄以后还要不要在江湖上立足？”

吴过低头想了一想，觉得他的话并非没有道理，点了一下头，喝了一杯酒，又问道：“你还听到一些什么消息？”

小午道：“属下还听说，仁义门上下现在是群情激动，众多弟子一致要求雷惊云接任掌门之位，据说掌门人信物仁义双刀和仁义刀谱都已交给雷惊云掌管，只等他身体恢复过来之后，即可广邀江湖朋友齐聚仁义山庄举行接位大典。”

吴过道：“帮中不可一日无主，雷老爷子只有这两个儿子，既然雷惊雨不争气，那么由惊云公子担此大任，也是理所当然。此乃仁义门门户中事，我等外人不必置喙。只是雷惊云过了一年暗无天日的地牢生活，身心俱伤，不知什么时候才能完全康复。”

小午道：“属下日前才去过仁义山庄，听说白如霜已经给他请了江南最好的大夫治疗和调养，惊云公子本身内功深厚，恢复极快，估计不出两个月，便可完全康复。

吴过点点头，叹口气道：“如此，倒是难为白如霜了。听说她每天都亲自送饭到大牢给雷惊雨吃，可有此事？”

小午道：“确是如此。雷惊雨平时锦衣玉食惯了，大牢里的粗糙饭菜哪里吃得下，若不是白如霜贤惠过人，一日三餐送些好饭好菜来，他饿也饿死了。”

吴过道：“这个女人，可真不简单呀！”

小午点头附和道：“如此贤妻，实是难得。”

吴过看了他一眼，没有说话，过了半晌，忽然重重地叹了口气，端起一杯酒，猛地灌入喉咙。小午放下酒杯，奇道：“大人，您破了一桩大案，咱们上下兄弟都跟着沾了不少荣耀和好处。但这些日子，属下瞧大人怎么反而愁眉紧锁，闷闷不乐呢？”

吴过举起筷子，想去吃菜，听到这话，却又放下筷子，涩涩一笑，道：“哼，破了一桩大案？那倒也难说。这桩案子虽然破了，但我总觉得疑点似乎比案子没破时还多。”

小午一怔，酒杯送到嘴前却又停住不饮，道：“哦，大人何出此言？”

吴过道：“案子虽然已经水落石出，但本捕心中仍有三大疑点找不到答案。其一，为什么雷惊雨不迟不早，偏偏要赶在咱们发现了他杀嫂囚兄的重要线索准备动手捕他之时前来投案自首？此事纯属巧合，还是另有蹊跷？”

小午看着他问：“其二呢？”

吴过道：“其二，那天早上雷惊雨自缚双手前来自首，我将他从地上扶起之时，顺手探了一下他的脉搏。当时他脉象浮散无根，至数不齐，按之则无，大异于常，当是身中剧毒，邪盛正衰，阴阳离决之‘绝脉’。有此脉象者，绝无三日之命。此是一奇。他身中剧毒，元气离散，却能活到今日而不死，此为二奇。”

小午听到这里，已经瞠目结舌，说不出话来了。

吴过接着道：“其三，我将雷惊雨关押大牢之时，他曾说了一句话，说是要考一考我，此话似乎也大有深意。他明知那地牢位置隐秘，却不明示于我，只叫本捕带人去找，结果却在仁义山庄后花园中找到一块写有血字的布片。”

小午道：“大人是说那块写着‘抱薪火，凄风苦’的布片？白如霜说那是下人们随意涂鸦的，大人怎说那是血书？”

吴过道：“那块布片是从衣服上撕下的，那上面的字迹却是用鲜血和上口水之后写上去的，所以字迹才会是淡红色。如果写字之人不蘸口水，直接用鲜血书写，任何人一看便知这是一封血书，即便不明白那六个字的意思，也会引起别人警惕之心。但如果颜色极淡，就不会引起别人注意，即使有人捡到，也会随手扔掉。也正是因为如此，所以本捕才有机会看到它。”

小午迷惑了，道：“就算那真是一封血书，那么‘抱薪火，凄风苦’这六个字又是什么意思呢？”

吴过叹了口气道：“这也是最令人费解的地方，我思索了好几天，才隐约明白其中含意。如果我没猜错，‘抱薪火’这三个字应该是‘抱薪救火’这个成语的误写，只是写字之人故意漏掉了一个‘救’字，所以使人看得莫名其妙。而后面三个字，则应是‘凄风苦雨’这个成语的误写，只是写漏了最后一个‘雨’字。”

小午一怔，念道：“‘救’‘雨’？”

吴过点点头道：“不错，这封血书上真正的内容应该是没有写上去的这两个字——‘救雨’。”

小午蓦然明白过来，问：“大人怀疑这两个字中的‘雨’字，指的就是雷惊雨？”

吴过点点头，道：“我不知道这是巧合，还是另有深意。如果这块布条这封血书真是一个求救的信号，‘救雨’二字真是‘救雷惊雨’的意思，那么这个信号又是谁发出的，这封血书又是谁写的？是雷惊雨自己，还是白如霜，抑或还与雷惊云有关？血书字迹生硬，无法辨明是谁的笔迹。如此扑朔迷离，本捕就此结案，还是继续深查下去？如果要查，又该如何查起？”

小午听到最后，早已张大嘴巴，久久说不出话来。

他做梦也没想到在这桩看似简单明了的案子背后，居然还隐藏着这么大一团迷雾。

过了半晌，他才回过神来，一拍大腿道：“大人，您可真不愧是江南神捕。这么多疑点，属下与您同进同出，居然一点也没看出来，还道这桩案子早已水落石出，应该结案了呢。”说罢，起身给他倒了一杯酒，“来，属下深感佩服，敬您一杯。”

吴过看他一眼，抢过酒壶，连干三杯，才放下酒壶叹口气道：“正在这个节骨眼上，那个什么吸血鬼又来凑热闹，如此一来，这案子就更复杂更诡秘了。”

“那倒也是，不过再复杂的案子也难不倒您呀！”小午讨好地笑笑，再度起身给他斟酒。吴过拦住他，以手支头，道:“算了，我、我觉得有点头晕，这、这酒劲儿可真大……”

小午狡黠一笑，道：“大人，您该不是喝醉了吧？”

“谁、谁说我喝醉、醉了？再、再倒！”

吴过眯着眼睛，歪着身子，将空酒杯递了过来，嘴里含含糊糊道，“就、就是再、再喝两壶，我、我也不会醉……”

小午道：“是，是，大人海量，大人海量。”伸手倒酒。

便在这时，吴过酒杯落地，端杯的手忽地向上一勾，已然扣住他的脉门，嘴里一声冷喝：“快说，你在酒里放了什么东西？”

小午这一下当真吓得魂飞魄散，手一抖，酒壶早已咣当一声掉了下来，吃吃地道：“大、大人饶命，不关我的事，是、是白、白……”

刚说到这里，只觉手腕一轻，吴过忽然软软地倒在了地上，双目一闭，不省人事了。

不知昏睡了多久，吴过终于被一阵热闹的声音惊醒，昏昏沉沉睁开双眼，发现自己正躺在一张床上。那床锦帐流苏，幽香扑鼻，甚是华丽，却不知是何处所在。窗外一轮新月缓缓升起，其时正是晚间。

他心中暗暗称奇，移动双臂，正要翻身起床，谁知一试之下，居然全身酥软，使不出半分力气。只好复又躺下，静静地听着外面的动静。

外面十分热闹，杯盘乱响，似乎正在宴客。只听一人道：“多谢知府大人肯赏脸光临寒舍，来，雷某敬您一杯，聊表心意。”听声音，正是雷惊云，只是声气不大，而且略显沙哑，显是身体尚未完全恢复，中气不足所致。

吴过心道：原来这儿是仁义山庄。

另一人朗声应道：“哪里哪里，惊云公子相邀赏月喝酒，本官岂有不到之理。”正是知府大人的声音。

吴过心头一轻，暗忖：知府大人也在这里，那便好了。

雷惊云喝了一杯酒，又道：“雷某此次劫后余生，大难不死，全仗知府大人及诸位官爷出力。来，在下再敬诸位一杯。”接着便是一阵觥筹交错的声音。

吴过侧耳细听，知府衙门的一众官吏都来了，钱师爷和小午也在其中，看来排场还不小。

吴过心道：大伙都在这里，怎地没人来救我？张了张嘴，叫道：“雷兄，雷兄。”

话虽出口，但声音极低，连他自己都听不甚清。

他有些奇怪：我怎么连话也说不清？吸了口气，又更加用力地叫了两声，但喉咙似乎被什么东西堵住了一般，声音仍然传不出去，外面人声嘈杂，根本无人听见。

他不由得一阵气苦，想动动不了，想叫却又没人听见。便在这时，忽听身侧“嘤咛”一声，把他吓了一跳，扭过头来一看，只见床内居然还躺着一个雪白耀眼的女人，头发蓬松，锦被横盖，露出白晃晃的胸脯在外面。

他这一惊，当真是非同小可。偏在这时，那女子正好在睡意蒙眬中睁开凤目，蓦然见到一个陌生男人躺在自己床上，不由得大惊失色。

这女子似是习武之人，反应极快，劲道也强，左脚一抬，便将吴过咕嘟一声踢下床去，同时靠墙坐起，双手抓起被子遮住胸前，嘴里尖声大叫：“啊，有贼，有贼！”

话音未落，只见一人破门而入，喝道：“弟妹，什么贼？贼在哪里？”来人粗眉大眼，提掌戒备，正是雷惊云。

吴过跌地之后，才发现自己全身上下竟然光溜溜不着寸缕，大窘之下，听到雷惊云的话，扶着椅子勉强站起来，往床上一瞧，那与自己共睡一床的女子，可不正是白如霜。只觉脑中轰然一响，当场就惊呆了。

白如霜惊怒惶急之下，这才看清被自己踢下床的人竟然是知府衙门总捕头吴过，更是满脸通红，又羞又怒，指着他道：“你、你……”

雷惊云蓦然看见一个赤身裸体的男人站在白如霜床前，情形不问可知，气得全身发抖，一声暴喝，道：“好大胆的狂徒，竟敢到仁义山庄来撒野！”双掌一扬，便欲击出，待看清是吴过，不由得一怔，双掌硬生生收了回来。他元气尚只恢复五六成，这内力突发突收之间，只觉气塞胸臆，呼吸不畅，忍不住咳嗽起来，吃吃地道：“吴、吴兄，怎么是你？”

便在这时，知府大人及钱师爷小午一干人等也都闻讯跑进房来，一见眼前情景，大家都已明白发生了什么事，不由得闹了个耳红面赤，纷纷转身退出。

吴过全身乏力，百口莫辩，当真恨不得能找条地缝钻进去。

雷惊云呼呼直喘粗气，道：“吴兄，雷某一直视你为好朋友。你、你却做出这等事来……”

目光一扫，看见一套男人衣服脱在床边，抓起扔到吴过身上，然后便像老鹰抓小鸡似的将他拧了起来，狠狠抛出门去。

房间里，很快便传来了白如霜的嘤嘤哭泣声。众人听了，都不约而同地叹了口气，脸上现出既尴尬又愤怒的神色。

知府大人脸都气白了，拿起桌上一壶冷酒，直往吴过头上淋去。

吴过浑身一个激灵，头脑渐渐清醒过来，手上脚上也渐渐恢复了一些力气。他扑通一声跪在知府大人面前，说道：“大人，我……”想要辩解，却又无从说起，自己被人迷晕之后，迷迷糊糊就到了这里，就发生了这种事，连他自己也不明就里，又怎能向别人解释清楚。

知府大人怒道：“别叫我大人，本官没有你这样的属下。你身为总捕头却擅离职守，三天三夜不知去向，那也罢了。现在却做下这等事体，简直把本官的脸都丢尽了。”

吴过心头一惊：原来我已昏迷三天三夜了。抬头向小午望去，小午正站在知府大人身后，脸上颇有得色。他心中已隐隐明白发生了什么事。

知府大人余怒未消，道：“知府衙门里没有你这样心术不正作奸犯科的总捕头，从今日开始，本官免了你总捕头之职，暂由小午接任。你好自为之吧。”说罢，拂袖而去。

吴过直挺挺地跪在那里，心渐渐沉了下去。

他知道自己已经掉进了一个看不见的陷阱，而那个掘陷阱的人，无疑就是他平时在知府衙门里最器重的得力助手小午。

6

夜已经很深了，天空中悬着一勾冷月。小午和钱师爷等人在仁义山庄喝完酒后，尽兴而归。小午一边打着酒嗝，一边往家的方向走去。小巷幽暗，一阵冷风吹来，使他不由自主打了一个寒噤。他皱了皱眉头，忽然冲出小巷，折向西行，身后阴风飒飒，似乎是在追赶他的脚步。

夜深人静，小午展开轻功，一路疾奔，穿街过巷，直向城西长江边奔去。长江边有一片树林，月光从树桠间洒下，在地上照出斑斑驳驳的阴影。

小午一奔进树林，便突然止步，回身冷笑道："吴过，我知道你在跟踪我，请现身罢。大街上不方便动手，此地便是你的葬身之处了。"

只听"嘿嘿"两声冷笑，黑暗中闪出一条人影，身材颀长，衣袂猎猎，正是吴过。吴过背负双手，一步一步逼近他，问道："小午，吴某自问待你不薄，你为什么要下迷魂药陷害我？"

小午退了一步，道："因为我想做总捕头。我当差的时间不比你短，我的脑袋不比你笨，我的身手也不见得比你弱，为什么你能做知府衙门的总捕头，我却不能？"

吴过叹了口气道："你要夺我总捕头之位，又何必出此下策，玷污白如霜的清誉、挑拨我和雷惊云之间的关系？"

小午冷笑道："若不如此，知府大人又怎会当机立断下令罢免你总捕头之职？"

吴过道："那倒也是。只是你刚刚坐上这知府衙门总捕头的位置，雷惊雨便横尸大牢，知府大人面前，你又怎么交代？"

小午道："犯人畏罪自杀，那也是常有之事，又有什么不好交代的？"说到这里，忽地脸色微变，盯着他奇道："你已昏迷三天三夜，中间并未醒过，又怎会知道雷惊雨的死讯？”

吴过道：“这种事，吴某猜也能猜到。”

小午双目中杀机一闪，忽然哈哈大笑道：“吴过，本捕承认，你的确很聪明。但你再聪明也一定想不到在你昏迷期间，我们已经给你服下了七日断魂散。此毒由一百余种毒物秘炼而成，天下无解，不出七日，你便会七窍流血，毒发而亡，而且死后化为一摊浓血，不留一丝一毫痕迹。”

吴过脸色大变，怒道：“乘人之危，下毒害人，好不要脸。”忽地想到什么，盯着他问，“你刚才说‘我们’，这么说陷害吴某的并不止你一个人，你还有同党，是不是？快说，还有谁？”

小午一怔，自知说漏了嘴，却并不掩饰，哈哈一笑，神情得意，道：“既然你出言相询，那本捕也不怕告诉你，想要你命的人，的确不止我一个。反正你已是将死之人，告诉你也无妨，本捕这么做，一半是为了自己，一半却是受人所托，忠人之事。”

吴过神情一变，大觉蹊跷，厉声喝道：“是谁指使你的？快说！”右手五指箕张，闪电般朝他胸口抓去。

“想动手么，我可不怕你。”小午侧身避过，冷笑声中，右拳倏出，拳锋未到，一股强劲的气流便已朝吴过胸口直撞而来。

吴过眉头一皱，斜身滑步，自他左侧绕过，右肘横撞，击向他笑腰穴。饶是小午闪避得快，腰间笑腰穴还是被对方肘尖轻轻刮了一下。笑腰穴是人身上一处笑穴，虽只轻轻一刮，小午还是忍不住张大嘴巴，“哈”地笑了一声。声出气泄，这一笑之下，全身力气泄了一大半，不待他重新吸气，吴过左掌自衣袖中钻出，已悄然拍到他小腹上。

小午只觉肚皮一麻，并不疼痛，还道他中毒之后功力已大不如前，谁知此念未消，忽觉腹中如同翻江倒海一般，传来一阵剧烈疼痛，一时之间，竟令他直不起腰来。

吴过这一掌叫作隔山打牛，因为想着要留下活口问话，所以并未出全力，只是隔着肚皮将他内脏狠狠震动了一下，否则全力一击，五脏六腑被震得四分五裂，小午哪还有命在？

吴过傲然而立，凛然喝道："快说到底是谁叫你陷害我的？你若不肯直言相告，就别怪吴某掌下无情！"

小午头冒冷汗，喘着气道："好，你过来，我告诉你。"

吴过迈步走近。

小午在他距自己三步之遥时，忽地向前一滚，欺近吴过，一拳击向他小腹，吴过早有防备，右手下沉，半路截去。

小午拳至中途，忽的手臂一抖，唰的一声，从衣袖中钻出一根尺余长的峨眉刺。

吴过大出意料，虽然截住了他的拳头，却截不住毒蛇一般的峨眉刺，寒光一闪，左边大腿已被扎中，刺尖深入两寸有余。他情知不妙，右脚旋风般踢出，人却向后倒跃三尺。再看大腿，鲜血早已流了出来。

小午左手一抖，也握住了一根精钢峨眉刺，双刺一碰，发出"铮"的一声响，嘴里冷声笑道："吴过，你就真以为我小午这么好欺侮吗？"

吴过瞧着他手中那一对峨眉刺，想一想他刚才的武功路数，忽然恍然大悟，道："原来阁下是河南金刺门的高手，在知府衙门自贬身份当了这么久的仵作，倒也真是难为你了。十五年前金刺门掌门人韩天赐被自己一名亲信弟子所弑，金刺门的武功秘笈《金刺谱》被盗，金刺门追凶十年无果。原来那人竟避身到了知府衙门。这十几年来，你一直手使单刀，谨小慎微，不露半点本门武功，倒也不易。"

小午见他揭穿了自己的老底，不由得恼羞成怒，瞪眼喝道："他妈的，老子什么来历关你屁事。既然你已知道，那老子就更不能留下活口了。"双刺一碰，火星一闪，左手峨眉刺点向他眉心，右手峨眉刺反挑他腋下极泉穴。

吴过立足不退，双手一探，抓向对方手腕。

"想空手夺白刃吗？"小午一声冷笑，立即变招，双刺一合，分心便刺。

两人相距甚近，这一下变招又快，吴过惊觉之时，刺尖距胸已不足三寸。

小午心头一喜，双手用力，峨眉刺去势更疾。

吴过退避不及，上身后仰，双刺贴胸划过。

小午不待双刺刺空，手腕疾沉，双刺折而向下，插向吴过胸口。

吴过脸色一沉，道："真要赶尽杀绝吗？"便在这时，只听呛啷一声，一道寒光自他腰带间一闪而出。

小午大惊失色，急忙缩腕暴退，却已迟了，喀嚓一声，双手自腕骨以下，早已齐齐削去。鲜血喷涌而出，他惊得呆住了，一刹之间竟感觉不到疼痛。

吴过目射寒光，迎风而立，手中握着一柄软剑，剑身极薄，刃上宝光流动，变幻不定，剑身不住颤动，似乎只需轻轻一抖，便能折断。剑上滴血未沾。

小午面容扭曲，满脸骇异，向后退了两步，忽然转身便逃。蓦地眼前人影一晃，脖子上一凉，吴过已挡在身前，剑锋及颈，冰凉冰凉。他双足疾退，想要避过剑锋。

吴过飘身赶上，软剑始终架在他脖子上。

小午退了十余步，身子便靠在了一株大树上，已退无可退，避无可避。

吴过手腕稍一用力，剑锋便嵌入他皮肉之中，鲜血丝丝渗出，喝道："幕后指使之人到底是谁？快说。"

小午全身都忍不住颤抖起来，双手剧痛，冷汗涔涔而下，再也挺不住了，颤声道："我若说出来，你还杀不杀我？"

吴过微微一哂，道："你若说的是真话，我自饶你不死。"

小午看了他一眼，哭丧着脸，道："好吧，我告诉你。叫我下迷魂药陷害你的人不是别个，便是、是……"刚说到这里，吴过忽然听见他身后靠着的树干上传来"笃"的一声轻响。他未加留意，见小午忽然住口不说，便大声催问道："快说，便是谁？"

小午睁大眼睛瞧着他，喉咙里咕嘟一响，脸上现出十分古怪的表情，仍不说话。

吴过已觉不妙，伸手一探他的鼻息，却是已然断气，不由得大吃一惊。绕到他身后一看，只见那树干上深深地插着一支羽箭，箭尖穿过树干之后，刚好射入小午的后心。

吴过满脸骇异，立即手挽剑花护住全身，冷峻的目光自周围树林中一扫而过，黑暗中树影幢幢，看不见人影。他剑横当胸，冷声喝道 :“藏头缩尾，暗箭伤人，算什么英雄好汉？”

话音刚落，黑暗中有人“哼”了一声，紧接着便听“嘣”的一声弦响，一支羽箭穿透黑暗，疾射而至，直指眉心。

吴过见他射死小午，断了自己追查真相的线索，心头有火，一瞥之间，早已辨清对方正藏身于自己左侧十余丈外的一棵大树上，伸手接住射来的那支羽箭，反手掷出，唰的一声，直向对方回射而去。

他这一掷之力，虽不及对方强弓硬箭有穿云裂石之功，却也颇具准头和气势。黑暗中那人不敢硬接，左手挥弓，磕开来箭。谁知吴过第二支羽箭跟着掷出，去势更急。

那人只朝他射了一箭，被他接住掷回之后，只道他手中再也无箭可掷，便再无防范之心。却未料到吴过早已将射中小午的那支箭也拔了下来拿在手中，此时连环掷出，令那人措手不及，只听“噗”一声，已射中对方左边肩头。

吴过见他突施杀手，射死小午，其用意显然是杀人灭口，不让小午说出那幕后指使之人到底是谁。如此说来，此人身份也大有可疑，说不定便是那幕后指使之人。只可惜二人相距太远，那人又一直躲在黑暗之中不愿现身，所以始终无法看清他的身材面目。

吴过暗暗观察周围形势，知道那人并无帮手，心中略宽，忽地钢牙一咬，凌空飞起，直朝那人藏身的大树上扑去。他急于擒住对方，查问真相，所以只好以身犯险，冒险一搏。

黑暗中那人端是厉害，不待他靠近，已“嘣嘣嘣”三声连响，连珠射出三支利箭。吴过心头一凛，身在半空，无法闪避，忽见身侧有一根树枝横生而出，当即足尖一蹬，借着树枝反弹之力，凌空向后连翻三个跟头，退出七八丈远，才敢着地。

那三支羽箭全在空中与他擦身而过，“笃笃笃”三声，全部钉在旁边一株树干上，竟将那碗口粗的树干射穿，露出两三寸长的一截箭镞在外头。

吴过惊出一身冷汗，心中暗叫一声侥幸，刚才身在半空，若无那根树枝借力，现在被箭射穿的便不是树干，而是他的身体了。当下凝神对敌，再也不敢冒险轻进。忽然听见身后水声作响，眼角余光一扫，才知自己已经退到长江边上，身后便是波涛滚滚、水流湍急的长江了。

他不由得倒吸一口凉气，正要向前跨出几步，忽然又听一声弦响，三支羽箭如同暗夜流星，分为上中下三路，电闪而至。

黑暗中那人一次射出三箭，来势竟然丝毫不弱，那张弓固然是好弓，那人的臂力却也不弱。吴过豪情顿生，叫了声“好”，站在岸边，使出一招“铁板桥”的功夫，左足钉牢地面，上半身向后一仰，闪过最上面一支箭，右脚一抬，将最下面那支箭踩在了足下。但中间那支箭却已然及胸，避无可避。

他将软剑竖在胸前，迎着箭镞一剑劈出。只听“喀嚓”一声，不偏不倚，那箭竟被他一分为二，一剑劈成两半，直向两边射去。然而，令他做梦也没有想到的是，那支羽箭中间竟是镂空了的，里面还藏着一支极细极细的短箭。长箭被劈开之后，藏在里面的短箭就露了出来，余势未衰，扑哧一声，射入他胸口。吴过“哎哟”一声，向后便倒，砰然一声，落入江水之中。

黑暗中，那人张弓搭箭等了片刻，不见他爬上岸来，急忙跃下树，冲到江边，却见江水奔涌，水波涛涛，吴过早已沉入江底，寻之不见了。

那人又往江水中空射两箭，不见动静，这才放心，收起弓箭，得意一笑，道：“你身中剧毒，现在又被我的子母箭一箭穿心，即便此时不死，也绝难活过七天。从今往后，看谁还敢跟我过不去。哈哈哈！”

他回身走到小午的尸体前，想了想，忽地阴险一笑，用指头蘸上鲜血，撕开他胸前的衣服，在他冰凉的尸体上写道：“夺我总捕头之位，杀无赦。吴过留字。”然后冷冷一笑，扬长而去……

7

一月之后，九月初八。仁义山庄热闹非凡。

今天是仁义山庄庄主雷惊云接任仁义门掌门之位举行接位大典的日子，也是雷惊云与白如霜成亲的大喜日子。

仁义门近来在江湖上声威日盛，大有与武林第一大派少林派分庭抗礼之势，仁义门新掌门人接位，江湖上的朋友谁不争着来道一声贺喝一杯喜酒？

雷惊云大难不死，劫后余生，全凭白如霜细心照料，才得以这么快恢复元气，重出江湖。二人历尽苦难，摒弃世俗偏见，患难相爱，更是弥足珍贵。一时之间，二人真心相爱的故事在江湖上被传为佳话。

夜已经很深了，待到闹洞房的亲戚朋友都退去之后，新郎倌雷惊云这才松了口气，关好房门，回头望见坐在床沿的新娘，虽然并没有喝多少酒，心却已经醉了，走过去轻轻握住她的手道："霜妹，咱们终于可以名正言顺地在一起了。"

白如霜含羞带笑地点了点头，说道："是的，云哥，咱们终于可以名正言顺地在一起了，我、我好高兴。"

正在这时，忽听一个声音冷声笑道："名正言顺？哼哼，我看未必。"

新郎新娘忍不住脸色一变，抬头看时，洞房里不知何时竟已多了一个人。

这人身材瘦长，目光冷峻，一动不动地靠墙站着，浑身上下就像一块生铁一样透着一股冰冷生硬的气息。

雷惊云大吃一惊，暗忖：这人是怎么进来的？怎的我却全然不知？往对方脸上一瞧，忽地呆住了，失声叫道："吴、吴兄弟，原来是你？"

那人从阴暗处走了过来，道："多谢雷兄还记得我吴过的样子。"

原来这人正是吴过。

雷惊云脸上掠过一丝惶恐之色，但很快便镇定下来，哈哈一笑，道：“吴兄弟，这些日子你到哪里去了？可把我给想死了。今天可是特意赶来喝我的喜酒的吗？前些日子，江湖上到处传言你为泄私愤杀了新上任的知府衙门总捕头小午，畏罪潜逃，我不信……”

刚说到这里，忽然发现吴过身上所穿的正是知府衙门里的官差服饰，一时之间弄不明白他现在真正的身份，下面的话便再也说不出来。

吴过拱了拱手，朝他一揖到地，道：“多谢雷兄信任，小午确实不是吴某所杀。杀他的人就是……”刚说到这里，忽地闪电般欺了过去，左手五指如钩，直朝白如霜脸上抓去。

这一着大是出人意料，白如霜的武功虽是不弱，但事起仓促，早已吓得花容尽失，不知如何闪避。

“干什么？”雷惊云脸色一变，急忙出手相阻。

吴过忽地变招，右手已经搭上他的左肩。雷惊云一惊之下，急忙耸肩后退，饶是他应变得快，只听“哧”的一声，肩头的衣服还是被他抓去一大块，露出了里边的肌肤。

吴过往他肩头一瞧，果见有一处箭伤，虽然已经痊愈，但伤痕犹在，不由得怒道：“雷惊云，小午果然是死在你手上，你肩上这一处箭伤便是最好的证明。你还有什么话说？”

雷惊云双目一瞪，道：“吴过，雷某一直将你当好朋友看待，你为何总与雷某过不去？小午跟我无冤无仇，我为什么要杀他？别不是你想嫁祸于我吧？”

吴过道：“你为什么要杀小午，个中原因说起来话就长了。”目光一扫，看了他和白如霜一眼，忽地说道：“你刚才问我这一个月时间去了哪里，我不妨直言相告，吴某去了一趟杭州月白楼，又去了一趟连云山青云观。”

白如霜一怔，道：“你到杭州月白楼去干什么？”

吴过道：“我去你娘家，只是为了向曾经服侍过你的几个丫环和老妈子打听一件事。”

白如霜问："什么事？"

吴过道："我花了二三十两银子向她们打听白家二小姐未出阁时与青阳仁义山庄的两位雷公子中的哪一位感情好些？你猜她们怎么说，她们都说二小姐与雷家大公子青梅竹马情义深重，早有非君不嫁非卿莫娶之心，二小姐甚至还暗中为惊云公子打过两次胎，以致落下一个不能生育的毛病。只是不知如何，到最后二小姐却嫁了雷家二公子，雷惊云却娶了白家大小姐。"

白如霜面色微红，道："那又怎么样，下人胡言乱语，不足为信。况且，这是本小姐的私事，你又管得着吗？"

吴过道："这些闲事，我当然管不着。但是你勾结情夫，谋害亲夫，这我就管得着了。"

此言一出，雷惊云和白如霜两人同时变了脸色。白如霜柳眉倒竖，目放寒光，厉声说道："吴过，你说什么？你要不把话说清楚，今天就别想活着走出仁义山庄。"

吴过见她一副气急败坏色厉内荏的样子，与平日娇小淡定楚楚可怜的模样截然不同，不由得微微一笑道："也好，既然你爱听，那我索性就将你俩的丑事从头到尾说一遍。"

雷惊云的涵养功夫再好，此时也忍不住怒道："好啊，吴过，我俩到底做下了什么丑事，你倒是说说看。"

吴过仍旧微微一笑，不慌不忙地道："事情还得从三年前说起。三年之前，雷老爷子临终之时将身后遗产分作两份，任两个儿子各自选取一份。不幸的是他的大儿子却贪得无厌，居心叵测，想要将两份遗产全部占据，既想得到仁义山庄地下的宝藏，又想得到天下无敌的仁义刀谱，成为仁义门掌门人。但是雷老爷子留下后话，每人只许选择一样，你雷大公子又怎能将两份遗产独吞呢？于是你与你的情人、杭州武林世家月白楼白家二小姐白如霜商议之后定下一计，她下嫁给一直暗恋着她的雷家二公子雷惊雨，而你却娶了白家大小姐白如雪做老婆。一旦时机成熟，你俩再神不知鬼不觉地处理掉各自的伴侣，然后结成夫妻。到那时你占着仁义山庄的宝藏，她手握仁义门两大掌门信物——仁义双刀和仁义刀谱，你俩结合，岂不是大功告成？”

话未说完，雷惊云就已经暴跳起来，大叫道：“吴过，你放什么狗屁？根本就没有这回事，你可别含血喷人。”

吴过瞧他一眼，未加理睬，继续说道：“你俩各自成亲，分头行事，但一转眼两年时间就快过去了，你们却都没有找到动手的机会。雷惊雨为人谨慎，心思缜密，白如霜固然难以下手，而白如雪是武林世家杭州月白楼的大小姐，来头不小，靠山也大，若果一击不中，处理不当，走漏了风声，引得仁义山庄与月白楼翻脸，那可是大大的麻烦，所以没有万无一失的机会你雷惊云也不敢轻易出手。就这样耐心地等啊等，直到白如雪分娩的那天晚上，你才终于找到一个下手的绝好机会。首先，你杀死了稳婆，却让一个身材体形跟你差不多的男人易容成稳婆前来为白如雪接生。当房间里只剩下你和白如雪还有‘稳婆’三个人时，当白如雪生下孩子身心疲惫失去反抗之力时，你动手了。你先杀了‘稳婆’，并将其头割下，又给他换上你的衣服，造成一个雷惊云被杀的假象，然后再去杀你的妻子白如雪。白如雪惊慌之下，强行振作，抱着刚刚生下的孩子跳窗逃生，你一路追杀，终于在青阳城东茅草山下将她乱剑砍死。而她生下来的孩子你却留了下来，一来那毕竟是你的亲生骨肉，二来你知道白如霜已经不能生育，所以你必须留下这个孩子延接香火。至于现场被摔死的婴儿，自然是你从别处抱来的了。”

他说到这里，停顿一下，看见雷惊云、白如霜脸上表情难看至极，知道自己说中了他们的心事，便接着道：“而几乎是与此同时，远在杭州的白如霜也找到了向其夫雷惊雨下手的机会，彻底制服了这位仁义门的掌门人。雷惊云在青阳仁义山庄做好自己夫妇被杀的假象之后，立即抱着孩子星夜快马赶到杭州，将孩子交由白如霜抚养，自己却摇身一变，成了白如霜的丈夫雷惊雨。你们兄弟俩本是一奶同胎，虽然并非双胞胎兄弟，但年龄却不过相差两岁，相貌也有七八分相似，此时此刻，你只需稍加易容，就可以变成雷惊雨了。第二天，雷惊云夫妻被杀的消息传到杭州，于是你这个冒牌雷惊雨又携‘妻’赶到青阳城，名正言顺地接管了仁义山庄，同时将真正的雷惊雨秘密囚在了地牢中——你听清楚，不是你被他所囚，而是他被你所囚。过后不久，你宣布一直假装怀孕的‘妻子’白如霜产下一子，其实这个孩子就是白如雪为你生下的那个孩子。于是乎你这个冒牌雷惊雨就轻而易主地得到了想得到的一切，包括仁义山庄的宝藏，仁义门的掌门信物，白如霜，还有自己的孩子。”

雷惊云突然跳起来大叫道：“放屁。我若是想夺取二弟的掌门之位，将他制服之后早就一剑将他杀了以绝后患，哪里还会留下活口？你这故事未免编得也太离奇了。”

吴过瞧他一眼，忽地冷笑道：“你没杀他，当然不是你心中慈悲念着兄弟情谊，你是知道留着他比杀了他更有用处。雷惊云，你在江湖上外号叫作惊云公子，表面上为人粗豪，不拘小节，爱交朋友，实际上却是一个极富心机而且野心勃勃的人，你早就有纵横江湖一统武林成就王图霸业之心，你平时不惜千金结交天下能人异士英雄豪杰，原本就是在招兵买马积蓄实力收买人心。但你知道如果真正想在江湖上成就一方霸业，光靠你收买的这些个江湖朋友是远远不够的，要想大有作为一统江湖，有两样东西是必不可少的，那就是财富和实力，这也是你想独占仁义山庄地下宝藏和仁义门掌门之位的真正原因。仁义门势力遍及天下，你若做了仁义门掌门人，那你的实力就可想而知了。你偷梁换柱夺下雷惊雨的掌门之位后，一面加紧练习仁义刀谱上的刀法，一面以雷惊雨的身份发号施令，命仁义门横扫江湖，吞并了不少武林门派。然而就在你志得意满，意欲纵横江湖大干一番伟业之时，你却没有想到自己会后院起火。”

雷惊云一怔，道：“你是说仁义山庄闹鬼的事？”

吴过道：“不错。自打你杀了白如雪囚了雷惊雨之后，仁义山庄里便怪事迭出，不断有人离奇死去，令你不得不分心应付。刚一开始，你还以为是仇家找上门来了，所以请了不少高手前来助阵，直到这些高手一一离奇丧命，就连武当派的掌门大弟子青云子以及华山派第一高手罗天亮也不例外，这时你才害怕起来，不得不到知府衙门报案，请官府派人出面调查。其实从这时候开始，我就已经有一点怀疑你的身份了。”

雷惊云道："为什么？"

吴过道："因为你的手。这个时候，我忽然注意到了你的手。你的右手因为长期握兵器的缘故，手掌中已经磨起了一层老茧，几乎每个擅长兵器的习武人手掌中都会长这样的茧，这是长期抓握练习兵器留下的痕迹，并非一朝一夕一年半载时间所能形成的。你右手掌心有茧并不令人奇怪，令人奇怪的是你的左手，你的左手掌心却光滑滑，看不见什么痕迹。"

雷惊云忽然明白过来，道："我二弟从小练的是仁义双刀，左手握仁刀右手握义刀，照理说他应该两只手掌心里都有老茧才对，是不是？而我自小练的是右手剑，虽然那时我已经得仁义刀谱并且正在练习，但终究时间不长，所以左手掌心没有粗茧。连这么细微的破绽也被你看出来了，果然不愧是江南神捕。"

吴过道："我那时也只是稍加留意，并不敢肯定雷惊雨身份有假。那天上午，你听小午验尸之后说仁义山庄的血案是灵界异物吸血鬼所为，你心中有鬼，立时便想起了白如雪死在你剑下的时候对你说过的话。她一定是拼尽全身最后一口气面目狰狞地对你说了'你、你好狠毒……我死之后，必然化为吸血鬼来向你索命……'，是不是？"

雷惊云叹了口气，回想那天晚上白如雪临死前的诅咒，全身仍然不寒而栗，点点头道："她当时的确是这么说的，只不过说这些话的时候，她的表情比你说的更加可怖。"说到这里，白如霜急忙朝他咳嗽一声，他怔了一下，忽然回过神来，急忙摇头道："哦，不不不，她、她死前的情形我并不知晓，那时我已被我二弟擒住，其他的事一概不知。"

吴过冷笑道："到了现在，你还想掩饰？当时你认定是白如雪临死前的咒语应验了，是她阴魂不散，化作吸血鬼找你索命报仇来了。所以你急忙飞鸽传书请来了通灵道长用桃木钉钉住白如雪的尸身，让她再也不能做鬼害人。"

雷惊云冷笑道："你越说越玄了。江湖上谁人不知通灵道长乃是世外高人，闭关多年，轻易不肯下山，我又怎么仅凭一封书信就请得动他？真是天大的笑话。"

吴过道："你当然请不动他，但雷老爷子能。通灵道长出家之前，曾经与雷老爷子是八拜之交的结义兄弟，两人早年同闯江湖之时，通灵道长欠了雷老爷子一件极大的人情。雷老爷子终老之时，怕雷氏后人守家不力，遭遇劫难，所以恳求通灵道长在日后雷家后人若有需要之时下山相助。通灵道长念及义兄恩情，自然不会拒绝。这件事，你作为雷家后人，自然是知晓的。所以那日你请他下山作法镇鬼，虽然他心中极不情愿做这有损阴德之事，但为了履行承诺，他只好违心下山，勉力为之。我这次上连云山拜见通灵道长，他原本也不肯出关见我，但后来我说此事关乎仁义山庄和仁义门盛衰气运及雷氏后人生死存亡，恳请赐见。他念及雷老爷子的恩情，关心雷家后人命运，破例出关接见了我。"

雷惊云面色不快，道："原来那牛鼻子老道什么都跟你说了，难怪你知道得这么多。"

吴过道："你却未曾想到那天晚上你开棺钉尸的事全都被我跟小午看见了，我们即便全都是傻瓜也能想象得到你跟这桩案子大有牵连了。但是事后，由于有人告密，我们跟踪你并准备逮捕你的消息被你知道了。这个暗中告密者是谁呢？当时只有我跟小午在场，除了小午之外，我想象不出第二个人了。从那时候开始，我就已经不再信任小午了。你得知被我跟踪，事情败露，当然不会束手待毙，坐等知府衙门的人来抓你。由于我们跟踪的是'雷惊雨'，怀疑的是'雷惊雨'，所以你反而觉得这是一件好事，你恢复雷惊云的本来面目的机会终于来了，而一直被你囚禁在仁义山庄后花园秘密地牢里的真正的雷惊雨也终于派上了用场。你将他从地牢中提了出来，给他服下了一种奇怪的毒药。他服下这种毒药之后，每天必须每隔数个时辰就服一次解药，才能阻止毒气攻心，如果不服解药或一天少服了一次解药，他立即便会毒发身亡。你用这种毒药控制住他之后，就叫他去知府衙门自首，承认一切罪行。当然，他自首时说的每一句话都是你们教他的，只要他照你们的指使去做，不露出一点马脚，你们便每日给他送饭到牢里吃，而那解药就藏在饭菜中。你们还答应他，只要等案子完结，他承认了杀人罪行，知府大人也相信了他的招供，定案之后，即使是他被判死刑，你们也一定想法将他救出，并且从此以后再也不为难他。你们如果违背诺言，他随时可以向官府的人翻供告密把一切事情都抖出来，而他如果不听你们的话，他服下的那种独门毒药也随时都可以要他的命。世上谁人不想活命呢？他当然只有答应听你们的话，跟你们合作。就这样，他刚从暗无天日的地牢里出来，却又被稀里糊涂地关进了知府衙门的大牢。而你雷惊云呢，也装模作样地被我们从地牢里'救'了出来。至此，这桩轰动一时的奇案表面上看来已经是告破了，你这个'受害人'也劫后余生，真可谓是皆大欢喜。如无意外，过得不久，你再想法暗中做点手脚，让雷惊雨横尸大牢。此时你再与他的遗孀白如霜成亲。这样你就人财两得，可以名正言顺接掌仁义门大权，完成你一统江湖的雄图霸业了。"

雷惊云和白如霜互望一眼，脸色早已煞白，见他说得如此详尽，分毫不差，宛如亲眼所见一般，心中又惊又怒，如同掉进冰窟一般，全身冰凉，指尖发抖，知道事到如今，抵赖是抵赖不过的了，唯有见机行事，杀人灭口，方能保全自己。

当下雷惊云盯着他恨恨地道："不错，事情至此，本该一切都已结束，谁知二弟却留下了一封什么血书被你看到，让你起了疑心，看样子你大有重新调查此案的打算。你这块拦路石不除，终究是我心中一大隐患。所以在这个时候，我就对你动了杀机。但是你身为知府衙门总捕头，乃是朝廷命官，官居五品，若是不明不白死于非命，朝廷一定会要过问，到时京城刑部查将下来，终究有些危险。"

吴过见他终于点头承认，心中暗暗吁了口气，说道："所以你们就指使小午趁我不备在我的酒中下了迷魂药，将我剥光衣服放到白如霜的床上，又'正好'被知府大人看见，让知府大人一怒之下撤了我总捕头之职。到那时我吴过无官无职，一介平头百姓，即使横尸街口，也不会有人重视，是不是？"

白如霜点点头道："小午早已被我买通，你在知府衙门稍有风吹草动，他都会给我通风报信。我告诉他事成之后，保他当上知府衙门总捕头，他有利可图，为我们办事自然卖力。"

吴过道："那天在一滴香酒肆，我告诉小午雷惊雨似乎给我传递了某种信息。消息传到你们耳中，你们便立即觉得雷惊雨靠不住了，他就像一个定时炸弹，随时都有可能反咬一口把一切都抖出来。好在他已经向官府承认了一切罪行，即使立即死去，也不会影响你们的计划，所以你们就让小午在牢中把他给杀了。其实又何必请人动手，你们一餐不给他送饭不给他服解药，他不就会毒发而死了吗？"

白如霜道："我们原本也是这么想的，但后来觉得不妥，假如他惊觉到我们没有给他解药，他赶在毒发之前把一切都抖了出来，那可怎么办？所以我想来想去，还是一刀了账，万无一失。"说到"一刀了账"这四个字时，她用手作了一个杀人的动作，但她表情随意而冷淡，仿佛不是在杀人，而是在切西瓜。

吴过道："你们神不知鬼不觉杀了雷惊雨，又杀了小午灭口，而我又身中剧毒，中箭沉江，绝无活命的机会，如此一来了解内情的几个人全都死于非命，所以你们的秘密便再也无人知晓，从此以后你们便可以高枕无忧为所欲为了，是不是？"

雷惊云盯着他看了许久，似乎是要把他看穿一般，然后叹了口气，又是疑惑又是奇怪地说："本来事情是这样的，但我们做梦也没想到你居然没有死。你服了天下无解的七日断魂散，又中箭沉江，居然、居然……"

吴过微微一笑，脸上略有得意之色，道："你错了，你们做梦也没有想到的事不止一件，而是三件。第一，我既早已怀疑小午，又怎会对他半点防范之心也没有？我这朝廷五品之职，又岂是说撤便能撤说抢便能抢的？我跟知府大人早已通过气了，那天晚上在仁义山庄他对我大声呵斥当场免职，都只是在演戏给你们看而已。"

雷惊云睁大眼睛道："演戏？原来、原来知府大人早已洞悉一切？"

吴过不由得好笑，道："你以为知府大人是这么好欺骗的吗？"

白如霜问："那第二件事呢？"

吴过道："第二件，我将雷惊雨给我留下血书这件事详详细细地剖析给小午听，只不过是将计就计，看看你们得知此讯会有什么动静而已。其实早在我中计昏迷的头一天就已派人将雷惊雨从大牢秘密押走了，你们杀死的那个雷惊雨是假的，是我用另一个死囚易容而成的冒牌货。”

雷惊云冷笑道：“你救了他又有什么用，没有咱们的独门解药，他是必死无疑。”

吴过摇摇头道：“世事无绝对，你们的毒药虽然厉害，连云山通灵道长的手段也高明。雷惊雨现在正在青云观中，虽然一直中毒昏迷未醒，但通灵道长说即便拼了他这条老命也要运功将他体内的毒素逼出来，他不能眼睁睁看着义兄后人含冤惨死，只是雷惊雨救活之后，一身武功只怕是要废了。”

雷惊云跳起来，咬牙道：“又是这个臭道士坏了我的大事。”

吴过接着道：“第三件嘛，你们也许还不知道，四川唐门的当家人唐二娘是我的姑妈，打从小时候起她就十分疼我，怕我长大之后吃人家的暗亏，所以在我十岁那年给我服了一颗唐门至尊宝丹，从那以后我就拥有了百毒不侵之身，即便是见血封喉入肠即死的剧毒之药也奈何不了我，又怎会惧怕什么‘七日断魂散’？只是迷魂药只能迷人神志，没有毒性，不能算作毒药，所以那天我才会中了小午奸计，昏迷了三天。”

雷惊云见他今日陡然现身，已然大吃一惊，又见他一身官差打扮，服饰与以前做知府衙门总捕头时全无异样，更觉不妙，此时见他有备而来不慌不忙娓娓道来，将自己的老底一一揭露出来，心中更是又惊又惧，待见他只是孤身前来，门外并未埋伏一兵一卒，心底却又升起一线生机。盯着他冷冷地道：“吴大人已将一切调查得清清楚楚，今日有备而来，看样子是想要抓我们夫妻去见官了？”

吴过微微一笑道：“雷兄言重了，本捕是来‘请’两位而不是来‘抓’两位的。只要两位相信自己是清白无罪的，又何惧见官呢？”

雷惊云脸色一沉，道：“既然如此，那就别再拐弯抹角浪费唇舌了，雷某承认你所言一切全是事实，现在就看你有没有本事‘请’得动咱们夫妻俩了。”话音未落，双臂一抖，手中已多了两把薄薄的弯刀。他身上还穿着新郎服饰，也不知他这两把刀是从哪里拔出来的。

吴过瞧见他左手刀上刻有一个“仁”字，右手刀上刻有一个“义”字，正是仁义门的掌门信物仁义双刀，红烛映白刃，却自有一种说不出的寒冷与诡异。他道：“本捕记得雷兄的称手兵器不是一柄长剑么，怎么现在改使双刀了？不知雷老爷子传下的仁义刀法雷兄练到了几层？”

雷惊云道：“雷某修炼仁义刀法不过一年时间，虽只初窥门径，但杀你却绰绰有余。拔出你的剑，上前领死吧。”

吴过道：“很好，本捕今天就来见识一下天下无敌的仁义双刀。”左足斜斜向后踏出半步，右手伸到腰间，缓缓拔出缠绕在腰带中的软剑，剑尖斜指地面，剑身不住颤动，寒光闪闪杀气逼人。平伸左手，做了一个“请”的姿势。

雷惊云猛一跺足，正欲出招，吴过忽觉脑后风声飒然，脸色微变，已知有人在后偷袭，急转回头，原来是白如霜不知何时已绕到身后，趁他全神应付雷惊云时，手持一柄折扇，闪电般朝他后脑点来。

吴过冷声笑道：“白家的流云扇不过尔尔，这手背后偷袭的功夫倒是高明得紧。”并不转身，反手一剑刺出。

白如霜折扇还未点到，便觉寒光一闪，一只剑尖已迎面刺来，大惊之下，回扇相格。软剑与折扇一碰，忽地反卷过来，剑锋便如毒蛇一般，缠上了她的手腕。饶是她后退得快，折扇还是给对方长剑绞了去，手腕上也留下了一道三寸余长的剑痕，鲜血渗出。白如霜吓出一身冷汗，急忙将手腕伤含入嘴中止血。但鲜血一流入她口中，她脸上的表情忽地变得无比古怪。

雷惊云自持高手身份，不肯上前夹攻，此时见她败退，害怕吴过再施辣手，急忙喝道：“霜妹，你且退下，让我来收拾他。”跃步上前，双刀并举，迎头便砍。

吴过不守反攻，长剑一晃，忽地自他双刀中间直砍下去。

他的剑要比对方的刀长得多，此一招虽是后发，却是先至。

雷惊云双刀架成十字，来格软剑。刀剑相碰，火星一闪，两人只觉一股强大的内力从对方兵器上传来，忍不住心中一惊，不约而同都“咦”了一声。

只在一瞬之间，室内已是刀光满天，雷惊云的双刀如狂风暴雨般席卷过来。他手中的仁义双刀比一般单刀还要短小，刀法却极快，一刀护身一刀疾攻，时而左守右攻，时而右守左攻，双刀连使，每一招都在进攻，同时又是每一招都在防守。双刀挥舞，刀花翻滚，就如一个刀球一样，既能袭击对手，对方却极难靠近。

吴过被这股狂暴的刀风逼得向后连退八个大步，方才稳住身形。但此时已然退到墙边，再无回旋余地。雷惊云见到有机可乘，再度舞刀逼近，左手仁刀上下翻飞护住全身要害，右手义刀由下向上反撩对方小腹。

吴过小腹一收，双足往墙上一点，人已腾空而起，跃到半空，头朝下脚朝上，双手握剑，人与剑成一条直线，剑尖直向雷惊云头顶刺下。

雷惊云见他来势凶猛，不敢硬接，急急踏前一步，避了开去。便在这时，忽觉脖子上一热，却是吴过一剑刺空之后，贴着他后背落下，两人相距甚近，他鼻中热气刚好喷到雷惊云后脖颈上。

雷惊云大惊之下，不及回刀，右臂一屈，一记肘锤，直捣吴过心窝。情急之下，这一招已使足十成力气，只想将吴过逼退开去。谁知吴过却并不闪避，长剑斜劈，削向他的脖子。雷惊云听见风响，急忙偏头躲闪。

只听“通”的一声，吴过胸口已被他肘锤撞到，站不住脚，身子直向后退出一丈余远，背靠墙壁，方才拿桩站稳。而雷惊云脖子虽然未被剑锋伤到，左边肩头却被连皮带肉削去一大块，鲜血顿时喷涌而出。

吴过只觉胸口剧痛，几乎喘不过气来，五脏六腑一阵翻腾，一口鲜血冲到喉咙，却又强行咽下。吸气运功，只觉丹田真气不济，却已受了极重的内伤。

他刚才本想奋力一搏，拼着挨对方一记肘锤，也要剑锋及颈，一举将雷惊云制服。谁知对方险中求生，躲过了这致命一剑，仅仅只是肩上受了一点皮肉之伤。制敌不成，反为其伤，这一下倒是大出意料。

雷惊云虽受伤不重，却甚是狼狈，肩头血流如注，刹时将他手臂和身上染得鲜红，连地上也洒了不少鲜血，房间里立时充满了一股浓浓的血腥味。

雷惊云剑下余生，心口兀自怦怦乱跳，抬头看见吴过站在墙边，面容苍白，神情冷峻，似乎受伤不轻，不由得心头一喜，双手提刀，一步步逼近过去……

8

吴过虽然身受内伤，功力已不足平时五六成，但却不甘示弱，左手背到身后，右手持剑，双目平视，严阵以待。

雷惊云见他呼吸平和，有恃无恐，一时之间却又摸不透他的深浅，提刀立足，不知自己是否该抢先出手。便在这时，忽然听见白如霜身形电闪，捷如狸猫，直朝雷惊云扑了过去。

雷惊云只觉喉头像针扎般地一痛，耳旁呼啸直响，仿佛身体中正有什么东西狂涌而出。

是血！是他身体里的鲜血！

雷惊云脑海中蓦地闪过什么，想举刀砍她，但却骨软筋酸，半点力气也使不出来，叮当两声，仁义双刀掉落在地上。他只觉得自己的身体仿佛被打开了一个缺口，鲜血正如决堤海水一般，向外呼啸而出。他只觉得口唇发干，嗓子里似乎要冒出烟来一般，张大嘴巴，想喊想叫，却又发不出半点声音。他面容扭曲，脸孔狰狞，表情与仁义山庄任何一个离奇死去的人完全一致。

吴过也被眼前这离奇怪异恐怖的场面惊得呆住了。

白如霜“回过头来，盯着吴过，又看看眼前鲜血淋漓的雷惊云，忽然眼含泪水，人忽然间直挺挺向后飘去，后背撞开窗户，飘身一闪，不见踪影。由始至终她的膝盖都没有弯一下，身法诡异无比又迅捷无伦，即便是天下最高明的轻功，只怕也赶不上她一半。

雷惊云死里逃生，惊出一身冷汗，双膝一软，瘫在地上，喉咙处的两个血洞仍在向外冒着血泡，当真触目惊心。他的眼睛兀自睁得大大的，声音颤抖地道：“她、她就是那吸血鬼？”

吴过目光幽幽地瞧着那洞开的窗户，脸上仍有惊悸之色，仿佛白如霜会突然从那窗户里跳回来一样。他走过去关起窗户道："不错，她就是搅得仁义山庄人心惶惶的那个'吸血鬼'，这一点我早就想到了，却没料到她竟真是如此厉害。"

雷惊云听他如此一说，目光顿时便向他瞧了过来，心有余悸地道："她明明是一个好好的人，却又怎么变成吸血鬼了？她自己知道吗？"

吴过摇摇头道："她半人半鬼，白天是一个正常的人，而一到夜晚睡着之后，她就会出来害人。早晨一觉醒来，却又什么都不记得了。总之做人时不知道做鬼的事，做鬼时也完全忘记了做人的记忆。不过，今日她害了你，却没有要你的命，想来是存有一丝理智，或许已经知道了。只是，她跟你在一起这么久，她时常夜里起床变鬼行凶，你又怎么会全不知情？"

雷惊云叹了口气道："实不相瞒，我和霜妹约好只有等到我俩名正言顺成亲的那一天，我们才过真正的夫妻生活，所以一直以来我俩都是分房而居，虽然、虽然有时情难自禁免不了要亲热一下，但我俩在这一年中同眠同宿的日子仍然少之又少，所以她夜里的反常行为我全然不知……你又是如何知道的？"

吴过道："我一直在调查吸血鬼伤人这桩案子，说是吸血鬼伤人，我却不信这世上有鬼。害人的一定是人。仁义山庄戒备森严，外人想要进入并不是容易的事。若说仁义山庄的人被杀害，来者应该与仁义山庄有所恩怨。但此人明知有武当、华山的高手前来助阵，仍不收手，一律杀之，就不是有所恩怨这么简单了。此外，他既然可以轻易取走各路高手的性命，若是有冤有仇，为何不直接向仁义山庄的你来报仇呢？我左思右想，能够杀害众多武林豪杰的人，必定不是泛泛之辈，这'吸血鬼'必定是个武功高强、看起来又让人毫无防范的人。而且，这个人，并不想害死你。此人能够让仁义山庄的人和外来的高手皆毫无防范，我想原因只有一个，是他们皆认为他并无危害。仁义山庄出此大事，庄外来人均有报备，若是见了素不相识或是不请自来之人，一定会有所怀疑。庄外来人均已被害，这'吸血鬼'只能是庄内之人了。"

雷惊云若有所思地问："所以，你就怀疑到如霜身上了？她的武功在各大高手之下，如何是武功高强之人了？若说庄内武功最强者，难道不应该先怀疑本人吗？”

吴过回答：“仁义山庄武功最强、最有可能犯案的人，第一个就是仁义山庄庄主雷惊云。但若说庄内之人武功最高强者，却不一定是你了。那被你困在庄内的雷惊雨，掌握天下无敌的仁义刀谱，你二人若以命相搏，谁的胜算更大一些呢？”

雷惊云答道：“惊雨被困，如何害人……”

吴过打断他的疑问，反问道：“白如霜一届女流，又如何助你困住雷惊雨？我去杭州月白楼打听白如霜之事，几个丫环和老妈子都知道白如霜不能生育，说是为你打胎所致。若是这般，雷惊雨又怎会甘愿娶已经被你染指过的女子？更何况，你刚刚说要等名正言顺成亲的那一天才与白如霜过真正的夫妻生活，如此真情，我更确信你不会让白如霜为你打胎，也不会愿意让白如霜嫁与你二弟雷惊雨。她嫁人一事，十之八九是她自己的主意。”

雷惊云叹息一声，说：“我与如霜感情深厚，白家府上不宁，提出办喜事，来个双喜临门，我正自高兴，议亲之时她却忽然要嫁给二弟。我以为她变心，一气之下应了她，至今后悔不已。定是雷惊雨勾引了她……”

吴过说道：“这样看来，谋害雷惊雨、白如雪一事，最初也应是白如霜之计。白家人都说白如霜争强好胜，事事要强于人。她自持比白如雪聪明貌美，却只是次女，不如长女受家人喜爱。从小她勤于练功，更是得到了雷家两兄弟的倾心。我向被救后的雷惊雨询问为何娶走了其兄所爱，他坦言，相处之中，他发现白如霜更喜爱长兄，这时，白家长辈又忽然提出两家联姻，两兄弟各娶一人。于是，他便回头追求温婉可人的白如雪。白如霜嫉妒心起，说愿意嫁给他以证其心。雷惊雨这才没有和白如雪成就好事，而是娶了白如霜。”

见雷惊云沉默不语，吴过继续说道：“既然白如霜没有为你打过胎，为何白家仆役都说她不能生育？白家人说白如霜日日勤于练功，练的又是什么功，能让她制服功力更强于你的雷惊雨？流云扇？不过尔尔。但若说仁义山庄内武功之强弱，也许，不是你，不是你二弟雷惊雨，是她。而她一个养在深闺又不如长姐受宠的女子，即便日日练功，也不可能达到如此境界。我猜测，她定是修炼了某种奇怪的功夫，以不能生育为代价，才练成了这种我们看不出门道的邪功。你我还未看清，她便伤你至此，身形健步如飞，嗜人血如恶蝠，我还未见过哪个光明正大的门派有这种功夫。另外，白如雪若如众人所言温婉可人，是个大小姐，怎么会在临死前忽然道出‘吸血鬼’一说呢？定是她见过或听过此般情形，在家中有过传言，才会愤怒之间道出此种‘诅咒’。只不过那时她的功夫还未练成，并未害过人，神志不清时做的事，白家人也只当是闹了鬼。自从打定主意要害死雷惊雨后，她才更加急于练功，走火入魔，犯下大错。”

雷惊云又叹息一声，说：“我与她朝夕相处，却不知其中内情。如今她不见踪影，不知会不会继续害人，又不知有没有什么危险……”

吴过道：“待到明日天亮，她应该会自行清醒。若她回仁义山庄，你二人就能相见了。你犯下杀妻大罪，不可免罪。但若助我擒她，查明她害人的手法真相，以及她练功的前因后果、背后高人，你那些门客好友，也不算枉死了。”

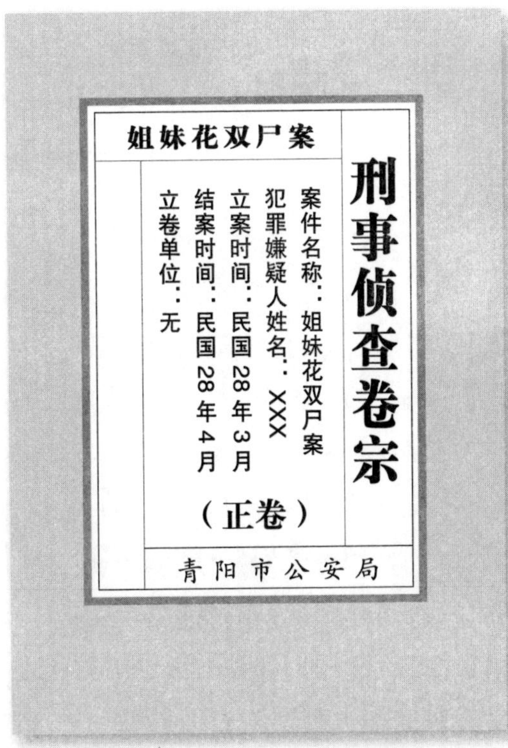
姐妹花双尸案
刑事侦查卷宗
案件名称：姐妹花双尸案
犯罪嫌疑人姓名：XXX
立案时间：民国28年3月
结案时间：民国28年4月
立卷单位：无
（正卷）
青阳市公安局

双尸奇案

民国年间，青阳县有一任县长，姓卢叫卢运长。

卢运长系湖北黄冈人，原本是省政府机要秘书，因与省长萧耀南系同乡，且会巴结人，深得萧耀南喜欢，被提拔到下面当了一县之长。

卢运长生性贪婪，到任之后，贪污受贿，大肆敛财，其在青阳山下建有别墅一座，据说里面堆满了他贪腐得来的金银珠宝字画古董。

虽然民怨沸腾，但卢运长的县长宝座却坐得稳如泰山。个中原因，除了他有省长萧耀南这个后台，更因他驾驭属下有方——据说属下官员，要想在青阳官场站稳脚跟，就必须向卢运长纳“投名状”。

诸位千万别误会，这里所说的纳“投名状”，并非向卢运长行贿送钱，而是别有所指。但凡新提拔上来的官员，要想获得卢运长的青睐，必须当着卢县长的面收受一大笔贿赂。

卢运长用纸条写下某年某月某官收受某人某物，并让当事官员签名留证，将此纸条连同官员所收贿赂用一个小箱子装好，上锁并贴上封条，钥匙交于当事官员保管，箱子留在卢运长手中。

卢运长别墅内有一个特制的大保险柜，专门用来收藏下属交纳的“投名状”。官员有把柄握于卢运长之手，就算是入了伙，日后自会得到卢县长青睐。至于那些没有纳“投名状”的官员，自然被卢县长排斥在自己圈子之外，处处受到压制，或贬或谪，都不会长久。

圈外人不知卢运长贪腐受贿详情，知情者又有把柄握于卢运长之手，不敢对其生出异心，所以卢运长这官就当得稳当了。只是这样一来，卢运长把持县政，青阳官场上行下效，一时间贪腐成风，民怨载道。

民国25年，青阳县新上任了一位警察局长，名叫韩琛。时年42岁的韩琛毕业于中央警察学校，曾任省警备处治安科副科长，因工作得力，受到上峰器重，被外放到下面的青阳县当警察局长。

韩琛科班出身，为人正直，素来不拘小节，到任之初即有人私下提醒他向县长卢运长纳“投名状”，韩琛哈哈一笑，道：“我韩琛行得正走得端，拿国家俸禄，做好分内之事，谅他也挑不出我什么毛病。”

冬天说到就到了。韩琛看到大冷天的，手下的警员还穿着单薄的警服出去巡逻，一个个冻得直哆嗦，就决定给全县所有警员发放一套毛料冬装，可是申请报告呈上去之后，久久不见批文下来，一问才知，报告在卢县长那里卡住了。

警察局直属县政府管辖，韩琛就在上班时间直接去找卢运长。卢运长打着哈哈，一副公事公办的口气说：“老韩啊，现在县里财政紧张，你们更换冬装的事，还是先缓一缓吧。”

韩琛道：“再缓一缓，冬天就要过去了。”

卢运长大笑道：“那不更好吗？”

韩琛被气得半天说不出话来。下班回到家里，韩琛一语不发，还在怄气。

妻子林薇岚问他发生了什么事，他就把事情的经过说了。

林薇岚不由得笑起来，说：“我听说只有向卢运长纳过‘投名状’的官员，才能被其视为心腹。你没有向他纳‘投名状’，他处处针对你，那也不奇怪呀！”

韩琛听出妻子话里有话，就问她：“难道你也希望我向卢运长纳‘投名状’吗？”

林薇岚道："我知道你为官一任，有心替老百姓办点实事，可是你的想法再好，得不到卢县长的支持，那也白搭呀！正所谓成大事者不拘小节，你给他纳一个'投名状'，日后办事少些阻碍，岂不更好？"

韩琛叹口气道："唉，你不明白，第一，我韩琛清廉了大半辈子，可不想晚节不保；第二，卢运长此人贪心太重，民怨沸腾，迟早会要出事，我若有'投名状'握在他手中，早晚要跟着他倒霉。"

林薇岚笑着摇头，说："这倒也未必，只要你听我的，我保证你既能向卢运长纳'投名状'，又无诸多后顾之忧。"

韩琛看着她问："真有这么好的事？"

林薇岚点点头说："我几时骗过你？只是有一点要求，你得遵守，那就是一切都得听我的安排。"

林薇岚比韩琛小十多岁，年方三十，出身书香门第，曾留学英国，原来在省城一所中学教授英语，为了韩琛才辞职，甘心情愿做个家庭主妇。

韩琛知道妻子聪慧过人，善解人意，就点头答应，说："人在官场，身不由己，我一切听你安排就是了。"

这天傍晚，韩琛夫妇俩来到卢运长位于青阳山下的别墅。林薇岚身着一袭蓝色碎花旗袍，越发衬托出她的高挑身材和婉约风姿。

卢运长眼睛都看直了，半晌才回过神来，搓着手干笑道："哎哟，什么风把弟妹给吹来了？"

林薇岚看看韩琛，韩琛的表情有些木讷。

她大方一笑，道："卢县长，咱们是来向您纳'投名状'的呢！"

卢运长干笑道："不敢不敢。"把二人让进书屋坐下。

韩琛抬头一看，书房里贴墙摆放着一只大保险柜，知道这就是卢运长收藏"投名状"的地方，心中不以为然。

双方坐下喝茶，不大一会儿，又有三个人被管家老曹领了进来，分别是恒丰当铺的大掌柜吴恒丰、和记米铺的老板张大年和楼外楼歌舞厅的钱老板。

三人坐下，寒暄一阵儿，恒丰当铺的大掌柜吴恒丰首先起身，冲着韩琛一抱拳，说："前一阵儿，咱们恒丰当铺深夜遭窃，损失惨重，幸得韩局长关照，及时破案，追回损失，在下感激不尽。素闻韩局长不贪钱不爱财，唯喜收藏文玩字画，正好在下日前购得一幅石涛的画，现转赠韩局长，聊表心中谢意，还请笑纳。"说罢拿出一幅立轴，缓缓展开。

众人起身看时，却是一幅清初大画家石涛的《江渚霜色图》。

卢运长对字画古玩颇有些研究，近前细看，只见画面上描绘的是一片江村风景，深秋季节，江渚高地，新建茅屋里正欢迎千里归来的好友，江村树木各具情状，似有欣逢佳宾之意。远处山水以淡墨抹出，意境寥廓清新。

卢运长边看边赞叹说："此画笔墨高妙奇古，意境疏简清新，技法纯熟，确是清初大家石涛的作品。这幅画在市面上的价钱，不会少于一千大洋吧？"

吴恒丰忙道："卢县长好眼力，市价正是一千大洋。"按其时的物价，一块大洋可以买一担大米，一千大洋可是一笔巨款了。

韩琛摆摆手，正想拒绝，林薇岚却扯扯他的衣角，上前收下吴恒丰的画，道："那我就替韩局长谢谢吴老板的美意了。"

卢运长看在眼里，哈哈一笑，看韩琛的目光里就多了几分亲近之意。

和记米铺张大年送给韩琛的是一件东阳木雕观音像。木雕高约尺余，观音手托柳枝，垂目俯视，姿态优美，观之可亲。

卢运长看了，说："哎呀，这应该是明朝木雕大家孙雪居的作品，甚为罕见啊！"

张大年说："我有个不争气的儿子，已经年过二十，一事无成，张某想让他在警察局混个差事，还望韩局长成全。"

韩琛迟疑道："这个……"他话未出口，林薇岚已经收下了这件价值不菲的木雕观音。

楼外楼歌舞厅钱老板送给韩琛的，却是一棵白菜，一棵通透嫩绿的翡翠白菜，最让人啧啧称奇的是，个头竟有真白菜那么大。连卢运长也不禁眼红起来，叹道："这一棵翡翠白菜，可是价值连城啊！"

韩琛见妻子在向自己使眼色，就哈哈一笑，收下这棵翡翠，问："不知韩某有什么可以帮到钱老板的？"

钱老板说："如果韩局长以后能对钱某的歌舞厅多加关照，在下感激不尽。"

韩琛说："好说好说。"

当钱老板等三人离去之后，卢运长即拿出笔墨，在纸条上写下"某年某月某日警察局长韩琛收受恒丰当铺吴恒丰名画《江渚霜色图》一幅"等字样，那件东阳木雕和翡翠观音也照此立下字据，请韩琛签名留证。

韩琛正在犹豫，见妻子在一旁向自己暗暗颔首，只好硬着头皮在三张纸条上签下自己的大名并按上手印。

卢运长当着他们二人的面，将三件东西连同纸条，分别用三个小箱子装好，上锁，并贴上封条。他瞧出韩琛似有惧内之嫌，就哈哈一笑，说："我看这钥匙，还是交给弟妹保管稳妥些。"

林薇岚伸手接过钥匙，也笑了。

卢运长打开保险柜的门，将三只写有韩琛名字的箱子放进去。韩琛看见保险柜里果然摆满了大大小小的箱子，心中暗叹，向卢运长纳"投名状"的人还真不少啊！

离开卢运长的别墅，回去的路上，韩琛埋怨妻子："你让我收下如此贵重的东西，这不是把我往火坑里推吗？"

林薇岚道："既然是向卢运长纳'投名状'，当然是越贵重越好。"

韩琛无奈地叹道："我这可是收受贿赂啊，东西越贵重，日后东窗事发，我只怕会跌得越惨。"

林薇岚看着他嫣然一笑，道："你尽管放心，一切尽在我掌握之中。"

自从韩琛听从妻子的建议，向卢运长纳了"投名状"之后，卢运长果然对他青眼相待，那份申请更换新冬装的请示报告很快就批了下来，警员们个个穿上新冬装上班，再也不必在寒冬里挨冻。

春节的时候，警察局发放的“年例”，也比别的政府部门多些。但凡韩琛要办什么事，申请报告呈上来，卢运长很快就给予批复。渐渐地，卢运长竟将韩琛视为心腹，出门公干下乡检查，必定要韩琛带领警队在前开路，煞是威风。

老百姓中有人骂这个警察局长是卢运长的狗腿子，卢运长听罢拍拍韩琛的肩膀，哈哈一笑，从此待韩琛更加亲密。

韩琛也趁着有卢县长这个后台撑腰，放手整治全县治安，以雷霆手段打掉了两个盘踞在县城的黑帮团伙，青阳全县的治安局面为之一变，就连街上的小偷小摸都几乎绝迹。《青阳日报》载文称，全县治安状况，为近百年来之最好。

以前那些骂韩琛是卢县长狗腿子的人，这时也不得不向他竖起大拇指叫声“好”。连韩琛自己也有些糊涂了，当初向卢运长纳“投名状”，到底是对还是错呢?

时间打着飞脚往前赶，一晃三年过去。民国28年春，青阳县发生了一桩轰动全城的离奇命案。

那一日，一位在青阳山边的山底湖打鱼的渔夫，在湖水中发现两具尸体，旋即报警。

经警方调查后得知，死者系一对年方十八岁的双胞胎姐妹，尸体浑身布满瘀伤，下体红肿，有明显的被性侵的痕迹。

案发第二日，有一个在青阳山上看护山林的老头儿前来自首，说前日两位少女上山踏青被他撞见，他见两位少女长得如花似玉，顿起色心，用一把柴刀逼迫二人，当场将两人奸污。作案后怕二人报警，又将两人推入山底湖淹死。

但是办案经验丰富的韩琛却发现这护林老头的供词有诸多破绽，首先一个老头儿，想要逼迫两名年轻女子就范，并非易事；其次，老头儿说他把柴刀架到女孩脖子上，这一对姐妹花就乖乖就范了，那么两名死者身上的大片瘀伤是怎么来的？第三，老头儿对许多作案细节的描述含糊不清，作案地点一会儿说是在树林里，一会又说在山底湖边，警方叫他指认推二人下水的具体地点，他也无法准确指认出来。

韩琛觉得其中必有隐情，于是围绕发现尸体的山底湖扩大搜索范围，最后在距离山底湖半里路远的一幢别墅围墙外的杂草丛中，发现了死者中妹妹留下的一只平底鞋。经查，这幢别墅的主人不是别人，正是现任青阳县长卢运长。

警方再次提审护林老头，在确凿的证据面前，护林老头儿终于承认了自己替凶手冒名顶罪的事实。

老头儿说，双胞胎少女命案发生之后，有一个人到山上工棚里找到他，叫他去向警方自首，承认那两个少女是他奸杀的，那人则答应给予他五百块现大洋作为报酬，另外他生病的儿子也可以住进青阳最好的西医院，受到最好的治疗。

看来那人找他之前，曾对他作过一番调查。他确实有一个儿子得了肝病，因无钱治疗，正在家里等死。为了替儿子挣钱治病，护林老头只好咬牙应承了这件事。

韩琛问老头儿是否认识那个叫他顶罪的人，老头儿摇头说不认识，想一想，又说以前好像在哪里见过。

韩琛说："你再好好想想。"

老头儿想了一会儿，一拍大腿说："我想起来了，以前好像在青阳山下一幢别墅门口见过他，大约四十多岁年纪，身体瘦得像竹竿，戴一副圆眼镜，中分头，左腮边还有一小撮毛。"

经他这么一描述，韩琛脑海里立即跳出一个人来，那就是卢运长别墅的管家老曹。他去卢运长别墅时见过老曹，正是老头儿描述的这般模样。

韩琛把护林老头儿带到卢运长别墅门口蹲守半天，终于看见老曹从院子里走出来，护林老头儿说："就是他。"

韩琛立即下令：逮捕老曹。

老曹是个软骨头，一进警察局，就什么都招了。原来衣冠楚楚的卢运长卢县长，不但贪财，而且好色。他修建的别墅，地上两层，专门用来收藏自己贪污受贿得来的财物和青阳官员所纳的“投名状”，而地面以下，还有一间地下室，里面软禁了不少年轻女子，专门供他淫乐。

卢县长玩女人有个怪癖，他喜欢玩双胞胎姐妹花，用他的话说，当你在玩一个女人的时候，另一个长得一模一样的女人在旁边看着，那是何等的刺激和享受啊！所以他地下室软禁的，大多都是双胞胎姐妹花，有的是出高价利诱来的，有的是强掳或者拐骗过来的。那对浮尸山底湖的姐妹花，就是被卢运长在女子师范学校看中后，强骗过来的。

那对花季少女被骗到魔窟，一个礼拜之内，数次遭到卢运长的奸污。这对姐妹花脾气刚烈，极力反抗，却只能招致一顿顿暴打。后来的一个晚上，两个少女趁看守她们的胖女人没有防备，从魔窟里翻墙逃出，那一只鞋子，就是此时掉落在草丛中的。

卢运长闻讯带人去追，终于在山底湖边追上二人。青阳山下人烟稀少，少女二人求救无门，只好拼死反抗，卢运长一时不备，竟被二人用石块砸中脑袋，流出血来。

卢运长恼羞成怒，抬起脚来，恶狠狠将二人踹入湖中。两名少女落水后扑腾几下，就沉了下去。

卢运长本来以为二人沉尸水底，不会被人发现，谁料第二天早上两具尸体竟然浮出水面，被一个渔夫发现。卢运长意识到情况不妙，立即命心腹管家老曹出面找人替自己顶罪……

经过警方详细周密的外围调查，韩琛最后确认老曹的供词基本属实，杀死那对姐妹花的凶手，确实就是县长卢运长。但是这个案子该如何办下去，却把韩琛难住了。

如果将身为一县之长的卢运长抓捕归案，必定全城轰动，亦会惊动省里，到时上面查下来，不但卢运长奸淫妇女杀人顶包的罪行要曝光，只怕他和他身边官员的贪腐窝案也会被牵扯出来。卢运长别墅保险柜里众多官员交纳的

"投名状"自然也会被公之于众。

先不说韩琛收受的名画和名贵木雕，单就只那一件翡翠白菜，就已价值惊人。如果一顶受贿罪的大帽子扣下来，他的结局只怕不会比卢运长好多少。

可是如果不抓住卢运长这个杀人凶手，继续让那护林老头儿为他顶罪，一来不知道卢运长以后还会祸害多少良家少女，二来也对不起自己这身警服。反复权衡之下，他竟一时拿不定主意。

傍晚时分，林薇岚见丈夫下班回家双眉紧锁，心事重重，就问他遇上了什么烦心事。韩琛把卢运长涉嫌奸杀两名少女的事跟她说了。

林薇岚说："这是你的公事，我不便多说。但作为一个妻子，我希望我的丈夫至少能做到一点。"

韩琛问："哪一点？"

林薇岚看着他说："做你自己认为正确的事。"

韩琛定定地瞧着妻子，叹口气说："你的意思我明白。可是我若逮捕卢运长，他必会反咬我一口，将我收受贿赂向他交纳'投名状'的事说出来。那我也……"

林薇岚嫣然一笑，道："你忘记了当初决定向卢运长纳'投名状'时，我跟你说过的话吗？你只管去做你认为对的事情，其他后顾之忧，我来替你解决。"

韩琛在心里苦笑：你来替我解决？难道你能潜入卢运长的别墅，将我的"投名状"偷出来吗？但经过妻子的一番开解，他在心里感激之余，亦同时下定了决心：不管后果如何，只选择走自己认为正确的路。

第二天早上，韩琛带着一队人马，闯进卢运长的办公室。卢运长见他荷枪实弹而来，就知道情况不妙，揽着他的肩膀把他拉到一边，低声道："韩局长，你可知道你这样做的后果？我劝你还是三思而后行。"

韩琛冷冷地道："多谢卢县长提醒，我今天来这里，正是我三思之后的结果。"

卢运长就变了脸色，盯着他道：“别忘了你还有把柄捏在我手里，就算我坐牢，你也得去陪我。”

韩琛脸色铁青，沉声道：“这个韩某早就想到了，不需要卢县长提醒。”挥一挥手，后面几名警察一拥而上，将卢运长按在地上。

县长杀人被拘，这在青阳县还是破题儿头一遭，案子呈报到省里，上面相当重视，立即派遣以行政督察专员罗兆一为首的调查组下来调查核实案情。真是不查不知道，一查吓一跳，除了奸淫妇女和杀人顶包这两项罪名，连卢运长身上的贪腐案也一并被牵扯出来。这自然也在韩琛的意料之中。

在审讯卢运长时，他突然向调查组检举，说警察局长韩琛利用职务之便收受贿赂，数额巨大，依照《中华民国宪法》，早就应该判处死刑。

行政督察专员罗兆一不信，问：“可有证据？”

卢运长说：“本人已掌握确凿证据，绝非信口诬告。在我别墅二楼书房保险柜里，有三个写着韩琛名字的小箱，第一个箱子装的是他收受别人的名画一幅，价值一千大洋；第二个箱子里装有名贵木雕一尊；第三个箱子装着他收受别人贿赂的一件翡翠白菜，价值之巨，无法估量。而且每一件受贿之物品，都有韩琛亲笔签名画押留证。”

罗兆一就扭头问坐在一旁参与审讯的韩琛：“韩局长，他说的这些，可是事实？”

韩琛脸色通红，竟说不出话来。

罗兆一已然心中有数，立即带着韩琛和卢运长两名当事人去别墅调查取证。来到别墅二楼，卢运长瞧了韩琛一眼，洋洋得意地当着调查组众人的面打开保险柜，拿出韩琛三年前向他交纳的“投名状”。

罗兆一撕下小箱子上面的封条，叫卢运长打开箱锁。卢运长斜睨着韩琛，不怀好意地笑道：“钥匙可不在我手里，而是在韩局长手中。”

罗兆一看看韩琛，韩琛只好硬着头皮拿出钥匙，交到罗兆一手中。罗兆一打开第一个箱子，里面果然收藏着一幅卷好的画轴。韩琛自知罪责难逃，唯有闭目长叹。

卢运长脸上堆满巴结的笑容，凑到罗兆一跟前道："这是一幅清初大画家石涛的名画，至少价值一千大洋。"

罗兆一看看卢运长，又看看韩琛，两人表情迥然，这位见多识广的行政督察专员心里已然明白，取出画轴，缓缓开打，抬眼一瞧，却忽然愣住了。只见那画纸上，布满了纵横交错乱七八糟的黑线条，乍一看像是一张蜘蛛网，原画画的是什么场景早已看不清了。

罗兆一瞪了卢运长一眼，问："这就是你说的价值千元的名画？我看就是一幅半文不值的废画嘛！"

韩琛和卢运长两人都惊得目瞪口呆。

罗兆一打开第二只箱子。卢运长说这里面装的是一尊东阳木雕，系明朝木雕大家孙雪居的作品，当世罕见，价值不菲……话至此处，却再也说不下去。因为箱盖揭开，里面除了少许木屑，再也没有其他东西。

卢运长一脸错愕，说不出话来。

第三只箱子很快也打开了，出人意料的是，里面哪有什么价值连城的翡翠白菜，箱子底下，也只有一堆奇怪的粉末，那个与真白菜一般大小的翡翠白菜竟然不翼而飞了。

罗兆一的脸就沉了下来，盯着卢运长厉声问："你说的那个价值连城的翡翠白菜呢？不会是你自己偷偷吃掉了吧？简直是胡闹，你是不是想在自己身上多加一条诬告罪？"

卢运长又惊又惧，吓得满头大汗，一个劲儿地说："卢某不敢，卢某不敢。"

所有在场之人中，最惊最疑者，莫过韩琛。他看着空空如也的箱子，心中仍是半信半疑，想起妻子说过的话，暗道莫非她真的会魔法，能把箱子里的东西隔空变走？

罗兆一看完这三个箱子，见保险柜中还存放着不少类似的箱子，上面写满了人名，就说："这些箱子里面装的是什么？打开看看。"

卢运长"啊"的一声，一屁股瘫坐在地。其他箱子陆续被打开，箱子里装的，都是下属官员交纳给卢运长的“投名状”。以青阳县长卢运长为首、众多官员追随的青阳官场贪腐窝案由此被揭露出来。

鉴于卢运长的案子像滚雪球一样越滚越大，侦办级别也相应提高，由省里直接负责侦查审讯工作。这时卢运长的后台——他的那位老乡省长萧耀南早已调离本省一年有余，再也没有人出面保他，最后自然死罪难逃。

一众给卢运长纳过“投名状”的官员，撤职的撤职，查办的查办，都得到了相应的处分，唯有韩琛逃过一劫。事后，韩琛问妻子是什么时候潜入卢运长的别墅偷走他的“投名状”的，林薇岚佯一脸无辜，说：“我只在你纳‘投名状’时进过他的别墅，其后再也没有去过呀！“

韩琛自然不信，问她：“如果你没有去过，那箱子里的东西，怎么会不翼而飞呢？”

林薇岚眉眼带俏，狡黠一笑，道：“这个呀，其实很简单。那幅石涛的画，两端画轴都是空心的，我在里面藏了少许墨水和一些蚂蚁，又在画纸上暗中涂了一些糖水痕迹，画被卷起收藏之后，画轴里的蚂蚁就会从墨水中爬出来，顺着画面糖水痕迹爬来爬去，因为蚂蚁身上带着墨水，所以最后就把这幅画爬成了一文不值的‘废画’。至于那尊木雕嘛，就更简单了，我在观音底座挖了一个小洞，在里面藏了两只粉蠹虫，这是一种特别厉害的蛀虫，估计没有一个月时间，就把木雕‘吃’得一干二净了。”

韩琛问：“那件翡翠白菜，又是怎么回事？”

林薇岚故意逗他：“难道你真以为人家送了一块比白菜还大的翡翠给你啊？”

韩琛问：“难道不是？”

林薇岚道：“告诉你吧，那棵白菜，是用洋松香、石蜡和冰糖制作而成的，再请巧匠用心雕刻，就跟一棵真的翡翠白菜无异了，非玩玉石的高手看不出来。这几种原料都极易融化，一遇夏日高温，就自行融化得只剩下一点点渣滓了。名画、木雕、翡翠白菜，这三样东西，都是我授意恒丰当铺的老板等人买的。”

韩琛听罢，心下又是惊奇又是佩服，忍不住搂住夫人的香肩笑道："你这骗术也太高明了，就连我这个老警察也没有发现丝毫端倪。"

林薇岚叹了口气，深有感触地说："我虽然没有当官，但也知道一入官场深似海，既想为老百姓做点实事，混个好官的名声，又想在官场站稳脚跟，不被人排挤，有时候还真得花点心思下一番功夫呢。"

韩琛点头称是，感激地拥抱着妻子，久久没有松开。

警察局长韩琛，因为侦办卢运长的案子有功，且在警察局长的位置上官声也不错，很快就调回省城，任省警务处副处长，三年后升任处长……

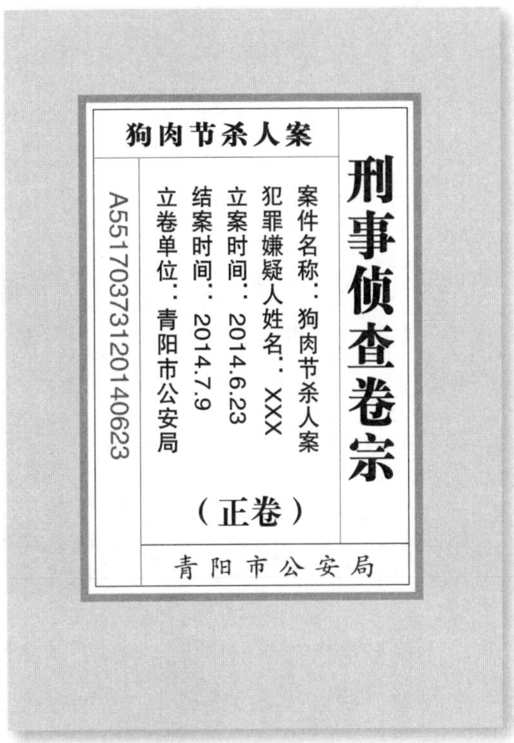

狗肉节杀人案

刑事侦查卷宗

案件名称：狗肉节杀人案

犯罪嫌疑人姓名：XXX

立案时间：2014.6.23

结案时间：2014.7.9

立卷单位：青阳市公安局

（正卷）

A55170373120140623

青阳市公安局

恶犬复仇

1

一块巨大的广告牌竖在街边，上面画着一群正在青草地上撒欢的肉狗，旁边一位旗袍美女端着一盘狗肉作迎客状，那一盘狗肉被油炸得黄灿灿，香味儿仿佛就要透过广告牌钻进你的鼻孔，惹得人直流口水。

广告牌最上面，写着一行大字，几里路外就能瞧见：青阳市第三届狗肉节欢迎您！

广告牌下面，是青阳市有名的狗肉街，不足一里路长的街道两边，足足开了二十多家狗肉店。

青阳人爱吃狗肉，尤其喜欢在夏至前后屠狗吃肉，民间历来有“吃了夏至狗，西风绕道走”的说法，意思是说，如果在夏至这天吃了狗肉，人的身体就能抵抗西风邪气侵袭，减少感冒生病的机会。

这种风气发展到后来，连周边地区的人都受到影响，纷纷在夏至前后跑到青阳来吃狗肉，青阳的“狗肉街”便渐渐成了气候。

两年多前，青阳市政府抓住商机，举办了第一届狗肉节，吸引了省内外众多食客前来尝鲜，狗肉街上出现了食客满街日屠万狗的空前盛况，商家赚得盆满钵满，“青阳狗肉节”的名声也一炮打响。

于是去年，青阳市又趁热打铁，举办了第二届狗肉节。至今年，青阳狗肉节已经是第三届了。

今天是夏至日，正是第三届狗肉节开幕的日子。刚过上午10点，狗肉街上就停满了外地食客的小车，甚至还有旅行社开着大巴组团过来，只为抢先吃上青阳风味的“夏至狗肉”。

每家狗肉店门口的台阶上，都码放着几排大铁笼，里面关着各种毛色的狗，供食客现场挑选。

客人们想吃哪条狗，只需用手一指，店家便立即把狗从笼子里拖出来，摁在台阶下一刀宰杀，麻利地褪毛剥皮，破肚开膛，然后拿进厨房。

不大一会儿，一盘盘狗肉就端上了桌，或煮或炖，或红烧或油炸，热腾腾香喷喷，男男女女的食客围着一桌狗肉宴推杯换盏，吃得满面红光。

无论是狗肉店，还是大排档，都是食客盈门，大排长龙，桌子都摆到了大街上。一时间人欢狗叫，好不热闹。

看到狗肉节上这供销两旺热闹火爆的场面，最高兴的人当然是青阳“狗肉大王”荀志雄了。荀志雄经营着一家狗肉连锁店，在青阳市及周边县市的分店已经超过十家。他自己还办了一家大型肉狗养殖基地，专门向自己的店里供应狗肉。同时他还是青阳市狗肉餐饮行业协会会长，青阳人都叫他“狗肉大王”。

荀志雄在这狗肉街上，除了开了一家上档次的狗肉王大酒店外，还开了一家走低端路线的狗肉餐馆和一家大排档。狗肉节开幕后，仅仅一个上午，荀志雄的三家店就宰杀卖出近千条狗，而且从现在的情况来看，生意只会越来越好。狗肉节一共举办三天，他的目标是卖出去一万条狗。

最重要的是，青阳狗肉节虽然打着由政府部门主办的招牌，实际上却是承包给他的饮食公司在具体操办，所有狗肉街上的店铺，每销售出一条狗，都要付给他一定比例的分成，光这一项进账，就足够赚得他做梦都笑出声来了。

果然不出荀志雄所料，狗肉街上的生意，下午比上午更加红火，来吃狗肉的多以外地食客为主，挂着外地牌照的小车都停到几里路之外了。照目前的形势来看，本届狗肉节的销售额只怕要超过前两届的总和呢。

荀志雄看在眼里，乐在心头。但是他的助理小马却显得忧心忡忡，看着酒店门口食客排起的长龙说：“荀总，好像有点不对劲啊！”

荀志雄叼着香烟问：“有什么不对劲？”

小马说：“怎么没有看见那个什么动物保护志愿者协会的人来闹事啊？”

原来自从第一届和第二届青阳狗肉节举办以来，狗肉节名声渐响，也越来越受到人们的关注，第三届狗肉节举办的消息传出之后，就立即引起了一些爱狗人士的强烈抗议，他们甚至还联合一些港台明星在网络和报纸上发起万人签名抗议活动，进而在全国范围内掀起了一场关于吃狗与爱狗的全民大讨论。

其中一个名为“动物保护志愿者协会”的组织反应最为强烈，不但在网上大造舆论，讨伐狗肉节，而且还放出狠话，只要狗肉节敢开幕，他们就一定会带人到现场誓死阻止这场对人类最忠实的朋友的血腥大屠杀。

荀志雄看了小马一眼，哈哈笑道：“那些什么狗屁爱狗人士，只会打口水仗，哪敢动真格的？再说就算他们真的来了，咱们也不怕啊，咱们开餐馆杀狗卖肉又不犯法，他凭什么管咱们？按照他们的逻辑，你吃猪肉有爱猪人士找你，你吃鸡肉有爱鸡人士找你，你吃鱼肉有爱鱼人士找你，那咱们中国人还要不要吃饭了？”

小马点点头说：“但愿他们真的只是嘴上说说，不敢动真格。”

2

下午 4 点多的时候，荀志雄正在狗肉王大酒店的办公室喝功夫茶，小马忽然跌跌撞撞跑进来报告：“荀总，不好了，咱们最担心的事，终于来了。”

荀志雄皱起眉头问：“什么事？”

“就是那个什么动物保护志愿者协会啊，”小马说，“他们真的跑到狗肉街来捣乱了。”

“还真敢找上门来啊？”

荀志雄跑出来一看，果然看见狗肉街上走过来一支十多人的队伍，每个人身上都穿着一件绿色马夹，胸前印着“动物保护志愿者协会”字样，手里举着“爱护动物，拒吃狗肉”的牌子，一边高呼抵制狗肉节的口号，一边气势汹汹地涌过来。这些人显然早已知道这个狗肉节的实际操控者，就是青阳狗肉大王荀志雄，所以游行队伍直奔他的狗肉王大酒店而来。

荀志雄曾在网上搜索过这个协会的资料，认得走在抗议游行队伍最前面的那个眼镜男名叫阮庆安，是协会会长，他旁边那个拿着扩音器领头喊口号的胖女人叫邵彤，是这个协会的副会长。

抗议游行的队伍走到狗肉王大酒店门口停下来，在荀志雄面前喊了一阵“尊重生命，抵制狗肉节”的口号，然后又分头向食客派发传单，传单上印着一些屠狗时血腥场面的照片，写着“拒吃狗肉，停止屠杀”等字样。

大多数食客的食欲并没有受到影响，接过传单擦擦手上的油渍，就顺手丢在地上。

荀志雄看他们闹了一阵儿，终于不耐烦了，叫来一队保安说：“这帮人扰乱狗肉节的正常秩序，把他们统统给我轰走。”

那些抗议者也不甘示弱，一屁股坐在酒店大门前，与保安对峙着。

领头的阮庆安说：“荀老板，只要你取消狗肉节，停止对狗的血腥屠杀，咱们立即就走，绝不影响你们酒店正常营业。”

荀志雄看了他一眼，冷笑道：“如果我不取消呢？”

“那咱们就抗议到底，直到取消狗肉节为止。我们已经在网上发起万人签名抵制狗肉节活动，如果你不停止这场血腥的屠杀，全国各地的爱狗人士还会源源不断地赶来加入咱们的抗议队伍。”

荀志雄身后的小马忍不住站出来骂道：“连国家都没有哪条法律禁止杀狗吃狗，你们抗议个毛啊，纯粹就是捣乱。”

邵彤站起身说：“年轻人，吃狗肉确实不违法，但狗和人类长久以来的优良合作关系导致了‘吃狗肉’的行为直接违反了人类现有的道德体系价值观念，违反了人道主义核心价值观！对狗的屠杀行为，与现在普遍的世界文明道德理念背道而驰，在精神层面落入野蛮与残忍的‘半兽人’时代，为现代文明所不齿……”

荀志雄哪里听得进她这一套说教，把手一挥，说：“那好吧，你们抗议你们的，我做我的生意，咱们各干各的。”

他拿起一把铁叉，伸进笼子叉住一条狗的脖子，将狗从笼子里拖出来交给旁边拎刀的屠夫，“去，把这条狗杀了，客人还在等着吃狗肉呢。”

“不行，你们不能杀它！”邵彤一个箭步冲上前，一把抓住他手中的铁叉。

荀志雄沉下脸来说：“客人已经付钱买下了这条狗，我不杀狗客人吃什么？”

邵彤咬咬牙说：“这条狗值多少钱？我买了。”

荀志雄一怔：“你真要买？”

邵彤说：“当然，我私人出钱买了。”

荀志雄说：“这条狗重 15 斤，每斤售价 30 元，卖给别人只需要 450 元，但卖给你嘛，至少得翻一倍，给你一个整数，一千元一条，买不买？”

“你这不是坑人吗？”阮庆安怒道。

邵彤看着那条在铁叉下垂死挣扎的狗，眼圈都红了，说：“这条狗我买了。”

她从背包里掏出十张百元大钞扔给荀志雄，把那条狗从铁叉下救出来，然后叫人把狗送到他们的车上。旁边几个小报记者早已把这一幕拍摄下来，迅速发上了微博。

荀志雄把钱揣进口袋，又拿起铁叉叉出第二条狗。那条狗知道大限将至，泪汪汪地看着邵彤，仿佛是在向她求救一般。邵彤咬紧牙关，又把这条狗买了下来。荀志雄看透了她的心思，一口气从笼子里叉出一百条狗，全都被邵彤掏钱买下。

四周已经围了不少看热闹的人，大家都觉得这女人是不是疯了？居然一口气掏十万块现金买下这么多狗。

荀志雄喘了口气，又从笼子里叉出一条狗。这条狗全身黑毛，没有一点杂色，按照民间说法，这种黑狗对人体有很好的滋补作用，所以很受食客青睐，价钱也卖得高些。

他问那女人："这条狗，你还买不买？"

"买！"邵彤打开背包，却发现带的钱已经不足，她迟疑一下说，"我现在没有这么多现金，能不能赊账？"旁边的人都哄笑起来。

荀志雄说："既然你没有钱，那我也帮不了你，黑狗有大补的功效，这条狗早就被人看上了，人家正等着吃它呢。"

他一咬牙，用铁叉叉住黑狗的咽喉处，用力抵在墙上。

黑狗喘不过气来，挣扎片刻，就翻着白眼，眼看就要断气。

邵彤愤怒地叫道："住手，你这个屠夫！"突然冲上台阶，朝荀志雄撞过去。

荀志雄没有防备，被她撞得一个趔趄，差点摔倒，手里的铁叉应声落地。

那条黑狗趁机从铁叉下挣脱出来，伸着舌头，大口喘气。

"这狗已经有客人订了，别让它跑了。"荀志雄对手下的人喊了一句，伸手去抓那黑狗。黑狗死里逃生，哪会再让他抓到，低头一闪，突然"汪"的一声尖叫，龇牙咧嘴向他咬来。

荀志雄吓了一跳，急忙后退，黑狗个头不大，甚是灵巧，没有咬到他的手，却一口咬住他的裤管。荀志雄用力一扯，竟"哧"的一声，被黑狗在裤子上咬了一个大洞。荀志雄狼狈至极，对旁边的保安大叫："这狗疯了，你们还愣着干什么，给我杀了它！"

一名保安捡起地上的铁叉，照准黑狗的脖颈叉去。正在旁边围观的一个年轻人看得入神，被人一挤，忽然脚下一滑，从台阶上滚下，正好倒在黑狗前面，保安手中的铁叉收势不住，一家伙叉在他身上。年轻人"哎哟"一声，痛得满地乱窜。旁人又是一阵哄笑。

那条黑狗抬起头，恨恨地看了荀志雄一眼，汪汪地叫了两声，忽然转身，钻出了人群。几名保安拿着铁叉追到街上，可是大街上人来车往，哪里还找得到它的影子？

阮庆安和邵彤等人一见，仿佛打了一场胜仗，都高声欢呼起来。

荀志雄对着几个保安气急败坏地叫嚣："一群废物！你们给我盯紧这群闹事的，如果他们还敢在狗肉节上捣乱，就给我把他们轰走，老子在公安局有人，出了事我负责。"他一面说着，一面钻进街边一辆黑色的桑塔纳，开着车一溜烟走了。

3

夜里 8 点多的时候，升腾了一天的暑气渐渐散去，夜幕中的城市开始变得凉爽起来。

荀志雄正坐在名都汇茶庄惬意地喝着功夫茶。周围零星地坐着几个年轻茶客，茶庄的生意显得有点冷清。忽然，他的手机响了，一接听，是助理小马打来的。

小马在电话里说："荀总，那帮动物保护志愿者协会的家伙还没有散去，他们居然在狗肉街上支起了帐篷，看样子真的是想跟咱们死扛到底了。"

荀志雄一边喝着茶，一边不当回事地说："别管他们，几条小泥鳅，翻不起什么大风浪，这么几个人，影响不了咱们的生意。"

小马说："那倒也是，经过他们这么一闹，咱们狗肉节的名气越来越大，慕名而来的食客只会越来越多。"他在电话里向荀志雄汇报了狗肉节开幕第一天的收入情况，竟然比荀志雄预料的还要好。

荀志雄把身子往椅背上一仰，嘴里发出一串得意的干笑："这个世界就是这样，只要会折腾，就能赚大钱！"他挂了电话，却发现不知什么时候，自己茶桌对面已经坐了一个人，平头，眼镜，一张被太阳晒得发紫的脸，背上还背着一个旅行背包。这人居然就是那个什么动物保护志愿者协会的会长阮庆安。

“荀总，怎么，不请我喝杯茶吗？”阮庆安皮笑肉不笑地调侃道。

荀志雄脸色微变：“你来干什么？”

阮庆安一边给自己倒茶，一边说：“荀总，你这是明知故问嘛。”

荀志雄警惕地四下瞧瞧，说：“有什么事，到我车里再说。”他起身结账，与阮庆安一前一后，走出茶庄。他的那辆黑色桑塔纳就停在茶庄旁边的停车场内。上车后，阮庆安也跟着钻进小车，坐在副驾驶位上。

十分钟后，阮庆安一边往背包里塞着什么东西，一边走下车。关车门的时候，他对荀志雄说：“咱们的账，要一天一算，明天还是这个时间，我在这里等你。”不待荀志雄回话，他就“砰”的一声关紧车门，扬长而去。

狗肉节进入第二天，狗肉街上各餐馆酒店生意持续火爆，许多旅游团特意绕道过来吃狗肉，旅游巴士把附近几条街都停满了。阮庆安和邵彤带着一群志愿者继续抗议。他们的行动得到了一些人的声援，不断有爱狗者自动加入到了他们的队伍。当然，他们的行为也引起了一些商家的反感，有的餐馆一见到他们，就把洗锅水往他们身上泼。

邵彤带着几名志愿者，一直盯着荀志雄的狗肉王大酒店。荀志雄刚一上班，她就上前拦住他，直截了当地问：“你这店里，一共有多少条狗？”

荀志雄看着台阶上码放的十几个大铁笼说：“早上刚送来的货，一共一千条。”

邵彤说：“我全要了。这里是我今天早上去银行提的一百万现款，你点一下数。”她将一只密码箱摆在台阶上，打开，里面全是一叠一叠的百元大钞。

我去，这女人也太疯狂了吧！荀志雄彻底被她的气势吓到了，心想这婆娘不会拿一百万假钞来骗我吧？他朝小马使个眼色，小马心领神会，立即搬出一台点钞机，把那一箱钞票清点一遍，不多不少，正好一百万，而且全都是真钞。

邵彤又当场花钱雇请了几个人，把这些狗连笼子一起，搬上事先准备好的两辆大卡车，全部拉走了。

荀志雄止不住心中好奇，说："我能不能问一下，你买这么多狗，准备怎么处理啊？"

邵彤说："先运回家养着，如果有爱狗人士要收养，就免费送给他们。你放心，我绝不会虐待它们的。"

荀志雄不禁苦笑起来，这女人也太迂腐了，我这专门杀狗吃狗的，难道还会担心你虐待这几只狗啊？

邵彤的声音忽然变得柔和起来："我做这么多，只希望你能良心发现，及时停止这场对狗类的大屠杀。"

荀志雄看着狗肉街上不断涌进的食客，双手一摊，说："大姐，就算我肯不卖狗肉，这些大老远来吃狗肉的顾客也不会同意啊！"

邵彤瞪着他说："那我们只能与你抗争到底了，不取消狗肉节，咱们绝不收兵。"

到了下午，邵彤想出了一招更绝的。她带着十来名女志愿者，也不喊口号了，就那么静坐在狗肉王大酒店门口，把顾客进入酒店的路给封挡了。

小马急了，叫保安来赶她们，她们就在地上翻滚撒泼。小马急得满头大汗，赶忙跑去向荀志雄报告。

荀志雄在他脑门上拍一巴掌："你怎么这么笨啊，不会在外围引导客人走后门吗？"

小马眼前一亮："荀总，还是您有招。"

傍晚的时候，荀志雄让小马在酒店里盯着，自己下班喝茶去了。他刚钻进停在街边的黑色桑塔纳，就觉得车身一晃，原来是邵彤跟着钻进车里，坐在了后排座位上。

荀志雄吓了一跳，以为这疯女人要跟自己单挑，回头警惕地盯着她："你、你想干什么？"

邵彤说："荀总，咱们做个交易吧。"

荀志雄问："什么交易？"

邵彤说："这样吧，我给你两百万，你取消狗肉节，而且以后也不准再办。"

荀志雄愣了一下，忽然笑了，说："邵副会长，你要明白几件事。第一，狗肉是人们喜欢的美食，有没有狗肉节，都不会影响食客们吃狗肉的胃口；第二，举办狗肉节，食客有肉吃，商家有钱赚，政府部门觉得拉动了本地GDP，对大家都有好处，所以现在已经不是我说取消就能取消的了；第三，就算我不办狗肉节，就算咱们青阳市不办狗肉节，但在利益的驱动下，别的人，别的地方也会办的，你阻止得了我，但阻挡不了这个潮流，这个趋势；第四，就因为你爱狗，就要禁止别人吃狗肉，这个理由实在太牵强了。"

"既然这样，那咱们也没有什么好谈的了。我们唯一能做的，就是抗争到底，总有一天，你们会为自己犯下的罪行付出代价的。"邵彤打开车门，气呼呼跳下了车。

4

狗肉节已经进入第三天，也是最后一天。

早上7点30分，荀志雄被手机闹钟叫醒时，他老婆朱妙芙还在熟睡之中。他翻身起床，洗漱完毕，就准备去酒店上班了。

走出家门时，他抬头看了一下天色，天空万里无云，异常晴朗，看样子，今天的气温将会比昨天更高。他实在想不明白，这大热天的，为什么会有那么多人大老远跑到狗肉街一边挥汗如雨，一边呼哧呼哧地吃着热腾腾的狗肉火锅。就像他实在看不明白那个邵彤为什么会为了那些跟她半毛钱关系也没有的狗而一掷百万一样。

他一边摇头，一边往车房走去。他住在碧桂园小区一幢三层别墅洋楼里，车房就在一楼大门旁边。打开车房的门，他那辆黑色桑塔纳就停在那里。

他按了一下遥控钥匙，小车的防盗锁“嘀”地叫了一声。

他打开车门，坐进车里，正要发动小车，忽然听到身后传来一阵窸窸窣窣的声音，回头看时，这才发现小车后排座位上竟然站着一只狗，一只黑狗。一双狗眼，正满怀仇恨地瞪视着他。

荀志雄忽然认了出来，这不正是前天从他的铁叉下逃脱的那条狗吗？他意识到情况不妙，正想跳下车，可是已经迟了，黑狗认准了他这个仇人，狂吠一声，猛然扑上来，张口咬向他的咽喉。驾驶室内空间狭窄，荀志雄无法闪避，情急中伸手格挡，那狗毫不示弱，一口咬住他的胳膊，竟不松口。

荀志雄痛得大叫一声，从驾驶室滚倒在地。黑狗被他甩开之后，掉头跑出车房，在小区里拐了个弯，就不见了。

荀志雄一看自己的手右胳膊，竟然硬生生被咬掉两块肉，正往外冒着鲜血。他急忙从车里扯了两张纸巾按住伤口，然后给自己一个熟悉的医生打电话，说自己被狗咬了，现在去他那里打狂犬病疫苗。

他挂了电话，忍痛坐回车里，正要发动小车，突然浑身一颤，心脏像是被针刺中一般剧痛起来，他张开嘴，却发现自己连呼吸都感到困难了。

他心中一阵惊慌，忙掏出手机，想给在家里睡觉的老婆打电话，可是手机还没有拿出来，人却已经抽搐着倒在了驾驶座下面……

上午 9 点多的时候，朱妙芙才不紧不慢地爬起床，出门的时候，看见自家车房的门开着，觉得有些奇怪，进去一看，才知道丈夫出事了。她一边摇晃着丈夫的身体，一边用手机拨打 120 急救电话。

几分钟后，医院的救护车赶到，医生上前对荀志雄作了检查，满脸遗憾地对朱妙芙摇着头说：“已经没有生命迹象了，他死得有点蹊跷，我建议你最好还是叫警察来看看。”

于是朱妙芙这才想起打电话报警。

不大一会儿，两辆警车鸣着警笛开进了碧桂园小区，带队出警的是市公安局刑侦大队大队长范泽天。

法医老曹上前查看，确认荀志雄已经死亡，现场勘察工作随即展开。

老曹检查过荀志雄的尸体之后，简明扼要地向范泽天作了汇报：死亡时间，应该是今天早上 8 点至 9 点之间，死者右手手臂有两处被狗咬伤的痕迹，除此之外，身上没有明显的伤痕。

范泽天知道死者荀志雄的身份之后，皱起眉头说："他可是咱们青阳市鼎鼎有名的狗肉大王啊，而且现在正在搞什么狗肉节，狗肉大王在举办狗肉节的时候被狗咬死了，这绝对是各大报纸的头条新闻啊！"

老曹说："他也不能真正算是被狗咬死的。如果单纯只是被狗咬到，哪怕是染上狂犬病，也不可能这么快死亡。我从他的伤口处提取了一些血液样本，拿到法医车上快速检测了一下，发现其有中毒的迹象。"

"哦，中的什么毒？"

"是一种蛇毒。我推测，咬伤他的那条狗，牙齿上应该用某种特殊手法染上了蛇毒液。蛇毒进入人体消化系统一般没有多大关系，换句话说，就算是吃进肚子，也基本不会中毒，但是不能进入人体血液循环系统，一旦进入，可以让人在十多分钟之内出现中毒症状，如心跳加速，呼吸困难，全身抽搐，最后死于窒息或心动力衰竭。"

范泽天问："现在能搞清楚具体是哪种蛇毒吗？"

老曹摇头说："目前还无法断定，必须要进一步尸检之后，才能有结论。"

范泽天看着荀志雄的尸体说："狗是不可能往自己的牙齿上擦毒液的，肯定是有人在狗身上做了手脚。也就是说，这应该是一起人为毒杀案。"

老曹点头说："是的，可以这么认为。"

痕检人员报告说，车房里只有死者自己和其妻朱妙芙的脚印，另外还有急救医生和护士进入的痕迹，除此之外，暂时找不到其他线索。

范泽天把朱妙芙叫到一边说："朱太太，我知道你很难过，但为了尽早破案，我还是希望你能回答我几个问题。"

朱妙芙脸色苍白，揩着眼泪说："你问吧。"

范泽天说："你丈夫最近是否有过什么不正常的情况？"

朱妙芙摇头说："没有，只不过他最近在忙狗肉节的事，每天晚上都是10点多才回家。"

"昨天晚上呢？"

"也是一样的，他开车回来的时候，应该已经是晚上10点半以后了，但我没有看表，所以具体时间是多少，我也不太清楚。"

"那今天早上呢？"

"今天早上啊，也跟平时一样，他先起床去上班，我因为没有工作，所以睡得晚一点，大概9点左右才起床，准备出门时才发现车房门没有关，觉得有些奇怪，进去一看，想不到我丈夫他……"说到这里，朱妙芙又忍不住捂着脸抽泣起来。

范泽天站在一边，待她情绪平静一点之后，又问："你丈夫平时可曾得罪过什么人？"

朱妙芙悲戚地摇摇头说："这个我不太清楚，他工作上的事很少跟我说。不过我想他做这么大的生意，或多或少都会得罪一些人吧。可是那也不至于要他的命啊……"

范泽天点点头，表示理解，还想问什么，女警文丽忽然跑来报告说，这个高档小区里住的都是有钱人，为了防盗，小区各处装了不少监控探头。

荀志雄车房门口的小区车道边就有一个监控探头，正好可以拍摄到车房的情况。她已经叫小区保安把今天早上这个监控探头拍到的画面调出来了，请范队过去看看。

5

范泽天跟着文丽来到小区门口的保安值班室，小区的保安部主管已经在那里等着。值班保安调出了今天早上荀志雄车房门口那个监控探头所拍摄到的视频资料。

大约早上 7 点 55 分左右，荀志雄穿着一件短袖 T 恤，走进了监控画面。他掏出钥匙，打开车房门，车房里停着他那辆黑色桑塔纳。他打开车门，坐在驾驶位上，大约过了二十来秒钟，他忽然从小车里滚跌出来，一条精悍的黑狗死死拖咬着他的右手胳膊。

荀志雄倒地挣扎，黑狗被他甩开之后，迅速逃出车房，跑出了监控画面。荀志雄从地上爬起，先用纸巾按住伤口，然后又用手机打了个电话，再坐回车里，好像在他正准备发动小车的时候，突然手捂胸口，从方向盘上滑了下去，再也没有站起来……这时画面时间显示为早上 8 点零 7 分。

范泽天皱皱眉头，让保安员把画面倒回荀志雄从车里跌出的那一瞬间，透过小车前挡风玻璃，可以清楚地看到那条黑狗突然从后排座位上扑上前，一口咬住了荀志雄。

从值班室走出来时，范泽天问文丽怎么看这个案子，文丽想了一下说，狗只是杀人工具，真正的凶手，应该是那个偷偷把狗放进荀志雄小车的人。咱们只要找到这个人，这案子也就破了。

范泽天点头表示同意，他说："我刚才已经问过朱妙芙，荀志雄昨晚 10 点半之后回到家，回家后直接把车锁进了车房。凶手应该是在昨晚他把车停在车房之后，到今天早上他去车房开车之前这段时间内，把那条带着毒牙的狗放进他的车里的。"

文丽说："可是这段时间，荀志雄的车一直停在车房，车房门是锁着的，小车门也是锁着的，我们已经检查过车房门和小车门上的锁，并没有被撬过的痕迹，到底是什么人才有这个能耐，能在完全不破坏门锁和车锁的情况下，进入车房把狗放进车里呢？”沉默片刻，两人对望一眼，心中一个念头闪过，不约而同地道：“朱妙芙？”

是的，要想不留痕迹地进入车房，打开车门，肯定得有车房和小车钥匙。而能轻易拿到这两把钥匙的人，除了荀志雄自己，就只有他老婆朱妙芙了。

文丽说出了自己的推理：“昨天夜里，朱妙芙趁丈夫熟睡之后偷偷拿走他的钥匙，打开车房门，将事先准备好的带着毒牙的狗放进了他的车里。今天早上，荀志雄一开车门，已经在车里被关了一夜的黑狗就立即狂躁地扑到了他身上……范队，要不要立即拘留朱妙芙？”

“别急，我看她的悲伤好像不是伪装出来的，咱们还是先传唤她，摸摸情况再说。”范泽天沉着地说。

两人回到案发现场，把朱妙芙叫过来，告诉她说：“你丈夫是被一只事先放在他车里的，牙齿上带有蛇毒液的黑狗咬伤后中毒身亡的。根据我们的推测，那条狗应该是你丈夫昨晚把车停进车房后，被凶手放进车里的。”

朱妙芙“哦”了一声，睁大眼睛看着他俩，等着他们往下说。

范泽天见她没有反应，不禁与文丽对望了一眼，开门见山地说：“我想问一下，你跟你丈夫关系如何？”

朱妙芙怔了一下，说：“我和我丈夫，跟大多数夫妻一样，关系尚可，不算好也不算坏。男人嘛，尤其像我丈夫这样的生意人，有时候在外面跟别的女人逢场作戏肯定是有的，我也懒得计较，只要他还记得回家就行了。”

文丽问：“昨晚你丈夫回家之后，你有没有进入过车房？”

“没有啊，我又不会开车，一般不会进去车房的。”朱妙芙看了她一眼，又望望范泽天，见范泽天正一脸严肃地盯着她，忽然明白过来，“你们是不是怀疑我昨晚偷了他的钥匙进到车房，把那条狗放在了他车上？”

范泽天说：“我们心里确实有这个疑点，因为晚上能接触到你丈夫车钥匙的人，只有你。”

“那你们说说我这么做的目的是什么？丈夫在外面有了小三，我一怒杀夫？还是我在外面养了小白脸，意欲谋杀亲夫夺取财产远走高飞？”朱妙芙气极而笑，“你们这是在破案，还是在写电视剧本？”她往车房外面看了一眼，忽然想了起来，“对了，咱们家车房对面不是有个监控探头吗？你们去保安值班室看一下昨晚的监控视频，看看我昨晚到底有没有进入过车房。”

范泽天说：“这个不用你提醒，我们会去看的。”他和文丽再次来到值班室，调看了昨晚的监控视频。

昨天晚上，荀志雄把车开进车房的时间是晚上 10 点 42 分。停好车后，可以看到他明显有锁门的动作，因此可以断定，昨晚车房门的确是锁上了的。这之后的整个晚上，并没有看到朱妙芙在车房门口出现，不但没有见到她的身影，也没有看到任何其他人打开过车房的大门。

那么，那条有毒的狗，又是怎样进入荀志雄的小车的呢？范泽天浓眉紧皱，一边思考着案情，一边对文丽说：“现在咱们要做两件事，第一，尽可能找到那条黑狗；第二，查一下，看看昨天晚上荀志雄回家之前，有谁坐过他的车，一定要调查清楚最后一个接触过他小车的人是谁。”

文丽挺了一下胸脯，说：“是。”

6

中午，范泽天刚回到刑侦大队，手机就响了，是文丽打电话向他汇报情况。她叫了几个人去寻找那只作案的黑狗，但没有找到。

范泽天并不觉得意外，如果他是凶手，作案之后，要么杀狗灭口，就地深埋，要么将它关在隐秘处，绝不会那么容易让人找到。

他问文丽：“最后坐过荀志雄小车的人，找到了没有？”

文丽说：“找到了，最后进入过荀志雄小车的，是一个叫阮庆安的人。此人是一个叫作什么动物保护志愿者协会的会长。这几天荀志雄正在搞狗肉节，而这个阮庆安则带了一些爱狗人士到现场抵制狗肉节，喊口号发传单，反对他们杀狗吃狗。听说他还针对荀志雄的狗肉节联合一些明星搞了一个万人签名抵制活动，好像整出了蛮大的影响，各大报纸都有报导。”

据文丽调查，昨天晚上 8 点 40 分左右，荀志雄在名都汇茶庄喝茶，阮庆安曾去茶庄找他，两人坐进荀志雄的桑塔纳里，大概十来分钟后，阮庆安才下车离去，而荀志雄则继续回茶庄喝茶。他的车就停在茶庄的停车场内，正好能被茶庄的监控探头清楚拍到。

阮庆安离开之后，再没有人接近过这辆黑色桑塔纳。荀志雄在茶庄里看完一场球赛的电视直播，直到晚上 10 点 24 分才结账离去。离开茶庄后，他直接开车回家，因为走的是城区主干道，全程都有交通监控摄像头拍摄，所以可以清楚地看到他在回家路上，并没有停过车，更没有人上过他的车。由此可以断定，这个叫阮庆安的家伙，就是昨晚最后一个坐过他的车的人。

“他上车的时候，是不是手里提着一个旅行包，或者身上背着一个背包？”范泽天忽然问了一句。

文丽有点吃惊，在电话里说：“范队，你可真是料事如神，他确实背着一个旅行背包，不算太大，但也不算小。”

范泽天问：“你觉得他背的那个背包，有没有可能装下那条黑狗？”

文丽终于明白他的意思，想了一下才说：“我们早上在监控视频里看到，那条黑狗个头不算大，最多也就十几斤重而已，我看这背包应该能装下。范队，你是不是怀疑他把那条狗装进背包带上了荀志雄的小车？”

范泽天点了一下头说：“不管怎么样，你先把阮庆安带回来再说。”

阮庆安被带进公安局时，一脸满不在乎的表情，但当他被推进公安局大院的刑侦大队之后，这才有点慌神，伸长脖子嚷道：“这是什么情况，我不就是在狗肉节上抗议了一下吗？最多也就是个扰乱社会治安罪，怎么还把我抓到刑侦大队来了？你们是不是弄错了？”

范泽天把他按在审讯室的椅子上，绷着脸说：“你真的确定你只是犯了扰乱社会治安罪吗？”

阮庆安一脸莫名其妙："要不然那还有什么罪？”

范泽天把两只手撑在桌子上，一张黑脸几乎就要贴到对方脸上："苟志雄今天早上死了，你知道吧？”

“苟志雄死、死了？”阮庆安好像真的吓了一跳，“怎么死的？我不知道啊！”

文丽说："他是被一条放在他车上的黑狗咬死的。”

“哈，狗肉大王一生杀狗无数，最后居然被狗咬死，这可真是报应啊！”

“但是我们发现这个案子并不是一个狗咬人的意外，而是一桩蓄意谋杀案。凶手在狗牙上涂了蛇毒液，再把狗放在苟志雄的车上。苟志雄一开车门，那狗就用毒牙咬了他一口，他很快就毒发身亡，死在自己车里。”

“原来你们怀疑毒杀苟志雄的凶手是我？”阮庆安终于明白自己被“请”进审讯室的原因了，情绪激动地道，“警官，你们搞错了吧，虽然我是爱狗人士，虽然因为狗肉节的事我们一直在跟狗肉大王对峙，但并不代表这能成为我去杀死苟志雄的动机。”

“但也并不代表你没有杀人动机，对吧？”文丽冷笑着说，“狗肉大王，屠狗无数，你们百般抗议，他仍不肯取消狗肉节，但最后他却被一条狗咬死了，这不正是你们所期望的恶有恶报吗？这样的消息，绝对是每家报纸的头条新闻啊，你们要的不就是这种轰动效应吗？”

“你这只是想当然的推理而已，我真的没有杀人……”阮庆安急了，从椅子上蹦起来，又被范泽天按了下去。

范泽天抱着胳膊肘在审讯室踱了几步，忽然回过头来盯着他："那我问你，昨天晚上，在名都汇茶庄，你曾见过苟志雄，还在他车里坐了一会儿，可否属实？”

“这倒没错，可是我……”

“从我们目前掌握的情况来看，你是最后一个进入他小车的人，所以我们有理由怀疑是你把那只有毒牙的狗装在背包带进了他的车里，然后趁其不备，偷偷将狗留在了车上……”

“冤枉啊警官，事情并不是你们想象的那样。我根本就没有杀荀志雄的动机。我跟他，并不是你死我活的对峙关系，而是相互依托的合作关系呀……”

“合作关系？什么合作关系？”

阮庆安这才惊觉自己说漏了嘴，急忙用手捂住嘴，但想了一下，觉得今天自己不说实话只怕是难以洗脱身上的嫌疑了，犹豫好久，最后一咬牙，还是道出了实情。

大约在这一届狗肉节开幕的两个月前，荀志雄通过中介人找到了身为动物保护志愿者协会会长的阮庆安，向他提出了一项合作协议。

原来荀志雄在举办前两届狗肉节时，曾花了不少钱做广告，但他觉得并没有收到自己预期的效果，所以这一届狗肉节，他想换个方法做“广告”——那就是请阮庆安和他的志愿者协会以爱狗人士的名义，联络一些明星及社会名人，发起一场对青阳狗肉节的抵制活动，规模越大越好，无论用什么方法，反正让更多的人知道和记住“青阳狗肉节”这个品牌就行了。

阮庆安问荀志雄：“你不怕这样的抵制活动，会影响狗肉节的生意吗？”

荀志雄笑着说：“不会的，这样纸上谈兵的抵制活动，其实对消费者的消费心理影响并不大，喜欢吃狗肉的人照样还是会去吃，不爱吃的人永远都不会去吃，我要你这么做的目的，就是要让全国各地更多喜欢吃狗肉的人知道青阳狗肉节。”

经过阮庆安一番运作，青阳狗肉节果然名声大振，一度成为全国人民议论的焦点。而这一届狗肉节的食客，果然比前两届多了数倍。

开幕当天，荀志雄又要阮庆安带人到现场“捣乱”，为的就是给那些新闻记者增添一点写作素材，这样做出的新闻，才会有人关注。

但有一件事，却大出荀志雄的意料。他原本只是想让阮庆安带几个人来做做样子，走走过场，不想他带来的队伍里突然蹦出一个疯子一样的副会长邱彤，她还真的跟荀志雄和他的狗肉节叫上了板，给荀志雄添了不少麻烦。

按照阮庆安与荀志雄的约定，事成之后，他要从荀志雄获取的利润里分走两成。但因为他们的副会长邵彤的“捣乱”，荀志雄声言要扣他的酬金。

阮庆安一着急，也顾不得避人耳目，在茶庄直接找到荀志雄，说邵彤这个女人并不知道他们之间的约定，这个女人是个真正的爱狗人士，她家里是做房地产生意的，有的是钱，她掏那么多钱买狗，不正好让你荀志雄赚了一笔吗？

荀志雄这才同意跟他按原方案结账，第一天晚上，在他的车里，荀志雄按收益比例给了他五十万元作为酬金。阮庆安怕他变卦，所以决定以后的账，要一天一结。

第二天晚上 8 点多，他又坐进了荀志雄的车里收钱。他背一个背包，就是为了装钱方便。其实背包里并没有装什么别的东西，更不可能装一条狗。

“今天是狗肉节的第三天，也是生意最好的一天，我估摸着我这一天的进账，应该不会少于六十万吧。荀志雄还差这最后一天的账没有跟我结呢，你们说我怎么可能在这个节骨眼上谋杀他？这不是自断财路吗？”阮庆安一边拍着大腿，一边跺脚，不知道是觉得自己被抓进公安局太冤枉，还是觉得平白无故少收了六十万太可惜。

走出审讯室，文丽问范泽天：“范队，你觉得他说的是真话吗？”

范泽天说:“我觉得不像假话。”走了两步，他忽然想起什么，停住脚步问，“你看监控视频的时候，有没有注意到，阮庆安上荀志雄的车时，是坐在前排，还是坐在后排座位？”

文丽肯定地说：“是前排副驾驶位。”

范泽天“哦”了一声，点头说：“这就对了，副驾驶位就在驾驶位旁边，他坐在副驾驶位上做什么小动作，应该很难瞒过坐在驾驶位上的荀志雄的眼睛。所以如果他真的有心要把背包里的什么东西悄悄放在车上，那么从常理上说，他更应该选择坐在后排座位上。”

“有道理。那现在怎么处理这个家伙？”

“放了他，他不是凶手。”

“然后呢？”文丽觉得阮庆安身上的线索断了之后，案子一下子失去了侦查方向，所以显得有点茫然。

范泽天说：“继续查，看看在阮庆安上车之前，还有谁进入过荀志雄的小车车厢。”

7

下午4点多的时候，法医老曹打电话给范泽天，经过进一步化验，他们检测出荀志雄所中的是眼镜王蛇毒。

范泽天知道，这是一种剧毒蛇，被这种蛇咬到后如果处理不当，很快就会毒发身亡。他跟老曹讲了几句，刚挂断电话，手机又响了，一接听，是文丽打来的。

文丽说她已经查到，昨天在阮庆安坐进荀志雄的小车之前，还有一个人曾经进入过小车车厢，这个人就是阮庆安的副手，动物保护志愿者协会副会长邵彤。

昨天白天，荀志雄的小车一直停在狗肉王大酒店门口的街边，虽然狗肉街上人来人往，但并没有人碰过他的车。直到下午5点30分，荀志雄准备开车下班时，这个叫邵彤的女人也跟着上了他的车，大概在车里待了五分钟左右才下来。通过狗肉王大酒店门口的监控摄像头所拍到的视频可以看到，这一整天，荀志雄的车都停在那里，除了邵彤，再也没有第二个人进入过车厢。

范泽天说：“两个问题，第一，她是否坐后排？第二，进入车厢时，是否背包，或提着比较大的提包？”

文丽说：“是的，她背着背包，坐在后排座位上。”

范泽天兴奋地说：“那个把狗放进荀志雄小车的人，就是她了。”

文丽却有点犹豫，说：“如果那条狗真是她放进车里的，从放狗到荀志雄晚上开车回家，中间有好几个小时的时间，车里关了一条狗，荀志雄怎么可能不知道？怎么会等到第二天早上才被狗咬？”

范泽天笑了，说：“凶手玩了一个小小的计谋，其中的秘密我大概已经知道，不过现在没有时间跟你细说，你赶紧把这个邵彤带回来。”

邵彤被带到刑侦大队时，脸色苍白，浑身发抖，说的第一句话就是：“荀志雄车上的黑狗，是我放进去的，可是我真的没有想过要他的命啊！”没等警方开始审讯，她就自己把事情的前因后果全都说了。

昨天下午，她在荀志雄的狗肉王大酒店门口静坐抗议，她想叫家里往她的银行账号上多打点钱，她要救更多的狗，正在她掏出手机准备往家里打电话的时候，忽然看见自己的手机 QQ 在闪烁，一个 Q 名为“晚报记者”的男人申请加她为好友。

她的工作 QQ 号早已在网上公布了，她以为是有记者采访自己，同意添加对方为好友之后，对方给她发过来一个视频文件。

视频拍摄的，是他们协会会长阮庆安与狗肉大王荀志雄私下在一个茶庄见面的情景，后来两人都坐进了荀志雄的小车里，透过前挡风玻璃，可以看到荀志雄给了阮庆安一大笔钱，从他们隐约传出的说话声里，她知道了阮庆安与荀志雄之间所谓的“合作协议”。也就是从这个时候开始，她才知道自己和这一帮爱狗人士都被阮庆安和荀志雄这两个无耻之徒给欺骗和利用了。他们的爱心，成了这两个人牟利的工具。自己居然一直蒙在鼓里，还掏一百多万去买他们的狗。

她心里十分气愤，正准备起身去找阮庆安和荀志雄讨还公道，那个“晚报记者”又在 QQ 里对她说：“就算你现在去找他们两个人也没有用，对他们起不到任何惩戒作用。”

她愣了一下，在 QQ 里打过去一行字：“要不然又能怎样？”

晚报记者说：“我是一个记者，需要的正是这种揭秘性质的好新闻。我们可以联手将他们的龌龊行径揭露出来，进而阻止这种血腥的狗肉节继续办下去，避免更多的狗狗再遭屠杀。”

得到她肯定的答复之后，对方又告诉她，想要让这两个无耻之徒曝光，光凭这点新闻事件还不够，最好是有一个比较能吸引读者眼球的新闻作引子，比如说以“恶有恶报屠狗无数的狗肉大王反遭狗咬”这样的突发事件作为开头，再引出阮庆安和苟志雄联手屠杀人类的忠实朋友的龌龊勾当，就比较有新闻看点。

她问：“怎么才能让苟志雄被狗咬到呢？他是狗肉大王，熟悉狗性，只怕不易做到。”

晚报记者说：“这个不难，他准备了一条恶狗，就放在狗肉王大酒店东侧一个垃圾桶后面，只要她能在今天苟志雄开车下班的时候，把这条狗悄悄放到其小车后排座位下，其他事情，就不用她操心了。”

她将信将疑地来到那个垃圾桶边，果然看见那里躺着一条黑色的狗，仔细一看，才知道正是前一天险些被苟志雄用铁叉杀死的那条狗。只是不知道为什么，这条狗像是死了一样躺在那里，任她怎样捉拿，都完全没有反应。

她在 QQ 里问那个晚报记者：“这狗是不是死了？”

对方说：“没有，它只是昏睡过去，你只要照我的话去做就行了，我保证咱们这次一定能彻底阻止狗肉节再办下去，以后绝不会再有第四届、第五届狗肉节了。”

她背上有一个背包，原本装的是晚上在狗肉街露营的工具。她把里面的东西掏空，把这条狗装进背包。当她看见苟志雄下班准备开车离去时，就立即跟了上去，坐在后排座位上，一边跟他说话，一边把背包放在脚边，打开拉链，把里面的狗拿出来悄悄塞进座位下面……

她一直以为苟志雄只是会被狗咬几口而已，做梦也没有想到苟志雄竟然会被这条狗咬死。得知苟志雄的死讯后，她才感觉到有点不对劲，想在 QQ 里找那个晚报记者，却发现对方已将自己删除，自己的 QQ 好友里已经没有了对方的头像。

邵彤说到这里，忍不住掩面而泣："我真的没有想过要杀人，我真的没有想过……"

范泽天待她停止抽泣之后说："把你的手机给我，我让技术员查一下，也许能查到那个晚报记者的一些信息。"

邵彤一边擦着眼泪，一边把自己的手机递给他。

在去技术科的路上，文丽问："范队，你真的相信她说的话吗？"

范泽天说："她是真正的爱狗人士，虽然性格有点偏激，但我相信她比一般人有爱心，她不忍心杀死一条狗，那么去杀人的可能性应该也不大。"

文丽说："可是就算她把狗放进荀志雄的车里，那狗怎么会到第二天早上才开始咬人呢？"

范泽天说："她把迷晕的狗放在荀志雄小车后排座位下面，如果不是特意趴到座位下去看，是很难被人发现的。如果我猜得不错，那狗应该是被人用迷药迷晕或者注射了麻醉剂，凶手对药量拿捏得非常精准，那狗昏睡了好几个小时，直到荀志雄把车开回家锁进车房，估计是在半夜以后，那狗才醒过来。那条狗差点死在荀志雄手上，跟他有生死之仇，再加上在车里关了大半夜，早已变得狂躁不安，早上的时候猛然看到荀志雄打开车门，仇人见面分外眼红，或者它以为荀志雄又要抓它去屠宰场，你说它能不扑上来拼命咬他吗？因为凶手事先在狗牙上动了手脚，把它的牙齿变成了毒牙，所以荀志雄被咬之后，就难逃毒发身亡的下场了。"

文丽想了一下，说："你的推理虽然能自圆其说，但我觉得其中还是有一个很大的漏洞。"

"什么漏洞？"

"从这条狗被放进荀志雄的车里，到荀志雄第二天早上被咬，这中间至少经过了十几个小时，如果凶手真是把蛇毒液涂在狗牙上，我很怀疑经过了这么长时间，这毒液还能保持那么强的毒性，也许狗的口水早就把它牙齿上的毒液洗掉了。"

范泽天皱起了眉头，说："这倒是我没有想到的。"

正在这时，从走廊那头走来一个人，叫了一声“范队”，他抬头一看，正是法医老曹。

老曹说：“范队，荀志雄的尸检报告出来了，结果与我先前的判断没有太大出入，但有一个地方需要更正。”

范泽天问：“什么地方？”

老曹一边看着手里的尸检报告一边说：“我们仔细检查了荀志雄的伤口，发现蛇毒液应该不是涂擦在狗牙上的。狗有四颗尖利的牙齿，上下颚各两颗，咬人的时候，主要是靠这几颗尖牙。根据我们在死者伤口发现的一些蛛丝马迹推测，凶手应该已经把狗的这四颗尖牙拔掉了。”

“拔掉了？”

“对，凶手把这四颗狗牙拔掉后，换上了四颗特制的铁牙，铁牙中间应该是镂空的，眼镜王蛇毒液就灌装在铁牙里面，而且牙尖有一个小孔，初时被一颗小铁珠堵住，所以毒液不会流出来，这个设计跟圆珠笔尖的设计原理是一样的。当狗用力咬人的时候，堵住小孔的细铁珠就会被挤压进去，毒液自然就会流出来。”

范泽天愣了一下：“这样的设计很巧妙啊！”

老曹点点头说：“这么精细的玩意儿，一时半会儿是做不出来的，估计是早有预谋。”他看看范泽天，又看看文丽，“对了，这案子进展得怎么样了？”

文丽就把警方目前掌握的情况说了，老曹说：“我觉得这凶手可能从事过跟医务有关的工作，因为一般人不可能把迷药的分量拿捏得这么准。”

范泽天说：“我也是这么想的，目前我们正在追查这个人。”

8

技术科很快就有消息传来，通过对邵彤手机的技术分析，他们找到了那个网名叫“晚报记者”的人所使用的QQ号的来源。这是一个新注册的QQ号，只在昨天下午登录使用过一次。通过对IP地址的追查，可以看出这个QQ号是在城区一家名为“星海网吧”的网吧电脑上注册和登录的。

为了防止未成年人沉迷网络，现在去网吧上网，都必须出示和登记身份证信息。警方找到这家网吧，从身份证信息登记表上找到了这个QQ号的使用者，是一个叫孙武的年轻人。再通过身份证号查询到此人是本市人，就住在青阳市下面的东升镇。

傍晚7点多的时候，范泽天带着几个人，来到东升镇，找到了这个叫孙武的年轻人。出人意料的是，这家伙竟然是个在街边摆地摊卖水果的小贩，个子瘦小，身上晒得比煤炭还黑。

孙武看见几个穿制服的人朝自己走来，立时慌了神，推起自己摆地摊的小板车就跑。

范泽天神情一变，大叫一声：“站住！”冲上前靠近对方，猛然一个夹背摔，就把他撂倒在地，麻利地给他上了铐子。

孙武大惊，挣扎着叫道：“我只不过是占道经营，也不至于给我戴手铐吧？”

“占道经营？我看你是做贼心虚，所以见到警察就跑吧？”文丽上前踢了他一脚，把他从地上提起来。

“你们是警察？”孙武这才看清楚他们身上的警徽，“早说嘛，我还以为是那帮狗日的城管来了，把我吓个半死。”

范泽天瞪了他一眼：“你叫孙武？”

那人说："是。"

文丽又报了一串身份证号，问："这个是不是你的身份证号码？"

孙武说："是啊。"

文丽点头说："那就没错了，我们抓的就是你。现在我们怀疑你跟今天早上发生在城区的一桩凶案有关，要正式拘捕你。"

孙武吓了一跳，说："警官，你们开玩笑的吧？我白天黑夜都守在这街边摆地摊，最近一个月连镇子都没出过，怎么可能跑到市区去杀人？不信你问问他们。"

旁边一些摆地摊的小贩纷纷点头，一个小伙子说："我们在这里摆地摊，白天晚上都得守着，为了防止别人把自己的摊位抢走，晚上也得睡在这里。孙武最近确实没有离开过，我们都可以作证。"

范泽天这才觉得事有蹊跷，忙摆摆手，喊住正要把孙武往警车里推的文丽。

"昨天下午，你有没有去过市区？有没有在一家叫作星海网吧的地方上过网？"他走过去问孙武。

孙武摇摇头，一脸莫名其妙："没有啊，我都已经说了，我至少一个月没有去过市区了，更没有去过什么网吧，我根本就不会电脑，去网吧干什么？"

范泽天想了一下，问："你的身份证有没有被盗过？"

"没有。"

"有没有人借用过你的身份证？"

"也没有……"孙武摇摇头，忽然想起什么，"不过前几天我把身份证拿给了我堂弟，叫他去市里帮忙给我开一张银行卡，以后存钱方便。是不是他拿着我的身份证去上网了？我们是堂兄弟，长得有几分像，估计别人也看不出来。"

范泽天心中一动："你堂弟叫什么名字？是做什么的？"

孙武说："他叫孙文，在市卫校读书，学的好像是什么临床医学专业，具体我也不太清楚。他家就住在这条巷子里，家里还有一个老奶奶，你们自己去问问吧。”他指了一下不远处一栋水泥墙面的旧房子。

范泽天挥挥手，让文丽把他的手铐解开。

来到孙武指的那栋房子门口，他们看见屋里光线昏暗，却没有亮灯，一个白发老妪正坐在桌边吃饭。

范泽天走进去，老婆婆听见脚步声，放下碗筷站起身，侧着头问:“谁呀？”范泽天这才注意到老婆婆双目无光，竟是一个盲人。

范泽天不禁犹豫了一下，又向前走了两步，尽量把声音放缓一点，说:“我们是市公安局的，想找孙文。请问他在家吗？”

老婆婆说：“我孙子没有在家，他住在学校，只有周末才回家。你们找他有事吗？”

“这个，我们……”看着这慈祥的老婆婆，范泽天竟一时答不上话。他实在不愿开口说你孙子涉嫌杀人，我们是来抓他的。

“其实也没什么事，”文丽把老婆婆扶坐在椅子上，“我们只是想找他了解一些情况。”

她扭头看见墙边书桌上摆放着一个相框，里面镶着一个大男孩的照片，目光炯炯，显得很阳光的样子，“婆婆，书桌上相框里的这个，是孙文的照片吗？”

老婆婆点点头说：“是啊，这就是我孙子。”

范泽天在房子里扫了一眼，屋里陈设简单，只摆着几件老家具，倒是门后一个用砖块垒起的狗窝引起了他的注意。

他问：“老人家，你家里养了狗吧？”

老婆婆说：“养了，已经养了好几条狗了。我孙子怕我一个人在家寂寞，就养了一条狗在家里陪我，狗狗很乖，也很听话，我要是出门，狗狗就牵着我走路，我孙子说可以当成半条导什么犬来着……”

“导盲犬。”

“对，就是导盲犬。唉，谁叫我这眼睛不中用呢。两年前，家里养的第一条狗被人偷走了，后来孙子又给我养了一条，又被人偷走了，今年养了第三条，前几天也被人偷走了。我听我孙子说，好像是被城里人偷到什么狗肉节上杀掉卖钱去了……唉，真是作孽啊！”

范泽天一怔，他确实听说过每逢狗肉节养殖场的肉狗不够用，狗肉大王荀志雄就开着车专门到乡下偷狗来卖。

文丽忽然想到什么，问：“婆婆，你家刚刚被偷的这条，是个黑狗吗？”

老婆婆说：“是啊，一条半大的黑色，可听话了，我一起身，它就会把拐杖给我叼过来，我一出门，它就会靠在我身边给我带路，我孙子叫它黑虎……”说到这里，这位双目无光的老婆婆竟流下泪来。

范泽天心头一震，文丽还想说什么，却被他用眼色止住。他挥一挥手，一行人从屋子里悄然退出。

回市区的路上，文丽把用手机翻拍的孙文的照片发给邵彤，问他们协会有没有这个年轻人。邵彤回复说此人不是他们的会员，但她好像见过这个小伙子。那是狗肉节开幕的第一天，荀志雄要用铁叉当街杀死一条黑狗，黑狗逃脱后，又差点被保安抓到，多亏一个小伙子忽然从台阶上滚下来挡了保安一下，那条狗才得以逃生。这条死里逃生的狗，就是她放在荀志雄车里的那条黑狗。而这个救了黑狗一命的，正是照片上的这个小伙子。

文丽把这个情况汇报给范泽天，范泽天扫了大家一眼说：“案情已经很清楚了，杀死荀志雄的凶手，无疑就是孙文。他花了很多心思喂养和训练出来给孤寂的奶奶作伴的狗，接二连三被荀志雄偷走，因此对荀志雄这个狗肉大王生出报复之心。在狗肉节开幕当天，他救出自家黑狗之后，就开始策划自己的复仇行动。他先找回他的黑虎，给狗安上毒牙——我估计他做这件事绝非临时起意，而是早有计划，蛇毒液虽然比见罕见，但从网上并不难买到，毒牙应该是预先准备好了的——然后把黑虎迷晕，再将跟踪偷拍到的荀志雄与阮庆安私下接头交易的视频发给邵彤，设计让邵彤帮他把黑虎放进荀志雄的小车，当然，他与邵彤联络的 QQ 账号，是他用堂哥的身份证在网吧申请的。他是学医的，这一点跟法医老曹的推断是吻合的。”

文丽担心地说：“咱们的车开回市里，至少还得一个小时，我怕如果有人给孙文通风报信，咱们赶到卫校去抓人就只能扑个空了。”

范泽天说：“这个确实不能不防。你给留守在市局的小李他们打个电话，叫他们立即赶去市卫校，把孙文控制起来。”

不大一会儿，文丽的手机响了，小李打来电话说，孙文已经被他们拘留，经初步问询，孙文承认荀志雄是他设计毒杀的。

文丽把情况向范泽天汇报后，范泽天叹口气说：“抓他容易，可是他家里还有一个双目失眠的老奶奶，以后她要依靠谁呢？”

大家心里一沉，都说不出话来。

婚礼跳楼案
刑事侦查卷宗
案件名称：婚礼跳楼案
犯罪嫌疑人姓名：XXX
立案时间：2014.7.12
结案时间：2014.8.21
立卷单位：青阳市公安局
（正卷）
A55311090020140712
青阳市公安局

血色婚礼

1

青阳大酒店六楼婚宴大厅张灯结彩，喜气洋洋，一场热闹的婚礼正在进行。

钢琴师弹奏起婚礼进行曲，一对新人手挽着手，在十名礼仪小姐的引领下，踏着红地毯，缓缓走向布满鲜花的舞台。

大厅里的宾客纷纷起立，鼓掌祝福，几个年轻人还吹起了口哨。

新人脸上洋溢着幸福的笑容，携手走上舞台，音乐渐止，司仪高声宣布，婚礼第一项内容，新人答谢父母。

新郎新娘相视一笑，手捧鲜花，走下舞台。

舞台下的第一张桌子上坐着两位须发花白的老者，分别是新郎和新娘的父亲。

老人接过儿女们献上的鲜花，一时间情难自禁，眼眶发红，新娘的父亲更是止不住流下欣慰的眼泪。

新郎姓卓，名叫卓政，今年三十岁，在北京读完大学后，留在了北京一家外资企业工作。

他父亲名叫卓文铭，原本是江北市第一中学的老师，江北市与青阳市仅一江之隔，十年前他调到青阳三中工作，不久前刚刚退休。

卓政五岁那年，卓文铭跟妻子离了婚，后来虽然跟几个女人相处过，却一直没有再婚，一个人当爹又当妈地把儿子带大。

现在，儿子终于要结婚成家了，他这个当父亲的也觉得终于从肩上卸下了一副重担。

新娘叫唐晓雪，今年二十七岁，地道的北京姑娘，在东直门附近一家幼儿园当老师。

她母亲是一名医生，因为临时有任务要赶赴地震灾区救灾，没有办法参加女儿的婚礼，所以这婚宴的家长席上，就只坐了两个老头儿。

婚礼的第二项内容，是喝交杯酒。

大厅里灯光骤暗，只有两束追光照着舞台上的新郎和新娘，一对新人各自端起一杯红酒，手腕相扣，仰头缓缓将酒饮下。

早有亲朋好友用DV机将这甜蜜一刻拍摄下来，婚宴大厅里再次响起祝福的掌声和口哨声。

接下来，是答谢来宾。

新郎新娘及双方家长一起端杯，向到场的亲朋好友敬酒。

婚宴大厅里摆了近三十桌酒席，一桌一桌敬下来，花了足足一小时时间。

因为被几个要好的朋友灌了几杯白酒，新郎官卓政感觉有点头晕，回到自己的席位，赶紧喝了几口浓茶。

卓文铭回到主家席位，却没有坐下，放下酒杯对儿媳妇说：“晓雪，可

跟我来一下吗？我有几句话想对你说。”“好啊。”新娘笑了笑，顺从地跟

公走向旁边的休息室。

卓政看见父亲脸色有些凝重，猜想一定是老爸有什么重要的见面

给儿媳。

他与唐晓雪谈恋爱期间，曾带她回过一次青阳老家，但那时

爸生病入院，几天时间老头子一直都在昏昏沉沉中度过，等他

唐晓雪却因工作需要提前回京了。所以这次结婚回家，父亲与这位未来的儿媳，只能算是头一次见面。

古时候儿子结婚，老娘不都是要从手腕上褪下一只玉镯或是拿出什么传家宝之类的东西，送给新上门的儿媳吗？估计老爸也是这个意思。现在老妈不在，这事只能由老爸代劳了。他心里想。

那间休息室并不大，里面摆放着两排沙发和一台电视，向阳的一面还有一个小阳台，主要是供宾客休息时用，一般情况下里面都没有人。

卓文铭领着儿媳进去之后，顺手关上了房门。

卓政等了一会儿，不见二人出来，正要起身去看看，却被两名高中同学拦住，两人手中各拎着一瓶稻花香，一看就知道没安好心。

他一脸苦笑，只得坐下来跟他们各干了三杯，好不容易才把他们打发走，他起身的时候人都有点晃悠了，正要喝茶解酒，忽然听到外面楼下传来“砰”的一声响，几秒钟后，楼下有人尖声惊叫起来：“不好了，有人跳楼了……”

卓政大吃一惊，趴到窗户边往下一瞧，只见楼下花岗岩铺就的地面上趴一个人，因为灯光昏暗，瞧不清样貌，只能看出是一名女子，身上穿着白，鲜血溅了一地。

了一下，突然想到了什么，转身往休息室跑去。

门，只见父亲站在阳台栏杆边，双目失神地望着楼下，嘴里喃喃

子，你叫我怎么向你妈交代啊？”

间里扫一眼，屋里不见了唐晓雪，心知不妙，大声问：“爸，晓

看他一眼：“政儿，爸对不起你。”突然把身子探出护栏，往

楼倒坠下去。

…”卓政冲到阳台，想要伸手抓住老父亲，却已经迟了。

的一声闷响，然后又是一片惊恐的叫声。

下望，看到楼下的地面上躺着两具尸体，借着酒店门口

亮起的大灯，他看得清清楚楚，一个是他父亲，另一个正是他的新婚妻子唐晓雪。

宾客涌进休息室，目睹这一幕，不由得都惊呆了。

2

在众多宾客中，有一位从事刑警工作的姑娘，名叫文丽。

她曾是卓文铭的学生，毕业后仍然与老师保持联系，这次老师家办喜事，她自然要到场祝贺。

此时在婚礼现场突遇变故，最先冷静下来的，就是这位女刑警。她叫来两名酒店保安，让他们把休息室里的宾客都请出来，然后封锁休息室，保护好现场，自己则一边掏出手机打电话报警，一边乘电梯下到一楼。

这时，新郎卓政和新娘的父亲及几位亲友都已下来，正在楼下抱着亲人的尸体痛哭。已经有人打了 120 急救电话，数分钟后，医院急救车赶到，医生下车后确认唐晓雪和卓文铭已经死亡。

又过了两分钟，几辆警车呼啸而至，领头的正是文丽的顶头上司、市公安局刑侦大队大队长范泽天。

文丽跟队长打了声招呼，范泽天问："是你报的警啊？到底什么情况？"

文丽就把自己看到的事发经过说了一遍。

范泽天围着尸体转了一圈，皱起眉头说："照你这么说，这两个人应该

相继跳楼自杀啰？"

文丽说："是的。"

范泽天看了她一眼，补充道："但也不能排除卓文铭先将新娘推下

后再畏罪自尽吧？"

文丽看着被法医老曹摆弄着的老师的尸体，心里一阵悲伤，点

个目前确实没有办法排除，但是我相信老师他……"

范泽天打断她的话问：“除了两名死者，当时休息室里还有没有其他人？”

文丽摇头说：“没有了。”

范泽天说：“既然事发当时没有目击证人，那现在就不能排除任何一种可能，自杀或他杀，皆有可能。”

两人上到六楼，一众宾客都惊魂未定地坐在婚宴大厅，谁也没有离去。

两人走进案发的休息室，仔细看了，并无异常，外面阳台护栏只有一米高，相对于一个成年人来说，确实矮了一点。

范泽天问酒店保安：“这里有没有安装监控摄像头？”

保安摇头说：“休息室里没有安装，但外面婚宴大厅安装了监控设备。”

范泽天说：“那好，你去值班室把事发时婚宴大厅的视频资料调出来，我等下去看。”

保安领命而去。

法医老曹在楼下打电话向范泽天报告说：“两名死者身上多处骨折，致命伤是颅骨崩裂性骨折，符合高坠死亡的特点，也就是说这两个人确实是坠楼……。”

……泽天点点头，说声“辛苦了”就挂了电话。

……跟着队长一起，到酒店保安值班室观看了案发当时婚宴大厅的监控……有什么收获。

……皱起眉头对文丽说：“你先去坠楼现场看看他们有什么发现，我再……

……是

……后，两人一起回到六楼案发现场，一个年轻的胖子从宾客中……正在给下属打电话的范泽天，问：“范队，这案子有眉目……

……点那人一眼，见他嘴唇上有一撮醒目的小胡子，忽然觉得有……报记者，忽然记起来，这家伙名叫木村平，是个私家侦探兼小……件的新闻发布会上，这家伙采访过自己，算是有过一面……

之缘。

他有些意外，问："大侦探，你怎么在这里？"

木村平说："卓文铭退休之后写过几篇豆腐块文章，在我们报社举办的一次笔会上跟我成了朋友，所以他儿子结婚也给我发了请帖。"

范泽天见他一副胸有成竹得意洋洋的神情，心中一动，问道："这案子，难道你掌握了什么重要线索？"

木村平笑了，说："不是我有什么线索，而是，我已经知道发生什么事了，也就是说，我已经破案了。"

"破案？"

"是的，你可以叫外面那些技术科的同事收工了，因为这案子，我已经破了。"

范泽天淡然一笑，抄着手站在他面前，一副愿闻其详的表情。旁边的宾客也都围拢过来。

木村平越发得意起来，踱了几步，才不急不慢地说："这婚宴大厅所有的人都看见了，在向宾客敬完酒之后，卓文铭带着新娘子唐晓雪进入了休息室，几分钟后，唐晓雪跳楼身亡，紧接着卓文铭也跟着从六楼跳下。所以这个案子最大的疑点，就是要搞清楚在那短短几分钟之内，在休息室里，在这对翁媳之间，到底发生了什么事。"

范泽天点点头，表示同意。

木村平接着说："但是，休息室里没有安装监控设施，而且事发当时屋里只有卓文铭和唐晓雪，并没有第三者在场，没有直接的目击证人，所以要想弄清楚这个问题，咱们只有基于已经掌握的相关线索做出合理的推断。"

文丽已经等得有些不耐烦了，插嘴说："好吧，那你的推断是什么？"

木村平扫了大家一眼，说："我在江北市有几个朋友，恰好是十年前卓文铭在江北一中做老师时教过的学生。我用手机拍了新娘唐晓雪的照片发过去给他们看，他们看过后都说很眼熟，感觉这新娘子很像当时他们班上的一位女生。"

这个女生名叫林雪儿，是一个生活在单亲家庭的女孩，因为其母亲到江北做生意，所以她也成了江北一中的一名插班生，正好分在卓文铭担任班主任的那个班。

据木村平的那几位朋友说，当时卓老师对这位新来的漂亮女生十分关照，不但在课堂上对她颇多照顾，而且还经常把她叫到自己的教师办公室单独辅导，直到有一天，有人看见林雪儿披头散发衣衫不整地哭着从卓老师的办公室跑出来，大家才明白卓老师对林雪儿的好，是有“目的”的……

后来这件事被校方压了下去，并没有曝光，但卓文铭却因为作风败坏，没办法在这所重点中学再待下去，最后自动申请调回家乡青阳市一所普通中学工作。而林雪儿也只在江北一中读了一个学期，就转学离开了。

婚礼上的跳楼命案发生之后，木村平已经询问过唐晓雪的父亲，得知唐晓雪并不是他们的亲生女儿。

唐晓雪的父亲说，大约十年前，他妻子所在的北京某医院收治了一名绝症女患者，这个女人孤身一人带着十七岁的女儿在北京做生意，她在医院病逝之后，因为他们夫妇一直没有生育，所以就收养了女患者那个正在读高中的女儿。

木村平问他，唐晓雪被他们收养之前，是不是叫林雪儿。唐晓雪的父亲摇头说，这个就不清楚了，因为唐晓雪的亲生母亲生活坎坷，曾数次跟男人结婚后又离婚，每换一个男人，唐晓雪就要随父姓改一次名字，唐晓雪到他们家后，因为不愿意多谈往事，所以他们也很少问起她过去的事情。

“现在，范大队长，”木村平说到这里，看了范泽天一眼，“你是不是可以把这些往事，跟今天发生的故事，联系起来了？”

见范泽天沉吟不语，木村平又接着说出了自己的推理。

首先，唐晓雪就是当年那个插班生林雪儿。

因为事隔十年，双方相貌都有了较大变化，所以卓文铭和唐晓雪乍一见面，都没有认出对方，但经过仔细辨认，卓文铭最后还是认出唐晓雪就是十年前被自己性侵过的女学生林雪儿。

他当然不可能让儿子娶一个曾被自己性侵过的女子，所以他把唐晓雪单独叫到休息室谈话，希望她退出这场婚礼，拒绝跟卓政结婚。

直到此时，唐晓雪才认出他就是当年侵犯过自己的色狼老师，羞愤交集之下，这个年轻的女孩选择了以死抗争。

卓文铭本来只是想阻止唐晓雪跟自己的儿子结婚，却没有想到这个性格刚烈的女子竟会选择以死明志。

他知道自己无法向儿子交代，心中羞愧交加，最后选择跳楼自尽，也是意料中的事了。

3

听完木村平的推理，大家都愣住了，虽然他说得头头是道，看似能自圆其说，但仔细一想，却又似乎有什么地方不对劲。

可是到底哪里不对劲，好像又没人能说得上来。

木村平习惯性地摸摸自己嘴唇上那撮小胡子，睥睨着范泽天说："范大队长，请问你还能做出更合理的推断吗？"

"当然能。"说这句话的，并不是范泽天，而是他身旁的文丽。

木村平并不认识文丽，看看她，又把疑惑的目光投向范泽天："这位是……"

范泽天说："她叫文丽，是我们刑侦大队的女探员。"

木村平哪里将这年轻的女警员放在眼里，瞧了她一眼说："请问文警官还有什么要补充的？"

"我没有什么要补充的，"文丽盯着他说，"我是要推翻你的推理，还原事实真相。"

木村平脸上带着不屑的笑意，说："那我愿意洗耳恭听。"

文丽没有理会他的讥讽，清清嗓子，按照自己的思路继续往下说：

“首先我要告诉你的是，我也是卓老师的学生，以我对老师的了解，他绝不是你说的那种人。大概在十年前，我母亲调到江北市工作，当时我正在读高中，学籍也转到了江北市，高二那年，卓老师成为了我们的班主任，这时外地生林雪儿也正好转学到我们班。但是林雪儿只跟我同班一个学期就转学走了，所以我对她的印象并不太深刻，如果不是你提醒，我还真没看出今天的新娘唐晓雪就是林雪儿。至于你说的卓老师在班上对林雪儿另眼相待，及林雪儿衣衫不整哭泣着从卓老师办公室跑出来的事，确实发生过。但我当时了解到的情况，却跟你的说法大相径庭。”

卓文铭离婚后，又经人介绍，先后跟几个女人相处过，其中有一个女人性格泼辣且疑心病极重，有一次她来到卓文铭的办公室，正好看见他在给女学生林雪儿辅导功课，这女人觉得师生二人靠得太近，竟然心生醋意，大发雌威，对着林雪儿又打又骂，还去扯她的衣服，要让她出丑，林雪儿吓得哭着跑出来。

这女人还不解气，又跑到校长那里告状，说卓文铭跟女学生有暧昧关系。

卓文铭不堪其辱，只好避而远之，主动申请调回老家青阳市工作。

“如果卓文铭真的跟林雪儿完全没有关系，那么今天在休息室发生的惨剧，你又怎么解释？”

木村平觉得自己抓住了文丽的破绽，盯着她冷声发问。

文丽看看他，又扭头看看周围的宾客，问道：“不知大家还记不记得卓老师在跳楼之前说的那句话？”

木村平说：“我记得他曾对着楼下唐晓雪坠亡的方向说，这孩子，你叫我怎么向你妈交代啊？”

“是的，就是这句话，引起了我的注意。我已经调查过了，在此之前，卓老师与唐晓雪那位当医生的养母并不相识，他怎么会在临死之前说出这么一句没头没脑的话呢？所以我推测，他这句话中的‘你妈’，并不是指唐晓雪现在的养母，而是指她已经过世的生母。”

“这跟她的生母又有什么关系呢？”

“当年在学校时，卓老师对林雪儿特别好，我们就在猜测，老师为什么会对这个新来的转校生这么好呢？难道仅仅是因为她是插班生，成绩跟不上来，需要特别照顾？后来有同学悄悄说，林雪儿的眼睛、眉毛还有额头，都长得跟卓老师好相似呢。这时我才明白，林雪儿其实是卓老师的女儿。卓老师跟他妻子离婚时家里有一儿一女，离婚后妻子带着两岁的女儿到外省做生意去了。十多年后，他前妻回到江北市，而且因为机缘巧合，他女儿成了他的学生……”

文丽说到这里，在场的所有人都已经明白过来。

在今天的婚礼上，卓文铭认出唐晓雪就是自己失散多年的亲生女儿，卓政与唐晓雪其实是亲生兄妹，他们俩当然不能结婚。

卓文铭决定在说出真相之前，先跟唐晓雪谈一谈。结果让他没有想到的是，唐晓雪接受不了这个现实，一时情绪失控，竟然冲动地从六楼阳台跳下。

卓文铭深感懊悔，觉得愧对儿女，所以忍着难言的苦楚，也跟着跳楼自尽，一了百了。

文丽说完自己的推断，所有人都默默地低下了头，谁也没有想到今天这场突如其来的变故背后，竟还隐藏着一个如此令人唏嘘的人伦悲剧。

4

文丽见自己的一番推理，让趾高气扬的私家侦探木村平彻底说不出话来，不禁有几分得意，扭头看看范泽天，问道：“范队，这案子您怎么看？我的推断没有漏洞吧？”

“嗯，”范泽天不置可否地应了一声，看看手表说，“不着急，再等等，再等等。”

文丽一怔，不明白他的意思，但看他面沉似水，眉心仿佛有一个解不开的结，知道他正在思考案情，不好再开口多问，只能默默地站在一边，静静地等着。

大约半个小时后，范泽天的手机响了，他走到一旁接听，一面频频点头，一面连声说“辛苦了，辛苦了”。

几分钟后，他挂断电话走回来，扫了众人一眼，说：“我已经叫人向江北警方发了协查通知，刚刚江北警方打电话给我，说他们已经查证，十年前确实有一个名叫林雪儿的女生在江北一中插班读书，而且这个林雪儿确实是卓文铭的女儿。”

人群中有人恍然大悟似的“哦”了一声，文丽感觉到了大家对她投来的赞许和钦佩的目光，心中暗自得意。

谁知范泽天忽然话锋一转，接着说：“但是据警方查证，目前林雪儿和她的生母及继父，一起生活在省城，她们母女俩并没有去过北京，所以说，林雪儿绝不可能是唐晓雪。”

此言一出，众皆愕然。

范泽天瞪了木村平和文丽一眼，说:“任何没有经过调查的、想当然的推理，都是经不起推敲的。没有证据支撑，一厢情愿地臆想和猜测，是侦查工作的大忌。”文丽不由得满脸通红，不好意思地低下了头。

木村平却不服气地问道：“范警官，那你且说说看，这一对翁媳双双跳楼的原因，到底是什么呢？”

范泽天说：“要想搞清楚这个问题，就得先弄明白事发当时，在那间休息室里究竟发生了什么事情。”

木村平撇撇嘴说：“你这不是废话吗？休息室里没有监控摄像头，事发当时休息室里除了卓文铭和唐晓燕，再也没有第三者在场，不可能有目击证人，也许只有神仙才知道到底发生了什么事。”

范泽天忽然笑了：“谁说当时房间里没有第三者，谁说没有目击证人？我在保安值班室里观看监控视频时发现，事发之时，卓政推开休息室的门，所有宾客都往休息室涌去，想看看到底发生了什么事，然而就在这当口，却有一个人在拼命往外挤，想要从休息室里冲出来。我叫保安员把这个人的头像截图放大后打印出来拿给卓政看，卓政已经证实此人不是这场婚礼邀请的宾客。我又把图片发回市局，请技术科的人甄别，刚才市局的人给我发来短信，说咱们局的电脑系统里留有那家伙的案底，那人名叫刘三手，是一个专门潜入酒店宾馆等高档场所行窃的惯偷。值班民警已经在刘三手的出租屋里找到他，现正带着他赶过来。"

话音未落，就见外面的电梯门开了，两名警察带着一个獐头鼠目的瘦个子男人从电梯里走出来。"范队，你要找的人到了。"两个民警把那瘦个子男人推到范泽天面前。

范泽天上下打量那家伙一眼，认出他就是自己从监控视频中看到的那个形迹可疑的家伙，就问："你就是陈三手？"瘦个子男人点点头说"是的"。范泽天用手指了指周围，"这间婚宴大厅你应该不陌生吧？"

刘三手是个机灵人，一见眼前这阵势，就知道现在说真话绝对比说假话管用，于是就点点头说："是的，我今晚曾来过这里。"

刘三手打听到今晚这里有一场婚宴，就在傍晚时分混进来，藏在了休息室的沙发下面，本来是想等外面的宾客们都喝得差不多的时候再溜出来顺手牵羊发点小财，谁知婚礼才进行到一半，本来空无一人的休息室里突然闯进来两个人，没说几句话，这两个人就相继跳楼了，然后许多人就涌了进来。如果不是他机灵，趁乱从人流中挤出来，还真不知道要怎么脱身呢。

范泽天问："你确定那两个人，都是自己跳下去的吗？"

刘三手说："是啊，我亲眼所见，那个女人自己先跳下去，不一会儿，那个老头儿也跟着跳下去了。"

范泽天问："他们进屋之后都说了些什么，你可曾听见？"

刘三手点点头说："我听见了啊！"

当时他趴在沙发下面，清楚地听到那个老头儿对穿着婚纱的新娘子说："晓雪，在你跟卓政结婚之前，有一件事我觉得应该告诉你，那就是咱们家卓政小时候睾丸受过伤，医生说这种损伤是不可逆转的，长大后这孩子将永久失去生育功能。卓政这孩子自尊心很强，他长大后，这事我一直没有告诉他，估计他自己也不知道。我现在跟你说明白，希望你考虑清楚。”

新娘子听了这话好像很吃惊，用手摸摸自己的肚子，还流下了眼泪，过了一会儿，趁对方没有注意，突然扶着阳台墙壁站上护栏，跳了下去。老人好像惊呆了，缓了一会儿才回过神来，然后外面的人就冲进来了，这时老头儿又跳了下去。

遇上这样的变故，刘三手不敢久留，趁乱溜出，回到家里正觉得晦气，却不想两个警察找上了门，二话不说就把他带到了这里。

范泽天盯着他问：“你真的听见卓文铭告诉唐晓雪说他儿子卓政不能生育？”

刘三手有些糊涂，问：“那个老头叫卓文铭，那个新娘子叫唐晓雪吗？”

范泽天说：“是的。”

刘三手说：“那就对了，我亲耳听到他们的对话，绝对错不了。”

文丽说：“不对呀，就算新婚之日新娘子得知丈夫不能生育，那也不至于着急得要跳楼啊？”

这时，范泽天的手机响了，是法医老曹打来的。老曹在电话里说：“经过检查，他发现死者唐晓雪已经怀有三个月身孕。”挂了电话后，范泽天问卓政：“你妻子已经有了身孕，是吗？”

卓政点点头说：“是啊，我们是奉子成婚。”

木村平“哦”了一声，说：“难怪唐晓雪得知丈夫失去生育能力后会有那么大反应，原来……”话说到一半，忽见文丽正拿眼睛瞪着他，竟不敢再说下去。

木村平虽未把话说完，但在场的众宾客却已经明白过来，唐晓雪已经怀孕三月，她与卓政是奉子成婚，但公公却忽然告诉她说她丈夫不能生育，那她肚子里的孩子……

“卓文铭临死前对着唐晓雪的尸体说‘这孩子，你叫我怎么向你妈交代啊’，这又怎么解释？”木村平还在寻找范泽天办案过程中的破绽。

范泽天说：“这句话根本不需要解释啊！我们的警员已经联系过唐晓雪的养母，她现在正在地震灾区医院，她说因为无法参加女儿的婚礼所以特意给亲家公打了个电话，说了许多客气话，最后还说女儿不懂事，有什么做得不对的地方，还请亲家公多多原谅。卓文铭则在电话里保证说您女儿嫁到咱们家绝不会受到半点委屈。卓文铭这句话中‘你妈’这两个字，分明就是说的唐晓雪的养母啊！”

“老天爷，你真不开眼啊！”

卓政跺跺脚，忽然蹲在地上，双手抱头，号啕大哭起来。

他泣声道：“晓雪是个好女人，事情不是你们想象中的那样。虽然父亲没有对我说过，但我也知道自己有这方面的问题，所以早在认识晓雪之前，我就已经在北京的医院把这病治好了，只是没有告诉我父亲而已。”

众人又是一呆。

5

案子虽然破了，但大家心里都感觉沉甸甸的。

范泽天带着文丽等人离开酒店时，已经是深夜十二点多了。一行人坐上警车，正要开车，忽然传来“砰”的一声响，一个人从六楼飞身跃下，重重地砸在酒店门口停车场的地面上，震得旁边停放的小车报警器都哇哇大叫起来。

文丽急忙跳下车，上前一看，跳楼者居然是卓政。

法医老曹上前看了，摇头说：“唉，我早就知道他会走这一步。”

范泽天问：“为什么？”

老曹说：“刚才已经说了，他睾丸受伤是不可逆的，也就是说，是没有办法恢复的。”

文丽说：“可是他刚才明明说已经治好了呀？”

范泽天隐隐明白过来：“也许他只是想用这种方法在众宾客面前挽回自己作为一个男人的尊严吧！”

图书在版编目（CIP）数据

诡案罪. 6 / 岳勇著. — 北京 ：群言出版社,2015.7
ISBN 978-7-80256-783-2

Ⅰ. ①诡… Ⅱ. ①岳… Ⅲ. ①长篇小说—中国—当代
Ⅳ. ①I247.5

中国版本图书馆CIP数据核字(2015)第139683号

责任编辑：侯　莹　李　群
装帧设计：郑金将

出版发行：群言出版社
地　　址：北京市东城区东厂胡同北巷1号(100006)
网　　址：www.qypublish.com
自营网店：http://qycbs.shop.kongfz.com（孔夫子旧书网）
　　　　　http://www.qypublish.com（群言出版社官网）
电子信箱：qunyancbs@126.com
联系电话：010-65267783　65263836
经　　销：全国新华书店
法律顾问：北京市君泰律师事务所

印　　刷：北京慧美印刷有限公司
版　　次：2015年11月第1版　2015年11月第1次印刷
开　　本：787mm×1092mm　　1/16
印　　张：15
字　　数：213千字
书　　号：ISBN 978-7-80256-783-2
定　　价：36.80元